メディアワークス文庫

鬼《き》妃《ひ》

～「愛してる」は、怖いこと～

銃手璃彩子

目　次

【怪談朗読】鬼の声

これは私が、故郷の村で実際に体験した話です。

中学を出るまでのあいだ、私は、ある山沿いの小さな村に住んでいました。詳細は伏せますが、その地域一帯が霊場・参詣道《さんけいみち》となっていて、集落は深い自然に囲まれていました。

同じ歳《とし》の子どもは私をふくめて三人だけ。私は特にそのうちのひとり、Cちゃんという女の子と仲が良く、毎日一緒に遊んでいました。

実は私のひいおばあさんとCちゃんのひいおばあさんは姉妹で、遠い親戚でもありました。そのせいか私とCちゃんのあいだには、ものごころついたときから姉妹のような絆《きずな》があったのです。

あれは小学一年生の夏のことでした。

きっかけがなんだったか忘れましたが、私はCちゃんのお家《うち》にはじめてお泊まりに行くことになったんです。

実はそれまで、Cちゃんが私の家に遊びに来たことはあっても、私がCちゃんのお家に遊びに行ったことは、数えるほどしかありませんでした。行ってもお庭で遊ぶとか、縁側や居間で一緒にアイスを食べるとか。それぐらいしか立ち入っていません。

だから私は、Cちゃんのお家にずっといられるその日を、とっても楽しみにしていました。

そのCちゃんのお家というのはすごくむかしから続く民宿で、老朽化のたびに改装はしているみたいですが、建物の築年数は百年を超えると言われています。

民宿といっても、小さなもので、知る人ぞ知る隠れ宿という雰囲気です。

一階はとても広くて、家族の居住スペースと別に小さな客間がよっつ、大広間がひとつありました。

少し変わっているのが二階でした。一階と比べると非常に狭くて、長い廊下の先に部屋がひとつあるだけなのです。そして、その一室というのが、Cちゃんの部屋でした。

そんな二階の構造について、私は一瞬不思議だなぁと思ったぐらいで、さほど深く考えませんでした。まるで旅館の一室のように小綺麗《こぎれい》なCちゃんの部屋を目にして、ただただ無邪気にワクワクしていました。

Cちゃんの家族とは親戚同然のつきあいでしたので、私は気軽に一緒に夕食をかこみました。広いお風呂に入って、部屋に帰ると、Cちゃんのお母さんが部屋にふたり分のお布団を敷いてくれていました。

それからは、おやつを食べながらゲームをしたりテレビを見たりして過ごし、いつもより夜ふかしをして、お泊まり気分を満喫しました。

ようやく部屋の明かりを消して、一緒にお布団に入って、しばらく経《た》ったころでした。いつのまにか眠っていたようです。ただ私は枕元にだれかいるような気配を感じて、ふと目を覚ましました。

ず……ず……

と畳の上をゆっくりと、素足で擦って歩く音が聞こえます。

お布団は枕を壁側に敷いてありましたので、頭の上には壁があるだけのはずなのに。

少し怖くて、私は目を閉じて、そのままじっとしていました。

もしかしたら、Cちゃんが起きたのかもしれない。きっとそうだろう。

どうにかそうやって自分を納得させようとしていました。

あたりは水を打ったような静寂に包まれていました。時間がどれぐらい流れたかわかりません。

再び眠りにつくことはなかなか難しく、むしろ意識はどんどんはっきりしてきます。

そのときでした。

ぉ……おお……お……

どこからか、かすかに、だけどたしかに、低い低い声が聞こえました。それは男とも女ともつかない声。どちらにしたってずいぶん低く、地鳴りのようにも思えました。気のせいだと思い込もうとして、私は首元のタオルケットを引き伸ばしてきて顔を隠し、ぎゅっと目を瞑《つぶ》りました。

けれども、

お……おお……お……ぉおおぉ……


声はだんだん大きくなっているように聞こえました。

それにくわえて、唐突に頭の痛みを感じました。

それもまるで、脳みそが上に引っ張られているかのような、いままでに経験したこともないような激痛なんです。

私は叫び声を上げそうになるのをぐっとこらえて、必死に奥歯を噛《か》みしめました。

ここはCちゃんのお家だし、寝ているCちゃんを起こしてはいけないから……と、気を遣っていたのです。

　ところが不意に、

「この子はちがう……」


　となりでささやく声がしました。

　それはまぎれもなく、Cちゃんのものでした。

　私に向かって言っているのではないかんじでした。だけど寝言というわけでもなさそうでした。

　どうやら、Cちゃんは私の枕元にいるなにかに向かって、話しかけているようなのです。

　Cちゃん、どうしたの？　なにを言っているの？

　聞きたいのですが、恐怖でまったく声が出ません。

　そのときでした。私は急にがちっ、と両肩を摑《つか》まれました。

　――何者かの手に。

　猛烈な悪寒が、全身を駆け巡りました。

　するとまた、

「この子はちがう」

とCちゃんが同じことを言いました。さっきよりも鋭く、切羽詰まったような口調です。

それがいつもの彼女の声とは異質なようにも思えて、Cちゃんに話しかけてはいけないような気がして。

私はがくがくと震えながら、固く目を瞑り、必死に寝たふりをしていました。

そうしたら今度は、

ことん。

と足下のほうで、なにかが畳の上に落ちた音がしました。

私は耐えきれなくて短い悲鳴を上げてしまいました。

すると、その瞬間。

気配がふっと消えたんです。

肩を掴む手も。頭痛も。きれいさっぱりなくなっていました。

ずっと息を止めていたような気がします。安心して、深いため息をついたとたん、急に頭がぼんやりしました。そのあとすぐに、気を失ったように眠ってしまったのでしょう。それからのことは記憶にありません。

翌朝目を覚ますと、なにごともなかったかのようにとなりでCちゃんがすやすやと寝息を立てていました。

起き上がって部屋を見回すと、座卓の上に置いてあった水の入ったガラスのコップが、畳の上に転がっているのが目に入りました。

昨晩の、ことん、という音の正体はこれでしょう。

しばらくするとCちゃんも目を覚ましました。

「あれ……なんだったの？」

私はおそるおそる昨晩のことを聞いてみました。すると、

「んー？　なんのこと？」

とCちゃんは寝《ね》ぼけ眼《まなこ》をこすりながら、そんなふうに答えました。

「えっ……、なにって、夜中。なんか言ってたじゃん」

思い出すのも嫌でしたが、それ以上に、はっきりと口にするのがなんとなくはばかられて、私はごまかしながら探りを入れました。けれどもCちゃんは、やっぱり「おぼえてない」と首を振るのです。

私はすっかり困惑してしまい、それきりその話はおしまいになってしまいました。

夢……だったのでしょうか。

けれどたしかに、転がったコップの中の水は残らずこぼれて、畳に染みを作っていました。

それとたまたまかもしれませんが、その日から二日ほど、なぜかCちゃんが熱を出して寝込んでしまいました。

自分も熱が出るんじゃないかと、私は数日おびえていました。でもそういったことは起こらず、しだいにこのできごとは、頭の片隅に追いやられていきました。

そんなことがあってからも、Cちゃんと私は変わらず仲良しでした。

でも、私がCちゃんの家にお泊まりすることは、二度とありませんでした。

何年か経ち、私ももう少し賢くなったあとで、よくよく考えてみたんです。

あの家の二階、外からだと、Cちゃんの部屋とは別の方角にも窓があるのが見えるんですよね。つまりほんとうは、Cちゃんの部屋以外にも、部屋があるみたいなのです。

入れない部屋が。壁の向こうに。

村には、こんな古い言い伝えがあります。

むかーしむかし。

ここは平和な隠れ里でした。

ある日恐ろしい鬼が現れて、村の女を次から次へと食べてしまいました。

困り果てた村人は、お坊様に、鬼を退治するように頼みました。

お坊さまは念仏を唱えて鬼を退治しましたが、その魂が悪霊となって、村に洪水や土砂崩れなどの災害を起こすようになりました。

そこでお坊さまは、特別な血を引く一族に、この土地を護《まも》らせることにしました。

一族は鬼を「神」として祀《まつ》り、鬼の霊はそれから悪さをしなくなりました。

実はその「鬼」を封じた一族というのが、Cちゃんのご先祖さまだと言われているのです。

そのことが関係しているのでしょうか。


ぉ……ぉお……お……ぉおおぉ……

どこか地の底から響くようなあのうなり声は、「鬼の声」のように、私には聞こえました。

「この子はちがう」

あれはCちゃんの寝言だったのでしょうか。

それとも壁の向こうのなにかに向けて放った言葉だったのでしょうか。

私は都市部の高校への進学を機に村を出てしまい、いまではCちゃんとほとんど会わなくなってしまいました。

なので、あのできごとがなんだったのかは、いまでもわからずじまいです。

＊＊＊

4／27　21：00
502回再生
高評価21　低評価5

コメント：10件

1ヶ月前
【面白かったです！　結局なんだったのかわからないのが怖い】

1ヶ月前

【寝る前に聴いてます。A子さんの怪談は癒《いや》し。でも怖い。でも寝落ちしちゃう（笑）】

1ヶ月前

【A子ちゃんのことずっと前から見てます！
今回特に面白かったです！！！
もっともっと、A子ちゃんの怖いお話が聞きたいっ（≧∇≦）！！！】

1ヶ月前

【今日の話怖かったです。A子さんの怪談は聴きやすいし、不思議な世界に引き込まれるような気持ちになります】

1ヶ月前

【貴重な体験談ありがとうございます
またあったらやってください】

1ヶ月前

【こういうのあるんですかほんとに。不思議な話。Cちゃんはその後は普通なんです

か？】

1ヶ月前

【Cちゃんはなにか知ってそうですね。真相知りたい。てかA子ちゃん、こんな体験談持ってるなんてずるいっ笑】

1ヶ月前

【これ場所が小さな集落の必要ある？　創作とかでよくある話だよね】

1ヶ月前

【A子さんの声とても癒されるので好きです】

1日前

【Cちゃん死んじゃったよ。A子のせいで】

第一章

一

「おつかれ、あーこ」

お昼どきの学生食堂。

唐揚げ定食をテーブルに置いた前野《まえの》亜瑚《あこ》は顔を上げた。

声をかけてきたのは、同じゼミの風花《ふうか》だった。空になった食器とトレーを返却して、笑顔で両手を振っている。

「おお。おつー。ふうちゃんこれから面接？」

風花は品の良いナチュラルメイクに長い髪をポニーテールにまとめ、きっちりとリクルートスーツを着こなしていた。大学四年生。学部生の進路は、大学院への進学と一般企業への就職とに大きく分かれている。亜瑚と風花は後者だ。五月末ともなれば、もう内定をもらっている人もちらほら出てきているけれど、ふたりともどちらかというと出足が遅いほうだった。

「ううん、今日は説明会。あーこは？」

「私は午後からレッスン、そのあとバイト」

「養成所か。大変だね。講義も出て、バイトもやって、就活も……って」

自分のスケジュールを話すと毎回だいたいこの反応をされる。

ナレーターになるのが亜瑚の夢だ。資格は必要ないし、特別なレッスンは必須ではない。ただ、実践的なカリキュラムが学べるのはもちろん、現役で活躍する講師とのパイプができるなど人脈的な意味でもなにかと有利にはたらく場合があると聞いて、亜瑚は自主的に養成所に通っているのだった。

「いうて週一だし。それにまあ、自分の夢のためっすから」

軽く笑って返す亜瑚を見て、風花はため息を漏らした。

「えらいなぁ。明確な夢もやりたいこともないあたしとは大違いだ」

「なんでよ、ふうちゃんみたいな子、どこの企業からも引く手数多《あまた》でしょ」

これはお世辞ではない。風花は絵に描《か》いたような良い子だ。入学以降単位をひとつも落とさず成績優秀で、人形劇サークルの活動にも積極的で、なによりその明るく人当たりの良い性格は、多くの人に好かれている。自分が人事担当ならまっさきに採用したい人物だと亜瑚は思っている。

「いやぁ全然。やっぱやりたいことないとイマイチ気持ちが入らないんだわ」

「人形劇は？」

「人形劇では食っていけないじゃん」

こともなげに風花は笑う。現実的だなぁ。小さなころからの夢をずっと追いかける亜瑚は、内心複雑な思いを抱く。

「でもさ、就活ひと段落したらみんなで遊ぼうね。ほんと。夏休みディズニー行こ」

仲間うちで旅行の計画を立ててくれるのもいつも彼女だ。

「うん。それは絶対行こ」

うなずく亜瑚はもっぱら同意と便乗係。でも気持ちだけは本気である。

「もうそれしか生きる楽しみないもん」

「いやなんかしら楽しみあるだけ幸せっしょ」

「あはは、そうだね。あ、食べるの邪魔しちゃってごめん」

「ううん」

「じゃあまた明日の講義で」

「はーい」

何気ない会話を終え、手を振り交わす。

風花が席を離れたのを見送って、亜瑚がいよいよ箸を持ち上げたその瞬間。

テーブルの上に置いていたスマホの画面がぱっと明るくなり、振動した。

こちらからかけることはあっても、着信なんて滅多にない。就活関連の連絡かと身構えながら、頭では「いま面接何社残ってるっけ？」と即座に数える。我ながら小心者だと思う。

しかし画面に表示されている相手の名前は、兄の前野《まえの》一春《かずはる》だった。

「はいもしもーし」

唐揚げの直前で邪魔が入ったので、不機嫌な声を隠さずに応答する。

「もしもし亜瑚、久しぶり」

実家には二年ほど帰っていない。

「元気か？」

長いこと聞いてなかった兄の声は、相変わらず穏やかなテノールだったが、すこし沈んでいた。

こうして昼間に電話をかけてくるなんて、なにかあったんじゃないだろうか。

もしも両親の健康になにかあれば、同居している兄から知らされるのが自然だ。亜瑚は心配になって、

「うん、どうしたの？」

うながすように尋ねてみた。

明らかに言いにくそうなためを作り、それから一段と暗い声で、一春はぼそりとつぶやいた。

「知景《ちかげ》ちゃんが亡くなった」

「え……？」

とくん、と心臓が跳ねた。

ちかげ。ちぃちゃん。舘座鬼知景《たてざきちかげ》。

なくなった。しんだ……っていう意味？

唐突すぎて、理解が追いつかない。

スマホを手にしたまま、硬直してしまった。

にわかに心臓の音が大きくなっていく。

黙っていると、

「舘座鬼知景ちゃん。覚えてるだろ？」

一春が少し苛立《いらだ》ったように繰り返すのが聞こえた。

「そりゃあ」

覚えてるどころの話ではない。

小さい頃は、あんなに、姉妹のように、いつも一緒だったのだから。

「嘘《うそ》」

「嘘じゃない」

「……なんで？」

「俺も詳しくは聞いてないけど、事故……らしい」

兄の答えは歯切れが悪かったが、そのぶん真実味を帯びていた。

そんな……。

食堂の喧騒《けんそう》が遠くなり、じぃんと頭の奥で耳鳴りがする。

「——あーもしもし？」

一春の声が、やけに遠くに感じた。亜瑚の衝撃を感じ取ったらしく、その声色は、慰めるように柔らかくなっていた。

「うん、ごめん、聞いてる」

「明日が通夜で、明後日《あさって》葬式。葬式だけでも、来《こ》んか？」

「うん、……行く。すぐ行く」

一も二もなくうなずくしかなかった。

ほかにうまく言葉が出て来ず、そのまま通話を切ってしまった。

それからは夢を見ているような曖昧な意識のなかで残りの時間を過ごした。

朝からそれだけを楽しみにしていたはずの唐揚げ定食も、石膏《せっこう》を噛《か》み砕《くだ》いているように味気なく、午後からの養成所でのレッスンも、バイトもまったく身が入らなかった。

ちぃちゃんが死んだなんて……。

高校進学を機に村を出て以降、知景と連絡を取る頻度は年々減っていた。特に大学に入ってからは一度も会っていない。

それでも知景は仲の良い友だちの筆頭だった。生まれ故郷に彼女がいることは、亜瑚にとって、心の支えのようなものだった。

たしかに風が吹けば飛びそうな儚《はかな》げな少女ではあったけれど。

なにもほんとうに飛んでいかなくても……。

心のなかで話しかければ、舌を出していたずらっぽく笑い返してくる知景の姿がある。ちゃんとそこにいる。

……だめだ、受け入れられない。

さらに亜瑚がショックを受けたのには、もうひとつ理由があった。

*

故郷の紀《き》日《び》川《がわ》村は、日帰りではとても行けない距離にある。

朝十時に家を出て、約七時間。

東京から新幹線で行けるのは京都まで。そこから先が気の遠くなるほど長いのだ。京都駅から村のとなりの市まで、県境を跨ぎ何度も電車を乗り継いで、最後はこの世の果てへ行くのかと思うほど長時間バスに揺られ、いつも車酔いに耐え忍ぶことになる。これが帰省を避ける理由になるほど嫌いな悪路だった。なのにこんなきっかけで二年ぶりにこの道を通ることになるなんて。

夕方、通夜の直前になんとか村に到着する計算だった。

バス停から家までは一春が車で迎えに来てくれた。

「間に合って、よかったな」

「うん」

両親は去年、東京に観光を兼ねて遊びに来たから会っているが、兄とはほんとうに久しぶりに会う。とはいえ、会話は特にない。

「……ちぃちゃん、事故って？」

重苦しい沈黙にたまりかねて、亜瑚は尋ねた。一春は、

「滑落事故やて。知景ちゃん家《ち》の裏、ちょっと崖あるやろ。そこから落ちて、打ちどころ悪くて、でも詳しくはまだ、俺もなんもわからん」

と沈んだ声で答えたきり、黙り込んでしまった。

「そんな……」

やりきれない思いに駆られた。

あんな良い子が、どうしてそんな不慮の事故で。

知景は足腰が弱かったんだ。

だれかが守ってあげるべきだったんじゃないのか。

私には――もちろん無理だったけれど。

だからこそ余計に、悔やまれた。

これ以上問い詰めても兄もつらいだけだろう。

酔いもあったのでぼんやりと車窓を眺めるに徹することにした。

京都駅に着いたあたりから雲行きがあやしくなり、いまはじっとりとした雨が降っている。

山道の景色は、村を出た七年前からなにも変わらない。

車より狸《たぬき》とすれ違う確率のほうがまだ高い、そんな峠道。一春は慣れたハンドルさばきで運転しているが、道幅は狭く、昼間でも鬱蒼《うっそう》とした木々に囲まれて暗く、カーブばかりのこの道を走るのは、地元民でも嫌がるほどだ。

特にこんな雨の日は。

ワイパーの断続的な音を聞きながら、亜瑚は実家の瓦屋根が見えるまでずっと、二日前についたコメントのことを考えていた。

【Cちゃん死んじゃったよ。A子のせいで】

亜瑚が知景の訃報にショックを受けた、もうひとつの理由というのがこれだった。

これは完全に趣味としてなのだが、亜瑚は動画サイトに怪談の朗読を投稿していた。四年前からやっているが、閲覧数はそんなに伸びない。ただ毎回見つけてくれる人はいるし、チャンネル登録数も百ちょっとある。半分身内感覚ではあるけれど、それぐらいが心地良くてまったりと続けているのだった。

そこへ突然、最近になって書き込まれた不謹慎なコメント。だれが書き込んだのか知らないが、タチの悪いイタズラだ。

イタズラだと思ったから、気にしていなかったけれど。

いまとなっては、まるで知景の死を予言しているかのようで、偶然にしても気味が悪かった。

二

実家に到着するなり、二階の自分の部屋に上がっていったん荷物を置き、すぐに着替えた。

　高校生のときは法要の場では制服を着ればよかったが、いまは正式な喪服を持っていないためリクルートスーツだ。就活のために嫌々身につけている拘束具に、こんなところでまで袖を通さなければいけないなんて、ますます気分が滅入《めい》る。

　階下に降り、居間に顔を出すと、一春とその家族が出かける準備をしていた。

「久しぶりだねー、亜瑚。全然帰ってこないから心配したぞ」

　艶のある紅《あか》いリップを塗りながら居間に現れた女性は、一春の妻、麻友《まゆ》だ。亜瑚にとっては義姉《あね》にあたる。ワンピースタイプの喪服に、明るい茶髪のショートヘアと派手な化粧が際立っていた。

「就活とか忙しくてさ」

　亜瑚はへへへ、とあいまいに笑って返す。

「亜瑚ちゃん、おかえり」

　麻友の後ろから可愛《かわい》らしい声と小さな顔が覗《のぞ》く。一春と麻友の一人娘、星麗南《せれな》だった。

「おおっ、星麗南！」

　亜瑚がにこやかにぱっと両手を広げると、星麗南はとことこと歩いてきて、きゅっと抱きついてスーツの裾をつかんできた。

　この天使のような姪《めい》っ子《こ》は、むかしから亜瑚にとてもよく懐いている。

前に会ったのは二年前。星麗南はまだ小学校に入ったばかりだった。ランドセルを背負ったら後ろに倒れてしまいそうな小さな身体《からだ》だったのに。

「大きくなったねぇ」

ぎゅっとしてよしよしと頭をなでると、星麗南は黙って恥ずかしそうに微笑《ほほえ》む。黒いリボンでふたつに結んだ茶色がかった柔らかい髪の毛先は自然な巻き毛になっている。彫りの深い顔立ちにくっきりとした二重まぶた、漆黒の大きな瞳にくるんとカールした長いまつ毛を持つ美少女だ。喪服代わりの濃紺のドレスに身を包んだ姿は西洋ドールを思わせる。

「ほんと、子どもの成長はあっという間よ」

麻友は大きな口を開けて笑った。口紅を塗ったことで、顔面の迫力が増している。快活なギャルママの雰囲気をもつ麻友とは対照的に、星麗南はおとなしく、感情表現はひかえめだ。久しぶりに亜瑚の顔を見て、ほんのりと頬を赤く染めている。甘えん坊なのは相変わらずらしい。憂鬱な空気のなか、亜瑚にはこの子が唯一の癒しに思えた。

「そろそろ行くぞ」

と一春に促されて、おもてに出た。小降りだがまだしつこく雨が降っている。

「間に合ってよかったわぁ。元気でやっていた？」

優しく口にするのは亜瑚と一春の母。子ども向けの童話に出てくる料理上手のおばさんみたいなほんわかした人だった。よく母と自分は似ていると言われるが、自分では声以外に似ているところは思いつかない。私がどれだけ歳を重ねてもこんな包容力と柔らかい雰囲気は纏《まと》えない、と亜瑚は思っていた。

「ぼちぼちかな」

亜瑚は力ない微笑みを返した。

「まあせっかくだからゆっくりしていきな」

と声をかけるのは、市内で設計事務所を経営していた父だ。六十過ぎても仕事一筋で、何週間か家を空けることもしばしばだった父だが、いまは仕事の大半を一春に引き継がせている。しかし寡黙で頭が良く働き者の父親のことを、亜瑚は内心尊敬していた。

「うん、ありがと」

久しぶりに両親に会って、ようやく少しだけ故郷の空気を吸えた気がした。

雨の中、家族総出で田んぼの中を歩き、知景の自宅である舘座鬼家へと向かった。近隣に葬儀場らしき施設はないため、通夜と葬儀は自宅でおこなわれるのだ。

湿った草木と土の匂いが鼻をつく。

星麗南がずっと、「亜瑚ちゃん手ぇつないで」とせがんでくる。久しぶりに会うのにとても懐いてくれているのが無性《むしょう》に愛《いと》おしくて、ふたりでくっつきあってひとつのビニール傘に入った。

これが知景の通夜のための外出でなければ、心温まるひとときなのにと、亜瑚は暗雲の垂れ込めた空を仰ぐ。

舘座鬼家は、住居スペースと民宿を兼ねた建物が短い渡り廊下でつながっている。通夜がおこなわれるのは宿の大広間で、間仕切りをとりはらえばかなりの広さだった。それでも親戚と村人が集まれば埋まり、敷かれた座布団は廊下との境にまで達している。

前野家はその最後列に並んで腰を下ろした。

遺影の知景は、鮨詰《すしづ》め状態の参列者たちを見て可笑《おか》しそうに笑っているように見えた。透き通ったあどけなさを残す顔立ちは、天真爛漫《てんしんらんまん》な性格をそのまま写し取ったかのようだ。幼い頃からずっとそう。いっさいの穢《けが》れがなくて、無垢《むく》で、純真そのものだった。

亜瑚はそんな彼女のことを、まぶしくもうらやましくも思っていた。

恋人は、いたのだろうか。高校にも通わず、こんな寂《さび》れた村にずっと居続けていたら、そうそう出会いもなかっただろうけど、逆に地元に残る若者は結婚も早い傾向にある。前に一度、気になる人がいると話していた。たしか四年前。高三の夏休みだ。亜瑚もちょうど彼氏ができたばかりで、帰省したときその話で盛り上がった。あのときは自分の話ばかりしてしまった。知景の話をもっとちゃんと聞いておけばよかった。その人とは結局どうなったんだろう。それも知らずじまいになってしまった。

村に同じ歳の子は三人しかいなかった。

三人いつも一緒。でも特に亜瑚と知景は姉妹のように仲が良かった。ほかの子よりひと回り身体の小さな知景は、よく熱を出して学校を欠席した。足の骨が弱くて走るのが遅いし、すぐにこけるし、非力で木登りも苦手。蚊に血を吸われているのに殺さずぼんやり見つめているような抜けているところもあった。

同い年だけれど、守ってあげなければいけない存在だと思っていた。

正座して膝を見つめながら読経《どきょう》を聞いていると、頭の中に、とりとめもない考えや思い出が次々と浮かんでくる。

知景はいま、あの祭壇の前の棺桶《かんおけ》の中に横たわっている。

あの中身が空っぽであればいいのに。

虚《むな》しさが胸に去来し、ぼうっとしてしまう。

まだ信じられない。事故なんて、どうして。


【死んじゃったよ。A子のせいで】

這《は》いずり回る虫のように、その文字列は脳裏で蠢《うごめ》く。

なにが私のせいよ。どっちかって言うとあんたのせいじゃないの？　あんなコメント書くから知景は――。

　もちろんありえないことだとはわかっている。でもあまりにやりきれなくて、見ず知らずのコメントの投稿主に怒りの矛先を向けてしまう。

　しばらくして、祭壇の前では参列者の焼香が始まった。

　知景の父親は彼女がまだ幼い頃に病で他界しているため、喪主は知景の母が務めていた。その後に続くのは知景の弟の脩《しゅう》。叔父叔母や従兄弟《いとこ》など親族。なかには亜瑚の見知った顔もある。村を出ている人も多いが、みんな訃報を聞いて駆けつけたのだ。

　弔問客はそれ以外にも大勢いた。舘座鬼家は古くからこの土地に住む、いわば村の重鎮的な存在だ。知景は近所の人たちにとても可愛がられていた印象がある。

　だれもがみんな沈痛な面持ちだった。

　亜瑚の番が来て、遺影の正面に近づいた。

　棺桶の蓋の、頭の部分には窓がついていたが、いまは固く閉ざされている。

いざそれらを目の前にするといっさいの感情が抜け落ちて、亜瑚は機械的に焼香を済ませた。

　読経が終わり、邪魔にならないようそそくさと退出しようとしたところで、知景の母、舘座鬼時子《たてざきときこ》に声をかけられた。

「亜瑚ちゃん亜瑚ちゃん、よう来てくれたねぇ」

知景に似て小柄な女性だが、こんなに小さかっただろうか。家紋つきの喪服の漆黒に、いまにも飲み込まれてしまいそうなほどこぢんまりとしている。

「おばさん、このたびは……お悔やみ申し上げます」

亜瑚は深く頭を下げた。

「よかったら亜瑚ちゃんもお食事召し上がっていって」

「あ、でも……」

ちらりと家族のほうを見遣《みや》る。一春が玄関で靴を履いているところだった。すでに両親と麻友は外に出ていて、最後まで亜瑚を待っていた星麗南も、

「星麗南ぁ、なにやってんの早くしな！」

という麻友の一喝にびっくりしたようで、急いで黒いストラップシューズに足を通していた。

「――あの子ね、ずっと亜瑚ちゃんに会いたい会いたい言うとったんやから。おってくれたほうが嬉《うれ》しいわ」

時子は穏やかに、しかし熱心に訴えかけてきた。

知景がそんなふうに言ってくれていたなんて意外だ。自分はあの怪談朗読を投稿したとき以外、ろくに知景のことを思い出しもしなかったのに。なんだか罪悪感を覚えた。それならせめて、少しでも知景のそばにいたい。

「じゃあ……お言葉に甘えさせていただきます」

家族はこのまま帰る意向だろうけれど、別行動でも問題ないだろう。

こちらの様子を気にしていた一春に、

「ごめん一兄《かずにい》。時子おばちゃんにお食事呼ばれちゃって」

とだけ知らせると、

「ああ、そうか、ご迷惑にならんようにな」

一春はうなずいて、星麗南とともに出て行った。

「亜瑚ちゃんすっかり大人びて。うちの子なんか……」

淑《しと》やかな微笑みが不意に歪《ゆが》んだ。時子はそれ以上言葉を紡げなかった。ハンカチで押さえた口元から嗚咽《おえつ》が漏れる。脩が、時子をなだめて奥へ連れて行く。

広間では舘座鬼家の親族を中心に、通夜振る舞いの用意を始めていた。

自分もなにか手伝おうと亜瑚が思った、そのときだった。

「亜瑚」

懐かしい声がして、振り返る。

「成美《なるみ》」

村には同じ歳の子が三人と言ったが、その三人目が彼女、瀬尾《せお》成美《なるみ》だった。

成美は運動が好きで、活発な印象の、よく日に焼けた背の高い女の子だった。同じく高校から村を離れたため、知景よりさらに会う機会がなかったが、見た目が全然変わっていないのですぐにわかった。

「久しぶり……だね」

亜瑚はものさびしい笑顔を成美に向けた。

こんなかたちで、遠く離れていた三人の同級生がそろうなんて、皮肉なものだ。でもせっかくだから、むかしなじみどうし、故人を偲《しの》んで話したい気持ちもあった。

成美も今日帰ってきたのだろうか。

いろいろ頭に浮かぶ言葉の、どれから話そうか考えていたのだが。

先に成美が放った台詞《せりふ》のせいで、すべてが頭から吹き飛んでしまうことになった。

「ちぃちゃん死んじゃったよ。亜瑚のせいで」

三

「……えっ？」

顔に貼り付けていた笑みが、一瞬のうちに凍りついた。

成美の台詞が怪談朗読に寄せられたあの不謹慎なコメントと、イニシャルか本名かという点を除けば一言一句違《たが》わぬことに気づいたのだ。

まさか。いや偶然の一致だろう。

亜瑚が怪談朗読をやっていることを、成美は知らないはずだ。

「あんたのせい……そうよ……あんたの……」

成美は丸めた背中でふらふらと近づいてくると突然、亜瑚の両肩をがしっと摑んだ。

そして、

「あんたが……あんな話するから！　ちぃちゃんは死んじゃった！　大好きなちぃちゃんが！　どうしよう、どうしてくれる？　ねぇ……ねぇ……！」

一部意味の判然としない言葉を、壊れた機械のように喚《わめ》き散《ち》らす。

「な、成美、ちょ、ちょっと、待って」

驚き焦りながら、亜瑚は成美の捕縛から逃れようともがいた。しかし肩に食いこんだ指の力は思いのほか強い。

広間にいた人たちが、廊下に頭を伸ばして亜瑚たちの様子をうかがってくる。

すでに外に出ていた一春も、成美の声を聞きつけて玄関から顔を覗かせた。

「成美ちゃん！」

一春は亜瑚の背後に回ると、その肩を摑む成美の手にそっとなだめるように手を重ねた。

「落ち着いて」

するとと成美はやっと叫ぶのをやめ、亜瑚の肩を離した。息を荒らげ、獣のようなうなり声を発している。

「成美ちゃん、知景ちゃんとはずっと仲が良かったからショックなんやんな。亜瑚も気にかけたってな」

一春が諭す。真面目で落ち着いた性格の兄は、けんかや揉《も》め事《ごと》の仲裁は得意分野だ。穏やかな声に亜瑚の恐怖もいくらかやわらいでいく。

そうか。成美も知景のことが大好きだったもんね……。

ふと床を見ると、成美の足元の床には数滴の涙が落ちていた。ぎぎぎ…と奥歯を鳴らすほど嚙《か》み締《し》めて、泣いていた。

成美に対する怖気《おじけ》と困惑が、憐《あわ》れみに変わっていく。

「成美……」

涙を拭ってあげようとして亜瑚はその頰に手を伸ばしたが、しかしそれは無下に払われた。

代わりに、成美の震える唇が放ったひとことによって、場は凍りついた。

「――一春さんは、ちぃちゃんの顔見て言えますか？　あれが人間の成せる業やと」

亜瑚と一春だけではなく、広間にいた親族たちまで皆、時を止めたように沈黙し、静止していた。

冷え切った空気の中、成美は亜瑚を睨《にら》みつける。

さきほどまでの悲痛な面持ちではない。怒りに満ちた形相《ぎょうそう》で、

「あんたが忌《い》み話《わ》を話したから、ちぃちゃんは死んだんや！」

強い口調で糾弾する。

「い……いみわ……？」

聞き慣れない言葉に首を傾《かし》げる亜瑚。成美は般若《はんにゃ》のごとく顔を歪めて、唾を飛ばしながら喚き立てた。

「ちぃちゃんが死んだのは事故じゃない。祟《たた》りよ。あんたが鬼の話をしたせいで起きた祟りなんよ！」

「鬼の話って……成美ちゃん……、それはどういう意味？」

後ろで聞いていた時子が、声を震わせた。

「おばさん、こいつはね、舘座鬼家に伝わる鬼の言い伝えを……ネットで拡散しよったんよ」

成美の指はまっすぐ亜瑚に向けられている。

「ネットて、インターネット？　なんで、そんなこと」

時子は理解が追いつかないようだが、それはこちらとしても同じである。

「ほ……ほんとなのか、亜瑚」

啞然《あぜん》と突っ立っている亜瑚に一春が聞いてきた。冷静さを保とうとしてはいるものの、さすがに騒ぎがこれほど大きくなるとは思っていなかったようで、亜瑚と成美のあいだに挟まれ当惑していた。

「ええと、ごめん、心当たりがないんだけど」

「とぼけんといて！」思わずびくりとなる。

「あんな話投稿しておいて、シラ切るつもりとちゃうやろな？」

「投稿って……まさか、怪談の……朗読のこと言ってる？」

場にそぐわないワードを口に出し、苦笑が漏れる。

しかし成美は否定しなかった。

どうやら亜瑚の怪談朗読動画の存在を、成美は知っているらしい。

――そこで亜瑚ははっとした。

「もしかして成美なの……？　あのコメント……」

【Cちゃん死んじゃったよ。A子のせいで】

　さっきから成美は、亜瑚の投稿した動画についた不気味な文言《もんごん》と同じ内容を繰り返している。

　コメントが書き込まれたのも、知景の訃報を受け取るちょうど一日前だった。

　亜瑚の予想はだんだん確信へと変わっていく。

「ど、どうしてあんなこと、書き込んだの？」

　気味の悪さと憤りの混じった目で、亜瑚は成美を睨んだ。

　成美は否定しないが、答えもしなかった。

「……ねぇ落ち着きなよ成美。鬼に祟られるなんてことあるわけないでしょ」

　口調がきつくなる。だがそれは成美に正気に戻ってほしくてのことだった。

「たしかに、ほんとにあったちょっと怖い体験談は投稿したけど。話したら祟られるなんて、いやオカルト映画じゃないんだから――」

「鬼の話はしたらあかんって、あんたかて知ってたやろ。やのにそれを、あんな何人が聞いてるかわからんとこで言いふらすなんて！　ちぃちゃんはあんたのくだらん動画のせいで鬼神《おにがみ》さまに祟られたんや」

　成美はこちらの言い分を聞く気はないようだ。怨嗟《えんさ》の目を向けて話す。まるで子どものような稚拙な供述と、完全な言いがかりを。

しかし。

「鬼神さまの祟りやって？」

周囲はざわつき始めていた。

村の人間はその話題に、いやに敏感だった。彼らにとって、それだけ「鬼」は特別な存在なのだ。彼らが「鬼」と口にするとき。特にいまこの場に集まっているのは、村に長く住む老人が多い。「鬼」に対しては根強い信仰心があった。なにせそれを「神」と呼ぶぐらいなのだ。鬼の話、外で話したらあかんよ。悪いことが起こるから。亜瑚もそうやってよく大人に言われたものだ。でもそれは、一種の迷信みたいなものだと思っていた。

「どうしてそんな恐ろしいこと」

「前野のところの娘がなにかしたん？」

話は伝播《でんぱ》し、どんどん空気が悪くなっていく。

「亜瑚ちゃん、ねぇ……どういうことか説明して」

よろよろと時子が近づき、骨の浮いた手で亜瑚のスーツの袖にすがりついてきた。泣き腫らした目は赤く、血走っている。

亜瑚は自分が孤立してどんどん不利な状況に追いやられているのを感じ取った。

ほの暗い恨みの込められた成美の言葉と、その背後から集まってくる非難めいた視線に身が竦《すく》んで、うまく言葉が出てこない。

「ねぇ……嘘やんね？」

か細く弱々しい時子の声が、ひとしずくの疑念を孕《はら》んでいる。

つられて、亜瑚の胸の中に焦りと不安が芽生えた。

払いのけるように頭《かぶり》を振って、亜瑚はようやく喉の奥から声を絞り出す。

「知らない、知らなかった！　鬼の話がそんな怖いものだなんて、思ってなかったんです。勝手に動画で話題に出したことはほんとに、ほんとうにごめんなさい！　でも……」

「あんたは、いっつもそうや。いっつもあたしからちぃちゃんを奪う」

ああなるほど。こちらの言い分を聞く気のない成美の、利己的な感情論を前に、亜瑚は悟った。

鬼の祟りが本物かどうかなんて、どっちでもいいんだ。

ただ成美はどうしても私を悪者にしたいらしい。

幼い頃から三人一緒。でもあえて分かれるとしたら知景を除いた亜瑚と成美で遊ぶ組み合わせは存在しなかった。成美は自己顕示欲が強く、負けず嫌いだった。だから妹扱いできる知景のことは溺愛にも似た可愛がり方を見せたけれど、亜瑚とは意見が対立することもしばしばあった。

長年、内に秘めてきた小さな刃《やいば》を、ここぞとばかりに亜瑚に向けてきているわけだ。

あんな幼稚なコメントまで送りつけて。

それがわかれば今度は逆に、成美の卑しい魂胆に腹が立ってきた。

いくら泣き喚こうが勝手な言い分は通らないということをわからせてやらなければ。

祟りだなんて誤解されたままでは、知景がかわいそうだ。

亜瑚は冷めた目で成美を睨み返した。が、それより早く、

「おまえがちぃちゃん殺したんだよ！」

と強く腕を摑まれた。

「なに⁉　ちょっと、成美！」

「成美ちゃん⁉」

一春が止めに入る間もなかった。

成美はそのまま、亜瑚を広間の祭壇のほうへと引っ張っていくと、祭壇の前に安置された桐《きり》の棺《ひつぎ》の蓋をがばっと乱暴に外した。

「やめて成美ちゃん！」

と時子が悲痛に叫ぶ。

白い装束を纏った、子どもと見紛《みまが》うほど小柄な遺体が、そこには収められていた。

亜瑚になにかを感じる間も与えず、成美は遺体の顔面を覆う白布を即座に取り払う。

「よく見ろ！　これが鬼の祟りじゃないならなんなんだよ」

「やめてぇ！」

時子の金切り声が響き渡ったが、亜瑚には聞こえていなかった——その目に一瞬飛び込んできたものによる、あまりに大きな衝撃のせいで。

潰れた大きな芋だと思った。

崩潰《ほうかい》して、腐敗して、変質した芋に見えたのだ。

これがもともと人間の頭部だった物体だとは信じ難《がた》い。

その顔面は、なにか外側からの強い力によって握り潰されているように見えた。瞼《まぶた》は接着剤で貼りつけたようにぴたりと閉じられ、眼窩《がんか》は奇妙なまでに落《お》ち窪《くぼ》んでいた。開けようとしたのを無理矢理閉じられたかのごとく大きく変形した唇のあいだからは、折れた歯が何本か飛び出している。中心の鼻だった突起はひしゃげて二つの穴が残るのみとなっていた。

頭蓋《ずがい》の輪郭には、著しく潰れた凹《へこ》みが何ヶ所かある。正確には五ヶ所だ。その箇所を中心に鬱血して青紫色がひろがっている。鬱血をたどると指の跡に溝が、大きな掌《てのひら》の造形が、顔面にくっきりと浮かび上がるのだ。

——まるで鬼の手形。

巨大な鬼の手が、知景の頭部を握り潰して破壊したのだ。その痕跡は、あまりにもはっきりと残っていた。

目の前の写真に写る、あどけなくも美しい笑顔を浮かべる少女のあまりの変わり果てように、

「嘘……ちぃちゃん……なの……？　……どうして……なによ……これ……」

全身から血の気が引いていく。脚はがくがくと震えた。

「ああ……ぁあああぁ……あああ……っ」

背後で時子が慟哭《どうこく》しながら、へなへなと膝から崩れ落ちる。

「知景……うっ、ああ……どうして……っごぁがッ……」

嗚咽の最後は吐瀉物《としゃぶつ》となって床にぶちまけられた。

騒ぎは屋外に出ていた者たちにまで伝播しており、帰りかけていた数人の弔問客が再び広間を覗き込んでいる。

知景の遺体をはじめて目にした者もいたらしく、あちこちから慄《おのの》く声と悲鳴が上がる。

麻友と星麗南も、一春が遅いので様子を見に来ていた。麻友は首を伸ばして不躾《ぶしつけ》に棺を覗き込むと、「うわぁ」と顔を歪めた。

「あんたのせいだ……」

成美の、追い討ちの叱責が耳を抉《えぐ》った。

胃の中のものが逆流してくるのを感じ、片手で口を押さえた。これ以上見るのは耐えられない。もはや立っていることはかなわず、木棺の縁に手をかけて膝を折る。

——とそのとき。

白装束の袖胸の上で組んでいた青紫色の手がずるりと動き、自分の手の上に重ねられた。

ぺたりと冷たくて、ゴムのような皮膚の感触に、亜瑚は絶叫した。

四

それからのことはほとんど覚えていない。ただあのまま舘座鬼の家屋を飛び出したらしく、気づいたときには自分が使っていた二階の部屋で、布団をひっかぶって震えていた。

どれぐらいの時間が経っただろうか。

「亜瑚ちゃん」

名前を呼ぶ遠慮がちな声と、とんとんと部屋の戸を叩《たた》く音がした。

「ご飯、食べれる？」

やっと布団から這《は》い出《だ》して襖《ふすま》を開けると、星麗南のふたつの大きな瞳がじいっとこちらを見上げていた。心配して、呼びに来てくれたらしい。

「……ごめんね、ちょっと今日は……」

すると星麗南の小さな両手が、亜瑚の手をぎゅっと握りしめてきた。

「亜瑚ちゃんのせいじゃないよ」

やわらかい手のひらの熱が伝わってくる。星麗南は成美とのあいだにあったやりとりの内容を子どもながら理解しているようだった。心配させまいと微笑みを返そうとしたが、頬がひきつってうまくいかなかった。

「ありがと、星麗南」

星麗南ははにかんだ笑顔を見せた。天使のように可愛らしい。

「亜瑚ちゃんの動画、せれな見てるよ」

頬の横に両手を当てて、ひそひそ話をするように言った。

ああ、そういえば。

亜瑚は沈んだ気持ちで思い返す。

二年前に帰省したときは、動画を見せたり朗読を聞いてもらったりして星麗南と一緒に年末を過ごしたのだ。星麗南は怪談を怖がるかもしれないと思ったのだが、意外と興味津々に目を輝かせていた。さすが私の姪っ子だなぁなどと、誇らしくなったっけ。

「せれな、亜瑚ちゃんの動画すきだよ。またお話聞かせてね」

「……ありがとう」

彼女なりに亜瑚を励まそうとしてくれている。その気持ちが嬉しかった。少しだけなら食事も喉を通るかもしれない。なんとか立ち上がる気力が湧いてきた。

いまはこの天使のような姪っ子の存在だけが、亜瑚を支えてくれるものだった。

「着替えるから、ちょっと待ってて」

ずっとリクルートスーツを着たままだったのだ。逃げ帰る途中どこかで転んだのだと思う。膝を擦りむいて、破れたストッキングに血が滲《にじ》んでいた。

星麗南に手を引かれて階段を下りているとき、居間にある家の電話機のコール音が鳴り響いた。星麗南がびっくりして亜瑚の手を摑んだ。

「また苦情？　もう！　なんなん？」

苛立つ麻友の声。

しつこく耳障りなコールに一春が応えて、なにやら話をしたあと「申し訳ありません」と謝ってから、がちゃりと音を立てて受話器を置く。

亜瑚はそっと居間の暖簾《のれん》をくぐった。

亜瑚に気づいた一春は、はっとした顔をする。

「大丈夫かい？」

亜瑚は小さく「うん」と返した。

すでに夕飯の時間は終わり、母が台所で片付けをしている。ダイニングテーブルの上には自分の分の食事だけが、ラップをして置いてあった。

ぼうっとしたままのろのろと後ろに椅子を引き、その上に重い腰を下ろす。

苦情というのは、さっきの件だろうか。なにを言われていたんだろう。不安になる。でも怖くて尋ねられなかった。

亜瑚が電話のほうをじっと見つめていると、察した一春が声をかけてきた。

「成美ちゃんの言うたことは気にせんとき」

「てかなんなのあれ……滑落事故じゃなかったの……？」

亜瑚はぼそりとつぶやいた。兄に当たるのは筋違いだとわかっていつつも、つい言葉尻が棘《とげ》を帯びる。

「いや、死因は後頭部の強打って聞いてた。あの手……みたいな痕は、俺もさっきはじめて見た」

一春の声が一段と暗くなる。彼もまた、知景の亡骸《なきがら》の様相に衝撃を受けたひとりなのだから無理もなかった。

「亜瑚」

向かい側の席に、一春が座った。さすがに疲れが感じられるが、妹を呼ぶ声は優しい。

「舘座鬼家が鬼神さまを祀《まつ》っているって話あるやろ？」

「うん」

亜瑚は陰鬱な面持ちでうなずく。


むかーしむかし。

ここは平和な隠れ里でした。

ある日恐ろしい鬼が現れて、村の女を次から次へと食べてしまいました。

困り果てた村人は、お坊さまに、鬼を退治するように頼みました。

お坊さまは念仏を唱えて鬼を退治しましたが、その魂は悪霊となって、村に洪水や土砂崩れなど、たびたび災害を起こしました。

そこでお坊さまは、特別な血を引く一族に、この土地を護らせることにしました。

一族は鬼を「神」として手厚くお祀りしました。すると鬼の霊は、それから悪さをしなくなりました。


——この村で育った子どもはみんな、なんとなく耳にしたことがある話だ。それ自体には身に染みて恐ろしい印象はない。どちらかというと「桃太郎」とか「金太郎」のような、郷土に伝わるむかし話みたいなもの。

「それがそんな、『忌み話』とかいうやつだったなんて」

「まあ『忌み話』って言ってもな……」

一春は苦々しい顔で、頭をかいた。

「成美ちゃんは混乱してあんなふうに言うたけど、祟りなんてあるわけないし……普通に考えて」

とそこでいったん言葉を切ると、一春の瞳は一瞬揺らいだ。

「ただ、お年寄りたちのなかには、鬼神さまはほんとうにいるって信じている人もいる。ほら、亜瑚も小さいとき、ふざけて鬼の話してたら怒られたやろ」

「それはまあ」

村の言い伝えを、面白おかしく吹聴《ふいちょう》すると大人に叱られた。鬼の話は外でしたら不幸になるとか。災いが起きるとか。

だからといって、祟りが起きたのは亜瑚のせいだと寄ってたかって騒ぐのはどうかしている。成美の発言は混乱ゆえのものではない。鬼の祟りを盾に、亜瑚に知景の死の責任をなすりつける暴言だ。突然の不幸を受け入れがたい気持ちはわからなくはない。でも亜瑚だって悲痛な思いに耐えているうちのひとりなのに。

「ごめんな。時子さんには俺からきちんと説明しとくし。それまで辛抱な」

無言で憤る亜瑚をなだめるように、一春は言った。

「そのうちみんな冷静になるやろ」

「えーほんまに？　知景ちゃんの遺体、けっこう呪われた顔してたけど」

それまでとなりの和室でテレビを見ていた麻友がこれ見よがしな大声を出す。イラっとしたが、たしかに知景の亡骸の状態が異常だということは、無視できない事実だった。

そのひとことでまた、不安の波が押し寄せる。

「ていうかネットで拡散とかってほんまにやる人おんねんなぁ。家族に迷惑かけるとか考えへんかったん？」

あけっぴろげな口調だがその言葉はひどく辛辣だ。

「ウチやっとご近所さんたちに受け入れられはじめてたのに、また家族が白い目で見られるようなったらと思うと……はぁ。ほんまないわ」

それ自体はもうだいぶ前のことだが、当時、近所の人たちはなぜか一春と麻友の結婚をよく思っていなかった。たぶん麻友が中学時代に悪い友達とつるんでいたのがたまたま村の人のあいだで知られて広まったからだ。不良嫁とかあばずれだとか、散々な言われようだったのを亜瑚も覚えている。

「別に地元のむかし話ぐらいネットで話したって、問題ないやろ」

と一春はやんわりと妻を制し、妹の肩を持ってくれるが、

「最近星麗南の目が悪くなったのも祟りのせいなんやないの？」

と麻友の不平は止まらず、関係ないところにまで飛び火する。

「あほなこと言うな。星麗南は本の読みすぎで」

「前に一春も原因わからん骨折したことあったやん？　あれも——」

どん、と拳がテーブルを叩いた。

「関係ない！」

一春の声には、いまだかつて聞いたことのないような暗い怒気が込められていて、麻友もさすがに口をつぐんだ。

張り詰めた沈黙が居間におりた。

兄の原因不明の骨折なんて話、亜瑚ははじめて知った。

——なに、それ。いつ？

不安の種がまたひとつ、黒い芽を出す。

それも鬼の仕業《しわざ》なのではないか。

自分のせいだったらどうしよう。そんなわけないのに罪悪感が芽生える。

目の前の拳は固く握られている。怖くて、兄の顔を見られなかった。

「あーあ……せっかくこの村にもなじんできたのになぁ、星麗南」

麻友は大げさに息を吐き出す。和室で本を読んでいた星麗南は急に話題を振られておどろいたようだ。肩をびくりと震わせ、黙り込んでしまった。

「こんな辛気臭いとこ引っ越したろかって、思うよなぁ？　星麗南もおっきい小学校でお友達いっぱいできたほうが楽しいやんなぁ？」

わざとらしく猫撫《ねこな》で声《ごえ》を出す母親に対して、星麗南は黒々とした瞳を揺らして戸惑う。

「しゃべられへんの？　星麗南。なんか言うたら」

一変して、脅すような口調を出す。亜瑚は文句を言いたくなったが、ここで口を出したらもっと風向きが悪くなると思って、黙って見守った。

娘の態度にしびれを切らした麻友は、不満げに舌打ちすると居間を出て行ってしまった。

亜瑚は暗い気持ちで彼女の後ろ姿を見送った。

他人がどう思うかおかまいなしに、自分の気持ちを押しつけてくる。

好きな人には愛想よく振る舞う一方、気に入らないと容赦がない。

亜瑚はむかしから、義姉のそういうところにどうしても苦手意識を持っていた。そんな麻友はかなり――娘にもきつく当たるほどイライラしているようだった。

自分はいま、麻友にとって「気に入らない人」になってしまったのだと思うとまた一段と気が滅入った。

　星麗南も不穏な空気を感じ取ったのか、読んでいた本を閉じたまま膝を抱え、虚空《こくう》を見つめて固まっていた。

＊

　知らなかったとはいえ、動画を投稿してしまったことは取り消せない。不安と後悔と屈辱とが入り乱れ、布団にくるまってからもなかなか寝つけなかった。

　村人から向けられる視線。

　正気を失った成美。

　ちくちくと胸を刺す麻友の言葉。

　そして棺の中から伸びてきた手の感触を思い出すと、全身に悪寒が走る。

　あれはいったいなんだったんだろう。こびりついた感覚をこそげ落としたくて、触られた右手の甲を絶えずさすってしまう。

　目を瞑ると、成美から浴びせられた「あんたのせいだ」という声が呪詛《じゅそ》の鎖のように頭の中で絡み合い反響する。

　――成美、どうして。

成美があのコメントを書いた張本人であることを、亜瑚はすでに確信していた。
どうしてあんな嫌がらせしたの。どうして私のせいだなんて。
そもそもどうして私が怪談朗読動画を投稿していることを知っているの？
成美の言っていることは、なにもかもがおかしい。
明日は知景の葬儀がある。
もっときちんと、成美と話そう。
私たち、三人いつも一緒の仲良しだったんだから。
落ち着いて話せば、きっと仲直りできるはず――。
一日であまりに多くのことが起こりすぎたが、思えば東京を出てきたのは今日の朝だ。
長旅の疲労も手伝って、眠気はやがて思考を凌駕《りょうが》していった。

五

早朝に目が覚めた。
中学卒業まで自分の部屋だった和室は、久しぶりに一晩過ごすとこんなにも木の香りに包まれていたのかとおどろかされる。

窓の外に目をやると、空は薄紫色にしらみはじめていた。ガラス戸を開けると、五月末でも肌に触れる風は涼しく、半袖では寒い。

静かな空気に、ときおり甲高い鳥の声がこだまする。

こういうのをいわゆる「爽やかな朝」と呼ぶのかもしれない。

目の前には前野家の田んぼが広がっている。田植えはすでに終わり、青々とした稲が発芽している。子どもの頃はなにも感じないほどに見慣れていた風景なのに、いまとなっては幻惑的な美しさすら感じる。わずかのあいだに自分の感性はずいぶんと都会の人間に近づいてしまったようだ。

ちょうど窓の下、一階には玄関がある。見下ろせば軒先に、赤いランドセルを背負った自分たちの幻影が浮かぶようだった。

この部屋には知景もよく遊びに来た。いつも勝手に玄関を上がって、とん、とん、と軽い足音でゆっくり階段を上ってくる。それから障子の戸をばーんと勢いよく開けて、高らかに「亜瑚あそぼー！」と宣言するのだ。

亜瑚の家には、テレビゲームのソフトがたくさんあった。知景は意外と、一春のお気に入りであるＳＩＲＥＮやバイオハザードシリーズが好きだった。怖がりな亜瑚には絶対に手を出せないシロモノだったけれど、知景に「いっしょにやろう」とせがまれると、いいところを見せたくてプレイした。ゲーム内の化け物に襲われるたびに過剰な叫び声を上げる亜瑚を、知景はくすくす笑いながらながめていたっけ。

——あんたのせいだ。

不意に成美の声が呪詛のように脳内にこだまし、思い描いた知景の笑顔が潰れて変色する。

亜瑚はバタンと勢いよく窓を閉めた。

そのままそこにずるずるとうずくまり、手近にあったスマホを取るとＬＩＮＥの画面を開く。

親戚に不幸があって実家に帰るため数日休むという連絡を、ゼミ仲間とバイト先と養成所には入れていた。

曾祖母どうしが姉妹であるため嘘ではないが、これまで知景のことを親戚と呼んだことはなかった。こんなかたちでその関係を持ち出すことになるなんて悲しい。

風花からは、【了解。無理せず気をつけて】と簡潔な返信が返ってきていた。

一昨日まで学校に行けば当たり前に会えた友人たちの存在が、急に遠くに感じる。

この場所だけが世界から隔絶されて、時が止まったかのようだ。

「――ナレーターかぁ」

中学のころ、この部屋で知景と将来の話をしたのを覚えている。

「亜瑚はラジオが好きだったもんね。夢があっていいなぁ」

小学生の頃、知景と亜瑚のなかではラジオのパーソナリティごっこが流行《はや》っていたのだ。

「ちぃちゃんは、やっぱり高校行かないの？」

「うん。遠くに行くのはよくないみたいやから。通信制とか、家庭教師とか？　そういうので勉強して、高卒認定は取りたいと思うけど」

その目はどこか遠くを見つめているようだった。

「そっか」

知景は足腰が弱かった。体質的なものだという。特に中学になってからは症状が悪化していて、ひどいときには歩行に杖《つえ》を要する場合もあった。遠方の学校まで電車で通学するのも、下宿生活を送るのも困難だろうと、母の時子から許可が出なかったのだ。

成美も高校からは村の外で寮生活だ。なんだか知景だけが取り残されてしまうみたいだ。知景がいない知らない街で、自分はやっていけるだろうか。ずっとそばにいたから、いないことが想像できない。

心細さに俯《うつむ》くと、ふと知景がぽつりと口にした。

「ときどき全部壊してどっか飛び出してしまいたくなるんよ。足も頭も、動かなくなるぐらい遠くまで……。亜瑚と一緒に、高校行きたいな」

「行こうよ！」

亜瑚はぱっと顔を上げた。それは自分がいちばん望んでいたことでもあったのだ。なぁんだ、知景も同じだったんだ。歓喜に胸が熱くなった。いまからでも遅くない。知景の身体のことはなんとか自分が支えるから。そうまでしても知景を連れて外の世界へ行きたい。

だけど。

「――だから亜瑚もたまには戻っておいでな」

屈託のない、でもどこか達観したような美しい笑みで知景は言った。

その顔を見た亜瑚の心はすっと冷め、ものさびしい風が吹き抜けた。

「知景、待ってるから」

思えばあのとき、知景はあきらめでも悲観でもなく、村から出る未来がないということを静かに受け入れていたのかもしれない。

知景の母・時子は、知景に対して少し過保護だった。外で遊ぶときは必ず見張り、ほしいものはなんでも与えた。

ガラス細工の作品を愛《め》でるかのように。

かごのなかの鳥を一生懸命世話するように。

大切に慈しんで育てていた。

いまとなってはそれらが、外の世界では生きていけない知景を、必死につなぎとめておくための行為にも思えてくる。


「待ってるからね、いつも――ここで」


時間の止まった鳥かごのなかで、知景は亜瑚が帰って来るのを待っていてくれたのだ。

それなのに。

高校に入学した私は、田舎者って舐《な》められたくなくて周囲になじむことに必死で、面倒だからってそれほど帰省もせず、だんだん知景とも疎遠になって。

その末路がこれ。

知景が死んだのは私のせいだなんて言われてる……。

ほんとうにそうかもしれない。だって事故にしてはあまりにも異様だった、知景の遺体のあの顔面。

考えれば考えるほど、どんどん自分に自信が持てなくなっている。代わりに、形のない罪の意識が膨らんでいた。

ふと静寂を破り、バタバタと階段を下りていく足音があった。一春のものだろう。

なに、もう行く時間？

亜瑚はぼんやりとした頭でまたリクルートスーツに着替えた。知景の告別式は午前中に開場する。朝食を食べたらすぐ出発だろう。

昨日、知景の遺体を前に地獄のような一幕があったから、村の人たちや時子や成美にまた会うのはひどく気まずい。感情を殺して機械的に過ごすほかあるまい。

重い身体を引きずって居間に顔を出すと、家族が神妙な面持ちで集合していた。

食卓テーブルの上で両手の拳を握り、背中を丸めて微動だにしない父と、その斜め向かいで気だるそうに髪をいじる麻友。

母は朝食の用意の途中で台所から出てきたようで、エプロン姿で佇《たたず》んでいる。

一春がいままで家族に向かって話していたようだったが、亜瑚を見ると口をつぐんだ。

だれも亜瑚と視線を合わせようとしない。昨日のことで、どう声をかけたらいいのかわからないのだろうか。

星麗南だけが和室から小走りに寄ってきて、「亜瑚ちゃん」と腕にひしとしがみついた。

「おはよう星麗南」

亜瑚は少しだけほっとして微笑んだ。

しかしあとにはまた陰鬱な沈黙がおとずれる。

だれもが気まずそうに視線を逸《そ》らすなか麻友が、亜瑚を横目で睨んで言った。

「正直に言うたらええんちゃう？　なぁ。亜瑚も家族に隠しごとされんのは嫌やろし」

「え？」

亜瑚はなんのことかわからずに、一春と両親を交互に見た。まるで罪を犯したかのごとくうなだれている。

知景のために喪に服す空気だとしても、様子がおかしい。

「どう、したの？」

恐る恐る亜瑚が尋ねると、一春が重い口を開いた。

「成美ちゃんが……」

「成美、またなんか言いに来たの？」

亜瑚が尋ねると、また言い澱む。

窒息してしまいそうなほど重苦しい空気。

一春は、必死に言葉を選んでいるようにも見える。

「なぁなんで教えたらんの？」

もう我慢できないというように沈黙を破ったのはまた麻友だった。

「成美ちゃんが自分の部屋で首吊《くびっ》って死んどってんて！　亜瑚に教えたりや！」


「……え？」


亜瑚は一瞬、頭が真っ白になった。

「どういうこと？」

重ねた問いに、だれも答えない。

「──嘘、嘘でしょ？」

亜瑚は完全にパニックに陥ってしまっていた。動悸《どうき》の激しくなる胸を押さえながら、肩で息をすることしかできなかった。

一春が首を振った。

「さっき警察が来て……昨日の夜中らしい」

成美が、成美まで、なんで。

首吊《くびっ》り？　ってことは自殺？　意味がわからない。

そのとき、

「のう前野の娘や！」

家の外で、誰かが叫んでいるのが聞こえた。

「久しぶりに帰ってきたと思ったらどないな災い持ち込んでくれとんねん」

村の人たちが自分のことを責め立てにきたのだとわかった瞬間、亜瑚は血の気が引く思いがした。

男の声も、女の声も、口々に囃《はや》し立《た》てる。

「成美ちゃんも死んでもうたで」

「鬼神さまを怒らした祟りや、はよ出ていきや」

「鬼憑《おにつ》き女《おんな》！」

「親不孝者」

「だいたいなんでおまえはなんともないんや？」

「ほうや、おまえは疫病神や！」

ひとしきり騒ぎ立てたら飽きたのか、声は遠のいていく。が、亜瑚の胸には強い焦燥感が残された。

「あーあ、じーさんばーさんに嫌われた」

麻友が他人《ひと》ごとのように失笑を漏らす。

一春が舌打ちし、星麗南は不安げな表情で亜瑚を見る。

亜瑚は震えながら頭を抱えてその場にうずくまった。

「嘘、嘘だよそんな、あるわけないよ祟りなんて」

塞いだ耳の向こうで、だれかの手が亜瑚の肩に優しく触れるのがわかった。

「ごめんね亜瑚ちゃん、知景ちゃんのお葬式は、亜瑚ちゃんお留守番していたほうがいいかもしれへんわ」

亜瑚はゆっくりと顔を上げた。

「お母さん……？」

「ね、お父さん、お兄ちゃん」

父は石像のようだ。ひたすらなにか考え込むように黙っている。代わりに一春が、険しい顔でうなずいた。

「ああ。いま亜瑚が出て行ったら、村の人らになに言われるかわからんし……俺も正直、怖い。亜瑚、ごめんな。知景ちゃんに最後のお別れ、言えへんのつらいよな」

その言葉の重みに鼻の奥がつんとした。

「かわいそうに、こんなことなって……わざとやなかったんやもんな」

母の同情が追い打ちとなり、涙で視界が乱れた。

ズキズキと、頭が痛む。

罵倒する者も、同情する者も、知景と成美の死を、鬼の祟りのせいだと考えている。

その状況が亜瑚にとっては絶望的だった。

ちぃちゃんにさよならを言えない。

そんな状況を作り出した周囲に対して、亜瑚はふつふつと怒りをおぼえた。

本来なら、さっきの年寄りどもを追いかけて、一発怒鳴り返してやりたいところだ。しかし実際にそんな気力が湧くはずはなく、怒りはすぐに悲しみに押し潰され、底の無い沼に沈んでいくような感覚に陥る。元凶である成美が死んだせいだ。

死んでしまったら、誤解を解くこともできないのに。

首を吊るなんて。

どうして昨晩命を絶ったの？

ちぃちゃんの後追いのつもり？

それともまさかほんとうに……。

成美の死が超常的な力によるものだという可能性を、亜瑚は一瞬本気で考えかけていた。


おお……お……

地鳴りのような音が、遠くで聞こえた気がした。

六

「亜瑚」

そっと名前を呼ぶ兄の声と、襖を開ける音がした。

「知景ちゃんのこと、お見送りしてきたで」

「……」

「亜瑚の分まで、ちゃんとお別れ言っておいたからな」

一春はいつにも増して、冷静だった。あえて感情を抑えているのだと思う。彼はいつもそうなのだ。いつも自分の気持ちより、他人への気遣いを優先する。

「一兄も、鬼の祟りのせいでふたりが死んじゃったって思ってるの？」

亜瑚は涙を拭って、鼻水が流れてくるのをすすりあげた。小さな子どもの頃にも一度、普段優しい母にこっぴどくしかられて――なにが理由だったかは覚えていないが、こんなふうに泣きながら布団に潜り込んだことがある。

あのときも、様子を見に来てくれたのは兄だった。

一春は近づいてきて、亜瑚のそばに膝を折ると、優しく話しかけてきた。

「みんな不安で気が立ってることは否定できん」

こうやって話すときの兄の声には、他人を落ち着かせるなんらかの周波が出ているといつも思う。

亜瑚はゆっくりと身を起こした。顔にかかったぼさぼさの髪を払《はら》い除《の》ける。

「祟り云々《うんぬん》に関しては……俺は信じてないよ。ただ昨日も言うたけど、この村に鬼の言い伝えがあることは事実や。年配の人たちは特に、小さい頃からそれ聞いて育ってきた。だからこう立て続けに人死にが出ると、祟りやと信じ込んでしまう人も、正直多いのかなと思う。けど……そうだとしても、亜瑚のしたことが祟りの直接的な原因っていう根拠はないし、もちろん亜瑚に責任は絶対ない。やから気に病む必要はないで。知景ちゃんも、そう思ってくれるはずや。……成美ちゃんも」

「成美ちゃんも」と言うとき一春が一瞬ためらったのを、亜瑚は見逃さなかった。

一春の慰めは温かくて優しいが、根拠はない。亜瑚の憂心と鬱憤を拭い去ってはくれない。

「次は私だ」

うわごとのようなつぶやきが口をついて出ていた。

そうだ。知景、成美ときて、自分だけに害がないだなんてありえないじゃないか。一連の流れがここで終わるとは思えない。最後は私も祟りに――。

自分の末路に気づいてしまったとたん、憂鬱は恐怖へと変わった。

動悸がにわかに激しくなっていく。苦しい。目に涙が溜《た》まる。一春の顔がぼやけた。

「次に殺されるのは、私……」

「しっかりし。祟りやないって、自分でも思ってるんやろ？　大丈夫、兄ちゃんがついてる。絶対守ったるから、な」

「一兄……」

一春は微笑むと、子どもにするように亜瑚の髪をくしゃりと撫でた。

「亜瑚が自分を信じんでどうすんねん」

「うん……そうだね」

九つ歳が離れているため、亜瑚と一春はけんかというけんかをしたことがない。どちらかというと、父親がもうひとりいるような感覚だ。兄がいてよかったと心の底から思った。

一春と知景も仲が良かったことを、ふと思い出す。

亜瑚と同じように、知景も「一兄ちゃん」と呼んで慕っていて、一春も、そんな知景と過ごす時間はほんとうに楽しそうで、彼女のことを憎からず思っていたであろうと感じることが多々あった。

おとなしく優しげな雰囲気は似たところがあるし、ゲームの趣味も合っていたし。

知景の十五歳の誕生日に一春が贈った市松《いちまつ》人形だって——亜瑚には気味悪く見えてと

ても取り扱えない本格的なものだったのだが――知景は大喜びで受け取って、部屋に飾ると言っていた。

もう少し歳が近ければ、ふたりは結婚していたかもしれない。これは完全に勝手な妄想でしかないが。

優しい兄には、派手で自己中な麻友よりも、無邪気でおっとりとした知景のほうが、ずっとお似合いだったのに。

一兄が知景と結婚していたら、村の人たちも穏やかに祝福してくれたような気がする。

一兄と知景が結婚していたら、知景は死ななくて済んだかもしれない。

無駄だ。

そんな「もしも」を考えたところで、ますます悔恨が深くなるだけだ。

余計な考えを頭から振り払ったそのとき、からから、と玄関の引き戸が開く音がした。

続けて、「ごめんください」と一声。品の良い、しかし疲労を滲ませた舘座鬼時子のものだった。

時子の声を聞くと、亜瑚の気持ちは重く沈んだ。しかし一春は、さっと表情を硬くした。亜瑚のことが急に目に入らなくなったかのように無言で腰を上げると、そのまま部屋を出て階段を下りていってしまった。

「一兄……？」

急にひとり残された亜瑚は、無性に心細く感じた。

それにしても葬儀の進行で忙しいはずなのに、時子がわざわざ訪ねてくるなんて、いったいどういう用件だろうか。一春の反応もなんだか変だ。

のそのそと重たい身体を引きずって、亜瑚は兄のあとを追うようにそっと部屋から抜け出した。

しかし時子と顔を合わせる勇気は出ないので、玄関先での会話がぎりぎり聞こえそうな廊下の端から聞き耳を立てることにした。

「時子さん。あの、なかに……」

と一春が促すが、時子は「いいえ、ここでいいわ」と断った。

「成美ちゃんは……」

一春は周囲を気にしているようで、言葉少なだ。

「警察の人は自殺やゆうてはりますわ」

時子は素っ気なく答えた。あまり興味がないように聞こえた。成美の死は、そこまで祟りだとは騒がれていないのかもしれない。

「一春くんにはお世話になったわね」

淡々とした時子の話し声は、怪談でも語っているかのように虚《うつ》ろだった。昨日通夜のあとに声をかけてきたときとはまるで違う。魂を抜き取られてしまったかのように、感情がない。

「知景はみんなをよう守ってくれました。だけどこうなったらできるだけはよう、知景に代わる供養役の【きひ】が必要です」

なにが必要だって？　よく聞き取れなかった。聞き間違いかもしれない。

「元凶は」と一春は続けて尋ねる。「亜瑚が鬼の話をしたことではないんですよね……？」

心臓がぎゅっと縮む。それと同時に、一春の発言に違和感をおぼえた。

時子の答えは、亜瑚が恐れていたものとも、期待していたものとも、まったく異なるものだった。

「わかりません。けど知景の力が【きひ】のおんりょうに負けてしまったのはたしかです」

その短い台詞のうちに、亜瑚に理解できることはひとつもなかった。

知景の力？

【きひ】のおんりょうに負けてしまった？

どういうこと？

「おんりょう」とは、「怨霊」のことだろうか。まさか。

しかし一春はそれらを聞き流して、

「……なにか祟りを鎮める方法というのは」

と尋ねた。

そこで亜瑚は、さっき感じた違和感の正体に気付いた。

彼の質問のしかたでは、一春もまた、なんらかの理由で「祟りは起きている」と考えているように聞こえるのだ。亜瑚には信じていないと言ったのに。言っていることと違う。

「どうにか供養の部屋を封鎖してみます。でもできるだけ早く、代わりの【きひ】を立てる必要があるわ」

時子はやはり【きひ】と言っている。

でもなんの話かさっぱりわからなかった。

まるで時子がどこか言葉の通じない異国の住民で、自分はそこに迷い込んでしまった旅人のような錯覚に陥った。

意味のわからない漠然とした不安に苛《さいな》まれるので、時子には早く帰ってほしい。

「どうやって」

と一春は早口で問う。まるでなにかに怯《おび》えているかのように、落ち着きがなかった。

「脩には学校をやめて帰ってきてもらいます。あの子ももう二十歳やし、適当な娘に子を生ませて早いところ家を立て直さなあかん。村を守らな。それまではあんたのとこの子に代理をつとめてもらいます」

依然として落ち着いた口調ではあるものの、時子の言うことはなんだか変だ。

知景の弟の脩は、ほとんどの若者と同じように高校から外に出て、今は大学に通っている。姉が亡くなったから、家を継ぐ人がいなくなった、ということなのだろうけれど、わざわざ学校をやめさせてまですぐに村へ戻すというのは、奇妙に思えた。それもまるで、子どもを作るためだけみたいに言うのも気持ちが悪い。

しかし、一春はそれについてなにも言わず、「わかってますやろ?」と念を押されて、

「ですが、うちの子にそんな力は……」

と細々答える。「うちの子」と呼ぶのは星麗南のことだろうか。だが星麗南になんの関係があるというのか。

「だれもおらんよりましよ」

と時子は言って、それからすぐにからからと扉の開く音が聞こえた。

いまの話はなんだったのだろうか。

知景は力がかなわなかったから死んでしまった——らしい。でも「力」とはなんのこ

とだ。

【きひ】というのは、聞きなじみのない言葉だったし、一春の怯えたような態度も謎だ。

しかも、亜瑚のせいとまで思っているかどうかはさておき、一春も結局は鬼の祟りを信じているようなのだ。

いくつも疑問が吹きこぼれたが、亜瑚の頭と心はすでに、なにも考えられないほど疲れてしまっていた。

一春の深いため息と、近づいてくる足音がしたので、あわてて二階の自室へと戻る。安全なのはこの部屋だけな気がして、夜まで引きこもった。だが胸騒ぎはずっと消えなかった。

知景の死が、いろいろな人の運命を徐々に狂わせていくような嫌な予感がした。

そして予感は、その晩すぐに現実のものとなる。

七

深夜、壁の奥で物音と声が聞こえた。

這い寄る恐怖から逃れるように、亜瑚は布団のなかで冷え切った足の指先を擦り合わせ、右の手の甲を左手で包み込むようにして身体を丸めた。

――やっぱり、次は私が祟られてしまうのだろうか。

怪談朗読では、いままでに何度も呪いや祟りの話をしてきた。心霊系の企画の際にはお祓《はら》いに行ったほうがよいなどという話はたまに聞くが、まったく実行したことはなかった。それでも自分の身辺に霊障《れいしょう》が起きたことは一度もなかった。だから祟りなんてものは存在しないと思っていた。

思っていたのに。

しかししばらく耳をそばだてていると、どうやらそれがとんでもない勘違いだったことがわかってきた。

亜瑚が耳にしていたのは、甘く湿った女の声だった。

壁一枚隔てたとなりは一春の部屋だ。

ひときわ甲高い嬌声《きょうせい》で、すべてを悟った。

もしかしたら鬼の声より聞きたくなかったかもしれない……。

別に悪いことではないけれど。むしろ夫婦仲睦《なかむつ》まじいのは大変よろしいんだけれども。

あんなことがあって、家族そろって深刻な話をした直後に、よくそんな気分になれるな、とほとほとあきれてしまう。文句は言えないが。

立て続けに村の若者が無惨な死を遂げ、村全体が重く沈んだ空気をまとっているなか、前野家はその渦中にあり、義妹《いもうと》は村から怪死の元凶のように見なされて孤立しているのに。

麻友はそんなことおかまいなしに自分の欲を満たす。その図太い神経は羨ましくさえあった。

心優しい一春は、麻友の欲求にしかたなく応じているに違いない。

きっとそうだ。

耳を塞ぐように布団を頭からかぶり、イヤホンを耳に挿して動画サイトを漁《あさ》った。ブルーライトがまぶしく瞳を焼く。怪談朗読チャンネルの新着動画も、ＶＴｕｂｅｒの深夜のライブ配信も、目についたどの投稿にも全然興味を惹《ひ》かれなかったが、耳が痛いぐらい音量を大きくして、とにかく順番に再生した。しかしそれだって電波が悪いので、数十秒に一回停止する。すべてのことが数珠繋《じゅずつな》ぎにストレスを生み出して亜瑚を苛立たせた。

一時間ほど経っただろうか。

イヤホンを外してみると、すでに隣室は無音だった。

ほっとして長いため息とともに身体の力を抜いた。

静かな時間が過ぎていく。

考えることをやめ、目を閉じてみるも、なかなか寝つけそうにはなかった。

そのまま何十分と過ぎただろうか。

突然、部屋の襖ががたんと開いた。

亜瑚はびくりと身体をこわばらせた。わずかな物音にも、過剰に敏感になっていた。

「ねぇ、起きてるんでしょ？　聞こえてるんでしょ？」

ねっとりとした麻友の声だった。

危険を察知した小動物のように本能的に、全身に鳥肌が立った。

息を殺し、布団のわずかな隙間から目を覗かせると、暗闇の中に立つ麻友の脚が見えた。あわてて布団の隙間を閉ざす。

麻友は、畳の上を素足で擦るようにしながらゆっくりと、亜瑚の寝ている布団のほうへと寄ってきた。

「あたし考えたんだけどねぇ、亜瑚は村に帰ってきたらあかんかったんちゃう？」

酔っているのか、麻友は呂律《ろれつ》の回らないしゃべり方をする。

「村から出て、東京なんか行くからやん。亜瑚はもう、そのときから鬼に憑かれてるんよ。あんたが鬼を連れてきたんよ」

言っていることも支離滅裂である。

「知景ちゃんも、成美ちゃんも、あんたのせいで死んだやん」

「違う……私のせいじゃない」

寝たふりをして切り抜けようと思っていた亜瑚だが、自分に言い聞かせるつもりで思わず反論してしまった。枕に頭を埋《うず》め、擦《なす》りつけるように首を振る。

「あたしにはさぁ、星麗南を守る義務があるわけ」

猫撫で声が近づいてきた。麻友がしゃがんだのだろう。吐息が布団をわずかに揺らし、すぐ耳元に顔があることがわかる。

「なぁ亜瑚？　アンタの連れてきた災いなんやからさぁ、責任持って罪を償いや」

ばっと布団が剝ぎ取られ、麻友が覆いかぶさってきた。

「だから違うって！」

耐え切れず叫んだ亜瑚の喉に、麻友は怯《ひる》むことなく両手を回す。

「あたしが手伝ったるから」

「麻……友さ……っ！」

麻友は本気の力で絞めつけてきていた。

一瞬湧いた怒りが、すぐに恐怖へと変わっていく。

麻友は上背《うわぜい》があって喧嘩《けんか》も強い。一方亜瑚は、身を守るすべさえろくに知らない貧弱な体格だ。力ではかなわなかった。

そこへ突然、小さな影が割って入った。

「やめて……お母さんっ」

星麗南が母親の麻友の背中に抱きついて、思いっきり引っ張ったのだ。不意打ちに、首元にかけられた手の力が少し弱まる。しかし、

「なにしとんねん！」

麻友は身を捩《よじ》り星麗南をたやすく振《ふ》り解《ほど》いた。

弾みでしりもちを着いた星麗南は、声を震わせながらも必死に母親に訴えかける。

「やめて。亜瑚ちゃんは悪くない……」

「どけ！」

自分に痛みはないものの、目の前の光景に亜瑚は思わず悲鳴を上げた。麻友が自分の娘を、その足で思いっきり蹴飛ばしたのだ。星麗南は声を上げずにぱたりと床に転がった。

「あ……亜瑚ちゃん……、悪く、ない……」

咳《せ》き込《こ》みながら、なおも主張する星麗南。麻友は一度亜瑚を離すと、星麗南に近づいて髪を乱暴にぎゅっと摑んだ。

「なぁ星麗南、静かにせんと無理やり黙らすで」

「麻友さんやめて！」

亜瑚は麻友を止めようとしてよろよろと立ち上がったが、逆に突き飛ばされてしまう。

麻友は先ほどまでの酔ったような動きが嘘のように俊敏だった。

前のめりに倒れ込んだ亜瑚に、麻友が後ろからまた喉へと手を伸ばしてきた。

後ろからぐっと首を引かれる。苦しい。視界が涙でぼやける。本気で殺意を感じた亜瑚は、

「一兄……！」


助けを求めて叫ぶが、掠《かす》れた声しか出なかった。

「無駄やであの人、一回イッたらなかなか起きひんから」

麻友が嘲笑《あざわら》い、亜瑚を絶望させた。


気持ち悪くて、惨めで、怖くて、全部が不快。全部が悪夢。

これが……これこそが全部、祟りなのかもしれない。

それなら、次に殺されるのは私であるのが道理だ。

恐怖があきらめに変わりかけたときだった。


「あ、あ、あ、……あ？」

麻友が突然、動物の鳴き声のような奇妙な声を上げはじめた。

「痛、……いたい、いたいいだいいだいぃ!!」

ひきつれた悲鳴とともに、首を絞めていた麻友の両手の力が緩み、ぱっと離れた。同時に、亜瑚の頭は鼻から畳の上に落下した。

「……っ」

ぶつけた鼻を押さえて後ろを振り向き、亜瑚は絶句した。

不可解な行動は、麻友が自分の意思でおこなったものではなかった。

両腕は、両側から無理やり引っ張られて、極限まで伸びきっていた。さらに胴体は不自然なほどに後ろに反り返っている。ぎしぎしと、みしみしと、骨と皮の軋《きし》む音がする。

「いヤあああああああ!!　痛いいたいいたい!!」

眼球が飛び出し、顎が外れんばかりに大口が開く。

亜瑚は息を呑《の》むことしかできない。

目の前で、ありえないことが起こっている。

　麻友はもうずっと言葉にならない絶叫を続けている。助けるべきか、頭が混乱した。というかそれ以前に恐怖で一歩も動けない。助けられるわけがないと、本能的に理解していたのだ。

　麻友から目を逸らさずに、そばにいた星麗南をやっとの思いで抱き寄せる。

「うぎゃあああああああ……がァ、」

　絶叫に喉が潰されたのか、しだいに声は嗄《か》れ、代わりにごほごほと咳き込む。両腕を極限まで広げたまま、反り返りの激しいブリッジ姿勢。いや背中は後ろに反るというより、胴がふたつに折り畳まれていると言ったほうがいい。自然にできる姿勢の限界は、とっくに超えていた。

　次の瞬間、まるで何者かによって抱えあげられるかのように、その身体は折り畳まれたままふわりと宙に浮き上がった。

「がァァ……ごふっ」

　口から吐いた血がぼたぼたと畳に落ちる。

　星麗南は悲鳴を上げる。

　あまりの光景に、亜瑚は身動き取れず、ただただ震えることしかできなかった。

　とにかく星麗南が見ないように胸に抱き、身を寄せ合いながら目を瞑った。

　やがてその耳に、恐ろしい断末魔が聞こえてきた。

「あガァァァァ!!　取ってぇぇぇぇこれ取ってヨォおぉぉぉぉねぇあ、亜瑚、せれ、な……か、ずは、る……た、す……」

……ばきっ、ばきっ、ぼきん、

枝より太い、木の幹が折れるような、耳をつんざく音、次いで、水溜《みずた》まりの上に魚を叩きつけたような、びちびちという湿った音。

目を開けると、その音の正体がわかった。

人体が折れた音だ。

後ろに仰《の》け反《ぞ》った麻友の身体は、腸のあたりで真っ二つに折れて、ちぎれていた。
両腕も肩の付け根からねじ切られている。
魚のようだったのは、黒々とした血の池に、肉片が散らばって落ちた音だった。

鬼だ。

こんなことができるのは鬼しかありえない。

鬼が麻友を殺した。亜瑚はまさにその一部始終を目《ま》の当たりにしてしまったのだ。

「いやあああああああぁぁぁぁ!!」

亜瑚は自分でも聞いたことのないほど声を張り上げ、絶叫した。

「おい、どうした!?」

一春も騒ぎにやっと目を覚ましたらしい。だが駆けつけるというにはあまりに遅すぎた。部屋の明かりをつけて明らかになったのは地獄だった。

亜瑚はまた悲鳴を上げて、座ったまま足で後ずさる。

一春は、目の前の光景を理解できずに数秒のあいだ、硬直していた。

「え……?」

四つのばらばらの肉塊が、それぞれ人体の一部だということは遅れて認識された。

上半身は仰向けで、マネキンのような白い身体に、麻友の頭部がついていて、目が飛び出したままの恐ろしい形相で、虚空を睨みつけて、こと切れていた。

「……ああ……ごめんなさい」

ただ震えてがちがちと歯を鳴らし、頭《こうべ》を垂れて懇願することしかできなかった。泣き叫ぶ星麗南を胸に抱えながら自分も、恐怖と絶望と自責とがないまぜになった涙を流した。

「ごめんなさい……すみませんでした……私は……私は……！　あの言い伝えがそんなに、人に話したらいけないものだとは思わなかったんです……！　知らなかったんです……！　……お願いします……お願いだから……怒りを鎮めて下さい……」

姿の見えない「鬼」の存在を、その祟りの脅威を、亜瑚はもう認めざるを得なかった。

八

二階の和室は警察に明け渡し、前野家は全員、居間に集められた。それからひとりずつ別室に呼ばれて事情聴取を受けることとなった。

一階で眠っていた両親は、天井から聞こえる悲鳴と物音に恐れをなして、その場から動けなかったらしい。いまも状況を説明されてなお、なにが起きたのか理解していない様子で放心している。

一方一春は、現場に居合わせたにしては、淡々と警察に通報したりする行動がなんだか冷静で、少し気味が悪かった。それだけショックなのかもしれないが。それから星麗南も。ずっと亜瑚のそばに黙ってくっついているだけで、いっさい表情も変えず、人形のようだった。

前野家の周辺といったらほとんど田畑である。早朝ということもあり、村の人たちは、まだ麻友の怪死には気づいていない。

いつも通りの静かな夜明けだった。

だがこれだけ警察が出入りしていれば、なんらかの事件があったと知られるのは時間の問題だろう。

最初は警察も前野家の面々に疑いの眼《め》を向けていたが、遺体の様子を見て閉口した。

麻友の死亡推定時刻が午前三時十分、死因が腹部切断によるショック死と断定されてからは、ますます困惑の様相を極めていった。

亜瑚の部屋にはおよそ凶器となるものはなかった。にもかかわらず麻友の遺体は両腕と下半身、上半身は骨が砕けるまで無理やり後ろに折られたうえで完全に分離しているのだ。そこまで遺体を損壊させる方法は、亜瑚や星麗南はもちろん、素手で人間にできる所業ではない。

検察官からしてもそれは一目瞭然の事実であり、だからこそ頭を捻《ひね》るばかりなのだった。

亜瑚は虚ろな目で思う。

軽率な行動のせいで化け物を怒らせて、その祟りで三人もの人間を死なせてしまった自分の罪は、いったいなにになるのだろうと。

怪談朗読は、大学の友人にはだれにも言ったことのない隠れた趣味だ。別に隠しているわけではないのだが、共通の趣味を持つ人もいないので、あえて話題にするには気恥ずかしさがあった。

再生回数が伸びなくなっていることには、以前から気づいていた。

「収益を得たい」とか、有名になりたいというほどの志があるわけじゃないけれど、ずっとやってきて停滞感が見え始めると、自分は必要とされていないのではないかと思ってなんとなく焦るものだ。

だからなにかいつもと違う趣向の話を、と思い巡らせた結果、実話怪談に行き当たったというわけだ。

「鬼の話は外でしたら、悪いことが起こる」

などという大人からの戒めも、都会までは届かない。そもそも、そう言っている村人たちだって、本気で信じているわけがないと思っていた。

ただただ「今回の話は怖くて面白い」と思われたかった。褒められたかった。

ひとつでも多くコメントがもらえれば、それだけで嬉しかった。

そうやってくだらない承認欲求を満たそうとした。

これはその罰だ。

胃液が喉の奥にせり上がってくる。亜瑚は歯を食いしばって、吐きそうになるのを堪《こら》えた。

「亜瑚ちゃんは、悪くない」

姪っ子の、大きな瞳がこちらを見上げている。

「亜瑚ちゃんはせれなのことを守ってくれたの」

そこにはほんのわずかではあるが、嬉しそうな響きさえ感じ取れて、亜瑚は耳を疑った。

「え？」

「星麗南わかるもん。亜瑚ちゃんがお祈りしてくれたから、鬼、いなくなった」

「星麗南……」

あの状況で、この子はそこまで自分のことを信頼してくれていたのかと思うと、亜瑚は胸が詰まった。

洟《はな》をすすり、タオルで涙をぬぐうと、亜瑚は深呼吸した。

しっかりしなくては。

「ご、ごめんね、亜瑚ちゃん泣いてばっかりで。星麗南はこんなに強いのに――」

しかし星麗南が次に続けた言葉は、亜瑚をさらに愕然《がくぜん》とさせるものだった。

「せれな、お母さんにいじわるされてたの」

「え……？」

亜瑚はまたもや困惑して、思わず星麗南を凝視してしまった。星麗南はきょろきょろと、周りに亜瑚以外の人間がいないのを確かめるかのような素振りを見せ、それから少し声を落として、おもむろに続けた。

「あのね、せれなが……笑わないからって。しゃべらないからって。お母さんに、たたかれたり、髪の毛引っ張られたり、してたの」

ガラス玉のような瞳が、悲しげな翳《かげ》りを見せる。

にわかには信じがたく、理解しがたい話だった。しかし彼女は事実を誇張して訴えるような子ではない。ましてやいたずらに冗談を言うわけもなかった。

亜瑚は言葉を失い、星麗南の手を握り返していた。

「目が悪くなったって言ったら、もっとおこられたし」

なおも星麗南の告白は続く。それは衝撃的なものだったが、だんだんと麻友ならやりかねないかもしれないという思いが芽生えてきた。

昨夜あの惨事が起きる前、麻友に首を絞められかけたときのことを思い出したのだ。あのとき麻友は星麗南のことも、ためらいなく足蹴にしていたではないか。

亜瑚の胸にふつふつと怒りが込み上げた。

死んだ者を悪く言うのはご法度《はっと》だが、それにしたって、あまりにもひどすぎる。

「でもね、亜瑚ちゃんはせれなを庇《かば》ってくれた。うれしかった。亜瑚ちゃんだけは、せれなの味方なんだって……」

星麗南が天使のごとき微笑みを見せる。

怒りの気持ちは薄れ、代わりに心にほんのりと、温かな火が灯《とも》る。

「お母さんのこと、お父さんにはないしょね」

星麗南は細い人差し指を立て、つけ加えた。

「うん。うん、わかった」

視界は涙で歪んでいた。亜瑚は、星麗南をぎゅっと抱きしめていた。

小さな姪っ子の気遣いと優しさのなかに一春に似た一面を見たような気がして、胸がいっぱいになってしまった。

それと、麻友への罪悪感が軽くなっていることにも気づいてしまった。

ごめんね、星麗南。あなたのことは、かならず守ってあげるから。

星麗南の存在が、思い出のなかにある小さな知景とも重なる。

愛されるべき存在。

弱い存在。

だから絶対に守り切らなければいけないのだ。

知景のそばにいられなかったぶんも、せめて。

亜瑚はやっとのことで、気を取り直しかけていた。

しかし、それもつかのま。

星麗南は無邪気に、ただ純粋に、最後に追い打ちとも取れる事実を亜瑚に突きつけてきた。

「あのね、鬼が来たのは亜瑚ちゃんのせいじゃない。きっと、お母さんが亜瑚ちゃんをいじめたから来たんだよ」


えっ……？

絶句した。

鬼が麻友を襲った理由なんて、考えてもみなかった。

だけど結果的に、亜瑚は助かっている。

知景や成美を殺した鬼が、なぜ亜瑚だけは襲わないのか。たしかに、考えてみれば奇妙だ。

むしろ、亜瑚の危機に際して現れ、祈りに応じて消えている。顕現《けんげん》と潜伏は、亜瑚の都合に合わせておこなわれているようにも思える。まさか。


鬼を呼んでいるのは私……？


恐ろしい考えが浮かんでしまった。

そうだとしたら、自分が彼女たちを殺したも同然ではないか。

そんなわけない。

その考えはなかったことにしようと亜瑚はぎゅっと目を瞑り、激しく首を振った。

＊

その後、全員の事情聴取が終了したが、警察が得るものはほとんどなにもなかった。

今後さらに近隣の住民に聞き込みをおこなうらしいが、まったくもって無意味だろう。

あっという間に西に日が傾いていた。

現場検証のため前野家はしばらく立ち入り禁止となり、両親と一春、そして星麗南は、しばらく舘座鬼家の客間を借りることになったらしい。一春が頼み込んでくれたようだ。

「亜瑚は、どうする？」

言いにくそうに、一春は尋ねた。

時子には、亜瑚は数に入れずに交渉してしまったという。だからこそ了承を得られたのだろう。祟りの元凶の亜瑚が家に上がることを、時子が許すはずがない。板挟みになった一春の状況を思うと責めることもできなかった。亜瑚としても正直なところ、舘座鬼家には足が向かなかったし、それでいいと思った。

でもだからと言って、このまま東京へ帰るのも無責任だ。

「一応、役所のほうには宿泊できる場所もあるけど」

一春が事情聴取から戻ってくるまで、亜瑚は自分がこれからどうするべきかを考えていた。

自分なりにできることを探した結果。

時子の言う【きひ】を立てるとはどういうことなのかを探るべきだと考えた。一度深呼吸してから、つとめて冷静に口を開く。

「一兄、私ね、これがもし鬼の祟りだとしたら、どうにかしてそれを鎮める方法を探したいと思うんだ」

「そうか……」

とだけ、一春は答えた。その返事にあまり協力的ではない響きを感じた亜瑚は、少し落胆したが、めげずに問う。

「一兄は、なにか知らない？」

亜瑚は一春の口から、【きひ】の話が出ることを期待していた。実際、一春がどこまで詳しく知っているかはわからないが、亜瑚としては時子に聞くよりも聞きやすいからだ。

しかし一春の答えは、

「悪い。俺もどうすればいいかわからん」

というすげないものだった。

彼は自分から【きひ】の話をする気はないらしい。

妹にも話せない、そんなに避けるべき話なのだろうか。

「忌避」という単語が、亜瑚の頭に一瞬浮かんだ。でもその言葉をそのまま当てはめたところで、意味が通らない。

「そうだよね。ごめん。私のそばにいたら、鬼に殺されてしまうかもしれないもんね」

「違う、そんなわけないやろ！」

思わず漏れた言葉に、一春の語気がきつくなった。やはり彼は彼でどうすればよいのか最善策を探しているのだ。

「ごめん、困らせて。一兄は星麗南を守ってあげて。私ひとりで行くから」

「行くって、どこへ」

「こういうときって、だいたい神社とか、お寺とかに相談するでしょ？　私もそうするよ」

実話怪談において霊媒師や神職に頼るのは定石《じようせき》だ。まさか自分がこんな手を使うことになるとは思わなかったけれど。

「村の人たちは、私に鬼が取り憑いてるって言うからさ。お祓いしてもらう」

「なに言ってんねん。そんなの……」

「あてにならない？　だったら教えてよ。ほかにどうしたらいいのか」


——【きひ】が。


喉まで言葉が出かけたが、なぜか口にするのははばかられた。

ここまで一春が自分から言うのを避けるのだ。それは奥の奥の手で、ほかに方法がないとわかるまで取っておいたほうがいいような気がした。

なぜかはわからない。でも直感的に。

一春が口を開いた。

「村の神社は舘座鬼と古いつきあいやし、亜瑚のこと良く思ってない。お寺は昨日今日とお葬式が立て続けで忙しいし」

「市内まで行けば大きい神社があるでしょ」

亜瑚は決意を固めるように拳を握りしめた。ずっと考えていたが、現実的にこれしか手が思いつかない。

「そんな遠くまでどうやって……」

「歩いてでもなんでも。一兄には関係ないよ」

と亜瑚は迷いを振り払った。そのとき。

「ね、お父さん」

それまで黙って様子をうかがっていた星麗南が、一春の足元をぽんぽんと叩いた。

「せれなも亜瑚ちゃんといっしょに行きたい。お父さんも、いっしょに行こ？」

麻友がいなくなってからというもの、星麗南の意思がはっきりしてきている気がする。彼女はいままで母親のご機嫌をうかがい怯えながら暮らしていたのかもしれない。そう思うと胸が痛んだ。一方であくまでも自分の味方であろうとする姪っ子の気遣いにはいじらしさも感じる。

しかしあわてて思いとどまった。

「星麗南、星麗南はみんなと一緒に、時子おばちゃんのお家で待ってて。いい子だから」

「でも……」

「星麗南。亜瑚の邪魔せんように、みんなでここにおろう」

一春を見上げる大きなガラス玉のような瞳が、涙の膜で揺らめく。普段感情を抑えている星麗南の声が震えた。

「亜瑚ちゃんのことを、神社まで送ってあげるだけでいいの。それぐらいならいいでしょう？　お願い、お父さん。お父さんは、助け合いがだいじってよく言ってるじゃない。せれなも、亜瑚ちゃんを助けてあげたいの」

はぁ、と一春が疲れたようなため息をついた。

「……わかった。亜瑚、市内の神社まで送って行くよ」

九

二日前に来た峠道を逆走する。車内の空気は来たときよりもずっと重苦しい。

一春の車は、となりの市を目指していた。所要時間はどんなに飛ばしても二時間弱。だが今朝まで降っていた雨で道はぬかるんでいるため、それ以上時間がかかりそうだった。雨上がりの峠道はスリップや急な土砂崩れが懸念されるため、あまりスピードを出せないのだ。

幾度となくカーブを曲がり、やがて藪《やぶ》のなかに道祖神の石像が見えてきた。そこを超えると、あと少し、もう十分足らずで峠道が終わる。ようやく村から出られる。

「そろそろだね」

と亜瑚は長い沈黙を破って口にした。

神社の近くで亜瑚を降ろしたあとは、一春と星麗南は村に帰る予定だ。最後になにか前向きなことを話したかった。

「亜瑚ちゃん……」

後部座席には星麗南が、行儀良くシートベルトを締めて座っていた。亜瑚を見送りたいと言ってまた駄々をこね、結局同行したのだ。

「お祓い、終わったら、もどってきてね」

ストラップシューズのつま先を合わせてカツンと鳴らしながら、星麗南は不安そうな声を出す。

亜瑚は座席のシート越しに、優しく微笑んでみせた。

「もちろんだよ。こわーい鬼さんは都会暮らしの亜瑚姉ちゃんがやっつけてやるんだから」

「都会暮らしは関係ないだろ」

ハンドルを握り、前を見据えたまま、一春が空虚な笑いを漏らす。星麗南は、黒々とした瞳に涙を溜めて、わずかに微笑みを返した。

「そしたらさ、亜瑚ちゃん、せれなと一緒にディズニーランド行こ」

「おおっ、いいね」

星麗南のお願いは真剣そのものだったが、就活も祟りも、一段落したら行き着く先は同じ夢の国なことに可笑しさを覚えて、亜瑚はくすっと笑みを漏らした。

少しだけ晴れた気持ちで、前に向き直るのと――ほぼ同時にそれは起こった。

ガラスの割れるけたたましい音とともに、がくん、と身体が激しく前方に揺さぶられた。

急停車の衝撃で、シートベルトに胸が押しつけられて、うっと息が詰まった。反射的に頭を庇い、固く目を瞑る。

そのまま、息を止めたまま何十秒か沈黙していた。

しだいに、自分の呼吸の音が返ってくる。それと同時に、頭に心臓があるかのように心音もうるさく耳の内側で響いた。

額に大量の汗が噴き出していた。

となりには、声もなく、微動だにしない一春の気配だけがある。

なにが起こったのかは、頭ではもう、半分予想はついている。

確認しなければいけない。――でも、見たくなかった。

生暖かい風が車内を吹き抜けていく。その流れにつられるように、恐る恐る、運転席に目を向ける。

現実を目の当たりにして、亜瑚は短く息を呑んだ。

フロントガラスを突き破って車内に侵入してきたひとふりの太い木の枝が、一春の右半身を直撃していた。

「う……」

悲鳴を上げる気力もない。深い絶望が、亜瑚の目の前を一瞬にして暗い闇に突き落とした。

「ああ……」

歪んだ顔を覆って、泣き崩れる。

私のせいだ……。

「……亜瑚……星麗南は、無事……か？」

ひどく掠れた声がした。

「一兄……！」

兄は生きている。

「ああ……ああ、あ、どうしよう……一兄、どうしよう……」

「落ち着け、星麗南は？」

亜瑚はパニックに陥りながらも急いで振り返る。

星麗南は後部座席でしっかりとシートベルトに守られていて、見るかぎり出血などの怪我《けが》はないようだ。でも頭を打っているかもしれない。

耳を塞ぐようにして、眼球が飛び出そうなほど目を見開き、呆然《ぼうぜん》としている。

「星麗南は……大丈夫、……でも、一兄が……」

亜瑚は浅い呼吸で答えたが、脳に酸素が行かない。視界が霞《かす》む。一春を助けなければと思うのに、なにも考えられない。

つかまえた、と言わんばかりにがっちりと、数股に分かれた枝の先端がそれぞれ一春の身体の各所に突き刺さっていて、とても動かせる状況ではない。

いちばん深いものは右肩で、座席の背もたれまで貫通しているようだった。衣服はもちろんシートにもすでに大きな赤い染みが広がっている。

もう少し左下に逸れていたら心臓を貫いて即死だったかもしれない。

「……救急車、呼んでくれ」

一春は呻《うめ》くように声を出す。だが落ち着いた指示だった。それを聞いてようやく、亜瑚はうなずいた。


すでに市街地に近づいていたため、病院への搬送にはそう時間がかからなかったのが不幸中の幸いだった。

緊急手術が行われ、亜瑚と星麗南は終わるまで手術室の前で待たされた。

病院の廊下の冷たい静寂が、不安を煽《あお》る。

一晩明けたのではないかと思うほど長い時間待った気がしたが、実際は一時間ほどしか経過していなかった。

医師からは、手術は成功したと告げられた。

その途端、ぎりぎりのところで保っていた精神が決壊し、涙で視界が埋め尽くされてしまった。

一春は一命を取り留めた。

幸い心臓には至らなかったが、肩を貫通した枝があった。そのため、大量出血による体力低下が著しい。輸血が必要で、意識が回復するまでは、予断を許さない状況だ。治療室での治療が続くという医師の説明を、亜瑚は情けないほどぼろぼろ泣きながら聞いていた。

とにかくいま自分にできるのは、兄が目を覚ますのを願うことだけだった。

病院のロビーに戻るころには、星麗南に自動販売機でジュースを買ってあげられるぐらいには落ち着いていたが、連絡を受けて駆けつけた両親の姿を見て、また胸が締めつけられる思いがした。

「亜瑚ちゃん……」

目を合わせたとき母はすでに、その優しげな面を悲痛に歪めていた。言葉が続かない母に代わり、父が尋ねてくる。

「一春は？」

「いま、手術終わって、一命は取り留めたって……まだ意識は戻ってないけど」

「亜瑚ちゃんは、せっちゃんは、なんともないの？　怪我は？」

母がやっとのことで声を発した。

「どこも、ないよ」

運転席の一春はあれだけの損傷を受けたにもかかわらず、亜瑚は不思議なほどにかすり傷ひとつ負っていなかった。それは後部座席の星麗南も同様だった。

「いったい、なにが、どうして……」

「ごめんなさい……私……」

亜瑚は母の顔を見ているのがあまりにつらくて目を背けた。そんな亜瑚に、母の視線が追いすがる。

「ねぇ……どうしたら祟りを鎮められるの……？　亜瑚ちゃんなにか、知らないの？」

亜瑚は力なく首を横に振った。

「知らない。ごめんなさい」

暗黙のうちに、だれもが一春の事故も祟りのせいだと思い込んでいる。その異常さに内心疑問を抱きながらも、亜瑚にはもうなにも言い返す気力は残っていなかった。

「いや……」

父はなんと言葉をかけたらいいかわからないようだ。母は、

「だけど亜瑚ちゃんはどうして……」

と言いかけて、口ごもる。代わりに亜瑚は答えた。

「どうして私は無事でいるんだろ……ね」

ほんとうにおかしい。私に罪を自覚させるためだろうか。鬼も回りくどいことをする。

ひきつった笑いが起きた。

「亜瑚ちゃん……」

心を痛めた顔をしながらも、母も父も、亜瑚のせいじゃないと言ってはくれなかった。

どこかでその言葉を期待していたのに。

亜瑚を責めはしないにしろ、彼らもこの祟りの原因が亜瑚にあることは否定していないのだ。

深く失望し、落胆しながらも、亜瑚はぽつりと声を絞り出す。

「一兄、ごめんね……」

ほんとうはずっと、一春は恐れていたのではないだろうか。亜瑚のそばにいたら、危険だと。

私が最後まで、甘えたばっかりに……。

星麗南が手を握り、心配そうな目で見つめてきた。涙も出ないほどショックを受けているのに、彼女はいつも自分のことは後回しだ。亜瑚や一春のことを気遣ってくれる。

なんて優しい子なのだろう。

星麗南の手を握り返すと、亜瑚は、

「私、どうしたらいいんだろう……」

声に出して、自分に問う。

祟りを鎮める方法を模索して、藁《わら》にもすがる思いで市内の神社に向かう途中だったのだ。

でもどうやら、それすらも許されないらしい。

もはや村に戻ることもできない。

というか、自分のそばにいる人が、次々と犠牲になるのだから、自分はもう、だれのそばにもいるべきではない。

一春の件で確信した。

私は鬼に取り憑かれている。

もっと早く気づくべきだった。

「ね、亜瑚ちゃん。お兄ちゃんのことは私たちが見ておくから、もう東京帰りなさい」

母が言った。

「私らのことは心配せんと、ね」

労《いたわ》るような優しい声だった。けれど亜瑚にこれ以上前野家に近づかないでもらいたいという残酷な願いも、暗に伝わってきた。

これ以上家族に迷惑はかけられない。

兄のぶんも、自分が家族を守らなくては。

それなら。

「……わかった」

うなずくその目に涙はなかった。

自分が犯した罪を受け入れて、後始末をするしか道はない。

母は星麗南の目線に腰をかがめて、

「せっちゃん、ほら、おばあちゃんとこにおいで」

にっこりと優しい笑顔を作って、両手を差し出した。しかし、

「ヤダ！」

星麗南は激しく反抗した。亜瑚の腕に腕を絡めて、ぎゅっと力を込めると、

「亜瑚ちゃんといっしょに行く！」

またもや自分勝手な主張を始めた。星麗南にしては珍しいことだったが、両親ともにこんな事態に巻き込まれては無理もないだろう。亜瑚は心苦しい思いで、星麗南を見下ろした。

「星麗南……」

「せっちゃん……わがまま言わんとって。亜瑚ちゃんは東京帰るんよ」

母は――星麗南にとっての祖母は、気を取り直して優しく言い聞かせる。

「せれなも東京行く！　おばあちゃんは帰っていいから！」

駄々をこねるその大きな瞳はあまりにも真剣で、こちらが気圧《けお》されてしまうほどだった。

それでも、

「ダメ、星麗南。私のそばにいたら……きっと……」

あなたも鬼に襲われる。

恐ろしくて口には出せなかった。

でも、なにに換えても星麗南だけは絶対に守りたい。星麗南だけは、自分の味方なのだから。

この気持ちを、どうかわかってほしかった。

「星麗南、かならずまた会えるから、ね」

亜瑚はぎゅっと星麗南を抱きしめた。「そのときはディズニーランド、行こうね」と付け加え、辛抱強く返事を待った。しばらくしてやっと星麗南の小さなうなずきが返ってきた。

「……やくそくだよ。絶対だよ」

それから、

「怪談朗読、またやってね」

こっそりと星麗南は耳打ちしてきた。こんなときに——一瞬姪っ子の発言にどきりとさせられる。でも思い直せば、それは離れていても星麗南とのつながりを持てる唯一の場所でもある。いまは気分が乗らないし、いつになるかわからないけれど。

「また、いつかね」

両親と星麗南を残して病院をあとにする。

半分やけくそだった。

超常の力を持つ見えざる敵を相手に、具体的な打開策なんてなにも思いつかなかった。

*

とぼとぼと、駅前を歩く。地方都市の商店街は午後七時を過ぎればほとんどの店がシャッターを閉めており、閑散としている。

いまから電車に乗って、京都発の新幹線にギリギリ間に合うかどうか。

手元のスマホに目をやって、ＬＩＮＥの通知が来ているのに気づいた。亜瑚は立ち止まり、目を疑った。

そのメッセージは、たった十五分前に一春の端末から送信されたものだった。

【新規録音 0812.mp3】

正確に言えばメッセージではない。無言で音声ファイルのみが添付されていた。

十五分前……まだ亜瑚が病院にいたときだ。

もちろん集中治療室にいる一春の手元にスマホはない。だいたい、意識がないのだから操作できるはずもなかった。

それなら、どうやってこのデータは送信されたのだろうか。

──開いたら、祟られるかも。

我ながら馬鹿げた考えが浮かんだが、そう思えてしまうぐらいには薄気味悪い。

──でも。

と亜瑚は思い直す。

一春がなんらかの方法で、亜瑚にメッセージを伝えてきているという可能性も、ありえなくはない。

いまは鬼に対抗する手がかりもなにもない状態だし、なにかヒントになることならなんでも得たかった。

亜瑚はイヤホンを耳にしっかりと挿して、恐る恐る、音声ファイルをタップした。

録音状況は劣悪らしく、ブツブツと不快なノイズにまみれていた。

スマホの音量を少し上げる。今度はザーッというノイズが目立ってくる。やがてその奥からわずかに聞こえてきたのは、

『――どうしてあなたは、鬼の伝説のことが聞きたいの？』

それは無邪気で優しげな、おっとりとした、知景の声だった。

十

部屋に戻るやいなや、荷物を投げ出しベッドに倒れ込んだ。

家を開けていたのはたったの二日間だったのに、他人《ひと》の家のようになじみのない空間に思える。

壁や天井、床にしても、とにかく白くて明るい。

高校時代から下宿をしている亜瑚は、ひとりで暮らしている期間ももう長い。こんな孤独には慣れきっている。普段なら微塵《みじん》も心細さは感じない。しかしいまは、静寂に押し潰されそうだった。

壁際に寄せたソファーベッドの上に座ると、青いハート型のクッションを胸に抱え、不安を紛らわせようとテレビをつけた。

番組の内容はほとんど頭に入ってこなかったが、アナウンサーのしゃべるテンションはやけに高くて鼻につくし、液晶ディスプレイの過剰な色彩には目が眩《くら》む。

ぼんやりと眺めていた芸能人どうしの電撃結婚のニュースで、実家にいるあいだ、外の世界の情報はほとんど入ってこなかったことに気づかされる。

あの村はすべてのものが色褪《いろあ》せていて、世間から隔絶されているのだ――。


気を失ったように一時間ほど眠っていたらしい。

ぱっと目を開けて飛び起きる。

つけっぱなしのテレビから、食品包装ラップのCMの陽気な音楽が流れている。

見えないけれど、鬼はいまも亜瑚の近くにいるかもしれないのだ。ひとりになったこのタイミングで怪現象に襲われる可能性もある。いまのところなにも変わったことは起こらないが、油断はできない。

全部夢ならいいのにと思う。

できるなら明日から普通に大学に行って、なにごともなかったかのように過ごしたい。

いっそそうしてしまおうか。

友だちに会って、就活と卒論の話をして、バイトへ行き、養成所でのレッスンを受け、それから朗読の投稿を――。

自然と、ローテーブルの上に開いて置かれたままのノートPCが目について、胸にずきりと痛みが走った。

忌み話を拡散させた忌まわしい産物。すべての元凶。

怪談朗読なんて、なんで始めたんだっけ。

なんでそんなもの……。

星麗南はまたやってほしいと言ってくれたけれど、さすがに当分その気になれないと思う。

スマホの画面を開く。

さっき一度開いたＬＩＮＥの音声記録は、一時停止を押したままになっている。知景の声におどろいて、続きを聞けずにいたのだ。

往来で泣いてしまいそうだったというのもあるし、なんだか胸騒ぎがしたというのもある。

内容は、予想がつかない。一春の端末から送られてきたということは、一春と知景との会話が録音されているという可能性もあると思うのだが、なぜか亜瑚が知りたくないことまで記録されているような気がして、少し怖かった。

だがためらっていても埒《らち》があかない。

亜瑚はテレビを消すと、画面に表示されている再生バーをスクロールして、もう一度最初に戻した。

『――どうしてあなたは、鬼の伝説のことが聞きたいの？』

ブツブツと不快なノイズを纏っているが、たしかにそれは知景の声だ。懐かしくて、どこかほっとするけれど、それ以上に切なくなる。彼女はやはりついこの前まで生きていたのだということを実感させられる。

『なんでもいいだろう。研究だからだよ』

もうひとつ声が聞こえた。

えっ？　と亜瑚は眉をひそめた。なぜならその声は、予想していた一春のものではなかったからだ。知景の弟の脩のものでもなく、亜瑚の知っている村の人の声も、すべてあてはまらなかった。

『外に出てたのか？』

なにかに気づいて、男はいらいらと問い詰めた。他者を威圧するような口調には、良い印象は抱《いだ》けない。対して知景は、亜瑚たちとしゃべるときとなにも変わりなく和やかに会話を進める。

『そうよ。今日は亜瑚に会ってたの』

唐突に発せられた自分の名前にびくりと反応した。

もっとよく聞こえるように亜瑚は息を殺して、スマホの音量を最大まで上げた。ザァーというノイズがうるさい。

『アコ？』

『ええ。数少ない同い年の、私の自慢の幼なじみ。下宿して、村の外の高校に行ってるんだけどね。ナレーターになりたいって夢があるの。それでね、いまは朗読をやってるんだって』

知景の声が、愉快そうに弾む。

『知景が好きな、怖い話を聞かせてあげたいからって、怖がりなのに怪談を朗読してるのよ』

それを聞いて亜瑚ははっとした。

『だから怪談朗読は、知景のためなの』

あわてて記憶を辿《たど》る。

怪談の朗読、始めたのはいつだったっけ——高校入学と同時だ。

なんでそんなもの、始めたんだっけ——そうだ、忘れていた。ちぃちゃんと離れ離れになるからだ。

彼女が「亜瑚がいなくなったら退屈だなぁ」とこぼしたのを聞いたのが、そもそものきっかけだった。

大学と並行して養成所に通って、本格的に声の仕事を志すようになってから、怪談朗読もそれなりのクオリティを目指すようになった。そうこうしているうちに目先の再生数や登録者の数が気になるようになっていき、いつしかきっかけなんてものはあやふやになっていた。

はやる心を抑えて、亜瑚は続きに耳を傾ける。

『亜瑚、なかなか帰ってこないから、もしかしたら知景のこと忘れちゃったのかなって思ってたの。でもまあ、それはしかたがないよね。高校、すごく楽しそうだし。地元の友達のことなんて……だんだん忘れてしまって、当然』

「そんなことないよ」

思わず亜瑚はつぶやいていた。

『だけど、もしもそうでも、知景は亜瑚の声を朗読でいつでも聞けるから。今日も亜瑚、がんばってるなぁって……それがわかるだけで、いいの』

「ちぃちゃん……」

頬を涙が伝っていた。

恐怖と絶望からではない涙を流したのは、いつぶりだろうか。

――亜瑚、がんばれ。

怪談朗読、知景、聞いているから。

知景がそう言ってくれているような気がした。

男の声が、さも興味のないことを聞いたというふうにため息をつくと、続きをうながす。

『それで、鬼の話だが――』

『ああ、うん、そうね。先生にはきちんとお話しします』

鬼の話。やはり知景は、この録音のなかでなにかを語ろうとしている。気を取り直して亜瑚は、ぐっと身を乗り出した。

だがそこで、ぷつんと録音が途切れた。

待って……！

呆然と、口を半開きにしたまま、亜瑚は画面を凝視した。

LINEの調子が悪いわけではない。音声ファイルがそこで終わりなだけだ。何度再生し直してももちろん同じところで会話は終わってしまう。

大きな落胆が亜瑚を襲った。

もう少しでなにかわかりそうな気がしていたのに。

いったいこのもうひとりの声の主はだれだ？

知景は『先生』と呼んでいた。

村の人ではないと思う。

彼は鬼の伝説について知景に尋ねているようだった。このあとも話をしたに違いない。

時子も言っていたが、知景は時子より鬼のことについて詳しい。

となると、もしかしたらこの男は知景から、鬼の祟りのことまで聞いたかもしれない。亜瑚にはこの音声ファイルの情報が、知景の導きによるもののように感じられてならなかった。

なぜそれが一春の端末から送られてきたのかはまったくの謎だが、これまで目にしてきた怪現象を思えばそれぐらいは些細なことではないか。

どうにか『先生』とコンタクトを取る方法はないだろうか。

だけどこれだけでは、どこのだれだかわからない。

この録音がいつどこで撮られたものであるのかさえもわからないのだ。

——いつ、どこで？

もう一度、ＬＩＮＥのトーク画面に表示された履歴を注意深く見つめる。

【新規録音 0812.mp3】

０８１２……八月十二日？

録音のなかで、ちぃちゃんは『今日は亜瑚に会ってたの』と言っていた。

私とちぃちゃんが最後に会った日ってたしか——四年前の夏。

八月十二日。お盆休みだし、そうだったかもしれない。

つまりこの音声ファイルは、四年前の八月十二日、私とちぃちゃんが再会した直後に録《と》られたもの——？

たったひとつの事象だが、一歩だけでも近づいた気がして、胸に震えが走った。

その刹那、ふわり、と生暖かい風が右から左へ吹き抜けていった。亜瑚の髪を揺らすほどはっきりと。

風の吹いてくる方向に目をやると、ベランダに続くアルミサッシの戸が半開きになっている。

施錠をして家を出たはずだ。帰って来てから開けた記憶はない。

いつのまに……？

背筋がすっと冷たくなったが、不思議と身の危険は感じなかった。

音を立てずにベッドから下りると、そろりとベランダに寄った。

念のため、外の様子を覗いて、左右を確認してから、ガラス戸をしっかりと閉め切り、鍵をかける。

目を上げた瞬間、ガラス戸に映った自分の顔の後ろに、なにかもうひとつ黒い影がある気がして、反射的にばっと振り向いた。

「ちぃちゃん……？」

もしかして、知景の魂は、いまも自分の近くにいるのではないだろうか。

亜瑚の頭の中に、はじめてそんな考えがよぎった。

——だから鬼は自分に手出しをしてこないのでは？

知景が、守ってくれているから。

震える唇でもう一度呼びかける。

「ちぃちゃん、そこにいるの……？」

返事はない。

代わりに、ベッドの上に投げ出されたスマホの、それまで黒く沈黙していた画面が青く光ったのが目についた。
覗き込むと、それはＬＩＮＥの通知だった。
手が震える。
それはやはり一春の端末から送られていた。だがメッセージを読んで、さらに亜瑚は慄然とする。

【先生は、鬼を知ってる】

その下に、男性と思《おぼ》しき人物の名前と電話番号が書かれていた。

【砂本安】

『先生』の名前。
それは冥界のほとりに佇む知景が、怪異に立ち向かう幼なじみに向けて遺《のこ》した手がかりに違いなかった。

【亜瑚　おねがい】

彼女は生前、自分に危機が迫っていることを、どこかで感じ取っていたのかもしれない。

それでも祟りを抑えることができなかったから。

だから代わりに私にみんなを助けてと、祟りを鎮めてと訴えかけているのだ。

あの世からのメッセージなのだ。

祈るように胸元で切れ端を手に包むと、

──私、がんばるよ。鬼の祟りを鎮めて、みんなのこと、守ってみせるから。

「見守っててな、ちぃちゃん」

声に出してささやき、亜瑚は姿なき「鬼」へ立ち向かうことを誓った。

【怪談朗読】 鬼の手（概要欄とコメントを表示）

以上は、実際に私が体験した話です。

ほんとうは投稿するのも怖かったのですが、きちんとお知らせするべきだと思って、今回お話しすることにしました。

現象は、現在進行形で続いています。

またなにか進展があれば投稿したいと思います。

＊＊＊

5／31　21：00
121回再生
高評価8　低評価3

コメント：3件

1時間前

【面白かった～！　けど、本当に実話ですか⁉　嘘でも本当でも、面白いからいいけど】

1時間前

【これ本当だったらやばくないですか】

30分前

【A子ちゃんのことずっと前から見てます！
今回のはもう、リアルだし怖いし、ほんとにすっごく面白かったです！！！
もっともっと、A子ちゃんの怖いお話が聞きたいっ（≧▽≦）！！！】

第二章

一

知らない番号からの着信が鳴《な》り止《や》まない。

しかたなく応答すると、すぐに若い女性の声がした。

「もしもし、あの、砂本《すなもと》さん、ですか……？」

「そうですけど」

「助けてほしいんです」

「セミナーの申し込みは甲斐中《かいなか》教授に直接問い合わせてもらえます――」

「鬼の祟りで」

遮ってきた女性の言葉に、砂本安《すなもといずく》は思わず失笑してしまった。

「ほか当たってください」

「困ってて、もう私……どうしたらいいか」

しかし切羽詰まった台詞とは裏腹に、女性の口調は落ち着いていた。話すこと自体に慣れているのか、丁寧で聞き取りやすい滑舌だ。どこかで似たような声を聞いたような気もする。だからといって対応を変えるわけではないが。

「甲斐中教授は妖怪退治は受け付けてません」

民俗学を研究する人間は幽霊・怪異・神・妖《あやかし》その他魑魅魍魎《ちみもうりょう》の対処法を知っていると思い込んでいる輩《やから》が稀《まれ》にいる。まったく見当違いも甚だしい。

だが女性はしつこく食い下がってきた。

「わ、私は……、砂本さんに、聞きたいことが、あって」

「はぁ？」

安は枕に顔を半分埋め、露骨に不機嫌なため息を漏らす。手の込んだ嫌がらせにしてはおもしろくない。通話終了ボタンに指をかける。

「もう切りますよ」

「友達が、あなたが鬼を知っていると」

あわてた声に遮られた。その言い方にひっかかりを覚えて、安は指を止めた。

『鬼を知ってる』なんて、いったいどういう会話の流れでそんな名指しの仕方をするんだ。

安の一瞬の困惑の隙に、相手は続けて言った。

「あなたは舘座鬼知景《たてざきちかげ》を知っていますよね？」

虚を突かれて、返答にだいぶ間を要した。

「……ああー、まぁ、なんとなく……」

思いのほか渇いた声が出て、唾を飲む。記憶の彼方《かなた》にしまった名前。忘れていなかったことを自分でもいま知った。それなのにいまだに、頭の奥で火花が散る。

「そのひとがどうかしたんですか」

「死にました」

今度は頭を殴られたような衝撃だった。安は一瞬、完全に息を止めていた。呼吸を戻すと、今度は自分の心臓が内側から痛いほど胸を叩く。

言葉を返せず黙り込んでいるあいだも、電話の相手は勝手に話を続けている。

「知景だけじゃない。成美《なるみ》も、麻友《まゆ》さんも……私の周りの人が、私のせいで死んでいきました。兄も重体で……。全部私が、話してはいけない言い伝えを語ってしまったせいなんです。だけどもう死なせるわけにはいかないんです！　家族を守りたいんです！」

内容はほとんど頭に入らなかった。

ただ女性のことはおぼろげに思い出してきた。知景が話していた彼女の友人だ。

「アンタ名前は」

「前野《まえの》亜瑚《あこ》です」

唇を噛み締めて、安は得心した。

どうりで聞き覚えがあったわけだ。

「明日の午後三時なら空いてる。龍泉《りゅうせん》大学総合人文学部文化人類学甲斐中研究室まで来い」

言い捨てて放り投げたスマートフォンは、スタンドライトの支柱に当たったらしく、鐘のような鈍い音を立てた。

頭が働かない。頭に心臓があるかのようにどくどくと脈打つ音がする。

電話の声がいまも幻聴のように脳内で響いているが、一方でまったく現実味がない。

鬼の祟りとかなんとか言われたときはいたずらの可能性を疑ったが。

女性――前野亜瑚がそのほかになにを話していたか思い出せない。

「だれ？　また女の子？」

機嫌を損ねたふうの甘ったるいハスキーボイスが耳元でささやいた。

「いや、後輩」

「嘘ばっかり」

不貞腐《ふてくさ》れたような声を出すと、澪《みお》は背後から素足を絡めてくる。起き抜けに会話をするのは億劫《おっくう》だ。

「今夜のお相手？」

「んなわけねーだろ」

寝返ると同時に澪の身体を抱きすくめる。折れ曲がった右の親指がわずかに邪魔をするが、かまうほどではない。澪が小さく声を上げて、身を捩る。

まさか自分のせいではあるまい。

知景に会ったのは四年も前だ。

だとしても。

これがあの日の夢の続きなのだとしたら、――早く覚めてほしい。

*

「あらお客さん、甲斐中教授なら今日は出張でいはらへんよ」

研究室の前まで来たところでためらっていると、中性的な印象の京都弁が聞こえてきた。

顔を向けると、糸目の青年が愛想の良い薄笑いを浮かべて立っている。この人はまだ話しやすそうだと亜瑚は思い切って息を吸う。しかし、

「あの、砂本さんと三時に待ち合わせで……」

と名前を出した瞬間に、相手の笑顔があからさまな嫌悪で歪んだ。

「ちょっと砂本さーん、また女の子来てはりますけど？」

部屋のなかを振り返って面倒くさそうに呼びかけると、

「ああ、入れ」

室内から、その何十倍も不機嫌な低い声が返ってきた。

雑多な資料が無造作に置かれた長机を中心に、資料棚とデスクトップパソコンが壁際をぐるりと取り囲む室内。

他大学には初めて入ったが、どこの研究室もそう大きくレイアウトに変わりはないらしい。

おずおずと足を踏み入れた亜瑚に向かって、長机用の椅子を顎でしゃくって、「座れ」と雑にうながす、図体《ずうたい》の大きな男。声と容姿の印象が一致する。砂本安だ。凶悪犯罪者もかくやという人相の悪さで向かい側の椅子にふんぞり返っていた。

指示された龍泉大学は京都。東京に帰ってきたときと逆方向の新幹線に、ふたたび乗ることになってしまったのは金銭的な意味で痛かったが、もちろん文句を言っている場合ではない。

東京に帰って来てからいままで、亜瑚のまわりで危険を感じるような現象はなにも起こっていない。

知景が守ってくれているからだと信じているけれど、もしかしたら鬼が村のほうに出るのではないか。そんな可能性も考えられる。

もしもそうだったら、こうしているうちにも、星麗南や両親になにか危険が及ぶかもしれない。そうなる前に、なんとしてでも手がかりを聞き出して、祟りを鎮める方法を探してみせる。

そのためなら、凶悪犯とだって手を組む覚悟だ。

亜瑚が着席すると、部屋の一角に設けられた簡易的な給湯スペースから「ホットコーヒーしかないけどええ？　かんにんね」という糸目の青年の声が飛んできた。いま研究室にいるのは砂本とこの青年のふたりだけのようだった。

「ごめんね～砂本さんが迷惑かけて」

なにか勘違いしているらしく、青年はさっきから申し訳なさそうに眉を下げている。

「ほんまは優秀な人なんやけどねー、素行がちょっとあれやんね……あーほらまたそうやって人殺しそうな顔で睨む」

「ちょっと黙れ高西《たかにし》」

ひょいと肩を竦めただけで、高西と呼ばれた青年は鼻歌交じりに電気ケトルでお湯を沸かし始める。どうやらお互いの扱いには慣れ切っているようだ。

「あとこの人とは初対面だ」

「アプリで知り合った人とここで会うのもやめーや」

「アンタが前野亜瑚か」

高西を無視して、砂本は不躾に亜瑚を見る目を細めた。不遜な態度は電話の時点ですでに承知済みなのでおどろきはないが、対面するとより荒《すさ》んだ印象を受けた。くすんだ金髪に目元が隠れ、その奥から、見るものすべてを敵視し威嚇するような眼光が覗く。

亜瑚はあえて下手《したで》に出ることを意識した。

「あ、はい。あの、今日はお時間いただいてありがとうございます」

「舘座鬼知景が死んだというのはほんとうか？」

砂本は自己紹介もせず前置きなしに聞いてきた。

知景の名を紡ぐ唇と、こちらに向けられる凶悪な眼差《まなざ》しに、どういう感情が込められているのかは読み取れない。

「……はい、ほんとうです。滑落事故……だったそうです」

事故というにはあまりに異様な遺体だった――鬼の手の痕があったことを言うべきか迷ったが、とりあえずそれだけ伝える。

「そうか」と答えた砂本は、気だるげに椅子の背にもたれたまま、黙ってしまった。深く、長く考え込んでいるようだった。注意深く顔色をうかがうが、変化はわからない。

電気ケトルから熱湯が注がれる音だけが聞こえてくる。

知景のことをいの一番に聞かれたため、亜瑚は切り出し方がわからなくなってしまった。だがこれでは話が進まない。思い切って口を開いた。

「私、知景とあなたが会ってた記録を持ってるんです。鬼の伝説について、知景に聞き取りをしてましたよね」

ブラックコーヒーを満たした紙コップが亜瑚の目の前に置かれる。

「あれはうちの教授の代理で行っただけだ。研究内容自体はフォークロアが主題でもないし、紀《き》日《び》川《がわ》村を中心的に取り扱ったものでもない」

砂本の答えは淡々としていたが、当てが外れていることを婉《えん》曲《きょく》的に伝えていた。亜瑚は落胆を深めつつ、しかし最後まで食い下がろうとは思っていた。なにか少しでも、ヒントになることを聞き出したかった。

「どういう研究をしていらっしゃったんですか？」

「そんな話聞くために来たのかよ」

「あ、いえ……」

苛立ったため息をついて、砂本は机に肘をつき、頭を抱える。その右手に亜瑚は思わず目を留めた。親指の第一関節が、奇妙に内側を向いて曲がっていることに気づいたのだ。

その凶悪極まりない風貌もあいまって、どうしても暴力や犯罪の臭《にお》いがする。不意に砂本の視線がこちらを向いたので、亜瑚はあわてて目を逸らした。

「……し、質問を、変えます」

声が上ずった。慎重に、相手の神経を不用意に刺激しないよう気を付ける。

「知景はなにか『祟り』のことについて言ってませんでしたか？　鬼の伝説を他人に話

したら祟られるとか」

「言っとくが俺は鬼の祟りの鎮め方云々《うんぬん》は知らない。話したら祟られるなんてことも聞いてない。実際俺も他人《たにん》に話したし、報告書にも書いたが」

「それいつですか」

「四年前の夏だ」

「じゃあそのときにも、祟りが起きててもおかしくない……」

亜瑚の独り言を、「おかしいだろ。なにもねぇよ」と砂本は見下すように鼻で笑った。

「アンタらはどうしても鬼の祟りのせいにしたいらしいが、そもそも『鬼』なんてモノは存在しないんだよ。アンタも自分で、知景は事故で死んだって言ったじゃねーか」

「だってそれは」

思わず反論の声を上げてしまった。握りしめた拳に力が入る。

自分だって本音では鬼の存在を否定したい。なのにこれほど強く主張しなければならないのは、それが存在する証拠を何度も目の当たりにしたからだ。

「……鬼の手の跡がありました」

思い出したくない光景が、まざまざと蘇《よみがえ》り、亜瑚は砂本から目を背ける。

「知景の顔は、鬼の手で潰されていました。ただの事故じゃない。知景は鬼に襲われたんです」

死因は、崖下落下時の後頭部の強打だと言われている。鬼は知景の頭を潰れるほど摑み、突き落として殺したのだ――亜瑚は自分自身の想像に息を詰まらせた。

しかしこれでも砂本の冷徹な心を動かすには至らなかったらしい。

「俺は探偵でもなければ霊媒師でもない。そんなこと言われても知らん。オカルト話の相手をしている暇はない」

極めてぞんざいに応える。

「知景は事故で死んだんだろ」

「知景の名前を気安く呼ばないで！　なんにも知らないくせに！」

友人の命が塵《ごみ》のように軽く吹き捨てられた気がして、亜瑚は叫んでいた。

悲しくて、悔しくて、我慢ならなかった。

＊

「……もういいです。失礼します」

そう言って椅子から立ち上がった前野亜瑚は、憎々しげにこちらを一瞥《いちべつ》すると、がちゃんと乱暴にドアを開けて大股歩きで去っていった。

壁際のデスクトップパソコンに向かっていた高西がワークチェアを回転させて出口に

顔を向け、「あらまぁ」と軽薄なつぶやきを漏らす。

　高西にも悟られぬよう、安は短く息をつく。

「――そんなモノは、いないんだよ。『鬼』なんて」

二

　中庭を見渡せる、丸太を縦半分に割ったような形のベンチに腰掛けていた。

　きっと知景がここへ導いてくれていたのだと、信じていたのに。

　たどり着いたさきにいたのはクソ野郎で、京都まで来て、なにも収穫がないどころか、ただただ不愉快な気持ちにさせられただけで終わるとは。

　焦りと怒りと落胆で、頭がぼうっとなっている。落ち着かなければと遠くを見つめた。

　芝生のある中庭では学生がたむろしたり通り過ぎたり、亜瑚の通う大学と同じような日常の光景が広がっている。

　なんでこんなところにいるんだろう、私。

　気を抜いたら泣いてしまいそうだった。

「あーこちゃん」

名前を呼ばれたらしい。声のしたほうに目を遣《や》ると、さきほど研究室でコーヒーを淹《い》れてくれた青年が、糸目をさらに極細にした笑顔で手を振っていた。

「あ、どうも。えっと……」

「文化人類学民俗学専攻修士二回の高西《たかにし》 凌太《りょうた》です。凌太でええよ。よろしくな、亜瑚ちゃん」

ひょこひょこと近づいてきた高西は、ベンチの逆側にひょいと腰掛けた。気さくで物腰柔らかな話し方は砂本と真逆だ。でも初対面でいきなり名前呼びというのはずいぶん馴《な》れ馴《な》れしく感じる。亜瑚はぎこちない笑みを返した。

「ごめんな、砂本さん、ちょっと失礼やったやんな」

高西は笑顔のまま申し訳なさそうにハの字に眉を下げた。

亜瑚は首を振った。

「いえ、こちらこそお騒がせしてすみませんでした。勝手に押しかけて来たのは私のほうなのに」

たしかに砂本の態度は不快で腹が立つ。でも代わりに高西が謝る必要はないと思う。

「なんの先生なんですか……あのひと」

そもそもほんとうに大学という研究教育機関に属する人間なのだろうか。他人に教えを授けるという雰囲気はまるでない。あの研究室は甲斐中教授という別の先生のものらしいし。

自分から訪ねておいて言うのもなんだが、亜瑚は騙《だま》されていないか心配になってきていた。

「ポストドクターって言うてわかるかな。院卒業してそのまま、任期付きで講師やっとんねん。ウチの教授の推薦でな。優秀なんやで。まあ人としてはやや難ありやけどな」

高西は嬉々《きき》として話す。

「そやけど痴情のもつれ以外の用で女の子が押しかけてくるなんて意外やったなぁ。絶対またそれ系のトラブルやと思ったのに」

いったいどれほど難ありなんだか。

肩書きがわかったのにますます不安を煽られることになり、亜瑚は澱《よど》んだ目で肩を落とした。

「なんか深刻そうな感じやったけど」

高西は人の懐に入り込むのが得意なタイプらしく、

「鬼の祟りで困ってるって、ほんまなん」

と本題をいきなりつついてきた。立ち聞きされていたのも含め、気分のよいものではなく、亜瑚は唇を結んだ。

すると高西は「まあ、あんま聞かんことにするわ」と肩を竦めた。

数分経っても、高西はそこにいた。

亜瑚が気まずい沈黙に耐えかねて立ち上がったときだった。

「なぁ、亜瑚ちゃんは鬼ってなんやと思う？」

それまでの飄々《ひょうひょう》とした口ぶりから一転、含みを持たせた低い声で、問いかけられた。

「えっ」

思わず亜瑚は振り向いた。

頭の中にぱっと浮かんだのは、赤や青の肌をして、虎柄の腰布を巻き、頭に二本の角を生やした怪物だ。いくつも棘の飛び出た棍棒《こんぼう》をぶん回す、危険なイメージもはっきりとある。しかし、

「幽霊？　妖怪？　モンスター？　むかしの日本には、そないなもんがほんまにおったんやろかねぇ？」

と高西がなおも問いを重ねるのに対しては、即座には答えかねた。

「怪異」「化け物」……より正解らしく言うならば「妖怪」だろうか。なんとなくしっくりこないが。「神」として祀っている場合も、地域によってはあるかもしれない。「鬼神」という言葉もあるぐらいだし。実際紀日川村にも、そう呼んでいる年配者が多くいる。でも実在したかと言われると、あくまでそれは言い伝えであって——。

ぼんやりと考え始めた亜瑚の様子をおもしろがるようにうかがいながら、高西は話し

続けた。

「僕な、母方の祖父母の田舎が京都の福知山《ふくちやま》市で、お寺……というわけではないんやけど」

なんだ違うのか。少し期待した自分がいた。もしそうなら、高西のつてでお祓いを依頼できるかと思ったのに。

亜瑚はわかりやすくがっかりしたが、高西は相変わらず口元に笑みを浮かべたままで、

「酒呑童子《しゆてんどうじ》って知ってる？」

また別の質問。いつのまにか、もとの飄々とした口調に戻っていた。

「はあ。名前ぐらいなら」

亜瑚はあいまいにうなずいた。妖怪の一種だったっけか。ほんとうに名前だけしか知らない。

「平安時代、京の都で悪さしとった、まあいわゆる伝説上の『鬼』の代表格やね。福知山市の大江山《おおえやま》いうところが酒呑童子の伝説の残る場所で、僕は小さい頃よくばあちゃんに、いらんことしたら大江山の鬼に攫《さら》われるで、いうて脅されてたんや」

「そうなんですか」

あいづちを打ちながら、なんの話なんだろう、とぼんやり思う。

「ばあちゃんはすぐ「鬼が、鬼が」って言うけど、結局、鬼ってなんやねんやろ。僕は

いっつも、そう思っててな。ソイツほんまに人を食うんか？　むしろ大江山登ってったらソイツに会えるんか。うまいこと行けば友だちなれたりするんとちがうやろか。……そんな好奇心が高じて、まあ、いまの研究室にいるわけやけど」

ほんの少し笑ってしまった。嘘か本当かはわからないが、高西の軽妙な語り口には興味を引かれた。信用したわけではないが、彼の話をもう少し聞いてもよい気がした。とりあえず、気が紛れるのでふたたび座って耳を傾けてみる。

「酒呑童子は山賊のカシラやったんちがうか、って説があってな」

「山賊？」

「つまり人間やったかもしれへんねん」

「鬼が、ですか？」

「そう。大勢の家来共をしたがえて山からおりてきては、都の女を食うたり、金品を盗んだり。それってやってることは、山賊と変わらんやろ？　カニバリズムの事実があったかどうかはわからんけど、殺人やら強姦《ごうかん》やらは賊の悪行のスタンダードやしな。酒呑童子だけやない。むかーしむかしのこの国で『鬼』と呼ばれたもんは、案外ようけおらはるんよ。恐れられ、疎まれ、忌み嫌われ、それがいつしか異形の化けもんとして伝わり、国の書物に記録された。それは時の権力者の威厳を保つためとも言われとってね。朝廷の軍が賊相手に敗戦するいうのは情けないけど、怪物相手に戦ったんやったら、そらまあ負けてもしかたあらへんと思うやろ？　たとえば両面宿儺《りょうめんすくな》。これは岐阜の飛騨《ひだ》地方に実在した人物でな。日本書紀の中では、ヤマト王権に仇《あだ》なす、顔がふたつに手足八本のえげつない化け物として扱われてはるんやけど」

「それ、名前知ってます。……なんか有名ですよね」

「でもソイツ、もともとは飛騨の豪族でな、その地方では逆に住民を守る英雄として語り継がれてるねんで。国から見たら鬼のようなヤバい敵でも、地元民にとってはヒーローなんよ」

「それって、見方を変えたら悪者じゃないってことですか……？」

「そうそう、亜瑚ちゃん賢いなぁ」

幼児を褒めそやすようなうわずった猫なで声はやや神経に障るが、一方で高西の話には興味を惹かれないわけでもなかった。

「それもそうやし、鬼いうのは、人の恐れが作り上げる偶像なんやないかって話。怖いもんのこと、なんでも鬼って呼ぶ感覚や。酒呑童子もな、その正体は当時の流行り病って説もあるんよ。ほら、医療科学の発達してないむかしなんて、なんかわからん病気にかかったらもう確実に死ぬやろ。それで疫病を鬼と呼んだ。患者のことを鬼に取り憑かれたとか、祟られたとか……」

トリツカレタ、タタラレタという言葉に、亜瑚は思わず顔をしかめる。傍らでその様子を見ていた高西は話を一度切った。がしかし、それはまた次の質問をしてくるための用意だった。

「キミの故郷の人たちが『鬼』と呼ぶ存在は？　亜瑚ちゃんは、その正体がなんなんか、知っとる？」

高西の糸目の隙間に、探りを入れるような鋭い眼光を見て、亜瑚はうろたえた。

「……い、いえ」

「鬼」は「鬼」だ。それが常識だと思っていた。そんなの、おとぎ話なのだからどんな化け物でもありだろう。でも考えてみれば、人を次々に食らうような化け物を、あたりまえのように言い伝えとしているのは妙といえば妙なのかもしれない。亜瑚は自分の最初の鬼の想像図が、露骨に陳腐なものに思えて恥ずかしくなってきた。

「そこがわからんかぎり、鬼の祟りってのがなんなんかも、そもそも存在するのかどうかさえもわからんん。砂本さんは、そないなことが言いたかったんやないのかな」

「すごいですね……」

砂本のあの投げやりな台詞から、そこまでの意図を汲《く》み取《と》るとは、高西の考察には素直に感心する。話も理解できなくはない。だが亜瑚には、それらのことはあまり重要だとは思えなかった。悠長に歴史をひもといている暇はない。なんせ祟りはいま現在起きているのだから。

「『鬼』がなにかは、僕にはわからんわ。それは砂本さんのほうが、詳しいかもしれへんよ。まあ現地に行ったわけやから」

「……」

やはり砂本にもう一度情報提供を願い出るべきだろうか。しかしあの目と折れ曲がった指を思い出すだけで震えが走る。高西があいだに入ってくれないだろうか。淡い期待が持ち上がった。

「鬼も鬼で多種多様やからなぁ。だれの心にも鬼は巣食う……いうてこれは他人の受け売りやけど、案外そのとおりやと思うわ」

うつむく亜瑚を覗き込むようにして、高西は身を乗り出した。

「たとえば僕にだってそれこそ、ほら、いまこうして亜瑚ちゃんとふたりっきりになったとたんに、鬼畜のような考えが頭をよぎったりするし」

「え？」

「なぁんて、うそうそ。でも亜瑚ちゃんみたいなかわいい子、僕なら放っておけへんわ。なんとかして力になってあげたいて思うのになぁ」

ああ、と亜瑚は内心背筋を寒くした。こうやっていつも砂本が無下にした女を片っ端から口説いているのか。気づいてしまった。軽蔑すべき存在なのかもしれない。だけど彼に取り入れれば、間接的に砂本安へのつながりは保てる。利用できるものは利用しなければ。なりふりかまっていられなかった。顔は全然好みではないけれど。

「高西さんは、優しいですね」

微笑みながら、いまにも泣き出しそうな、切なげな表情を作ってみる。

そんな自分が気持ち悪い。

「凌太でええよ、亜瑚ちゃ――」

言い終わらないうちに、高西が情けない悲鳴を上げながらベンチから転がり落ちた。

亜瑚はびっくりして振り返った。

「おまえのほうがよっぽど素行不良じゃねーかこのドスケベ妖怪が」

片足を座面に乗せ、砂本が人を殺せそうな眼光で高西を睨みつけている。彼が高西の背中を蹴飛ばしたらしい。

「ひっどーい！　僕は正真正銘、親切心からつきおうてあげてるんすよ！　真性ドクズにそんなふうに言われたくないなぁ、もう」

高西は砂本を見上げて喚いた。それを眺めながら亜瑚は、『妖怪』という形容は言い得て妙だと思ってしまった。高西の顔立ちは、狐面《きつねめん》もしくは蛇男を思い起こさせる。

「しかしアンタもやっすい女だな」

砂本が侮蔑を含んだうす笑いを浮かべるのを見て、亜瑚はむっとした。

「あなたに言われたくな――」

「いいか。あの村に『鬼』はいない。あそこにいるのは【きひ】だけだ。残念だったな。アンタの望む回答じゃないだろうがこれが真実だ」

砂本は一気にしゃべると、亜瑚に冷ややかな一瞥を投げた。

「わかったらさっさと帰れ」

もちろんそこで帰るわけにはいかなかった。

亜瑚はあっけに取られて、砂本の顔をまじまじと見ていた。

「……い、いま、【きひ】、って言いましたよね？」

三

「知ってるんですよね？　砂本さん。教えてください。【きひ】っていったいなんなんですか？」

亜瑚は立ち上がり、砂本を真正面から見据えた。

「祟りを鎮めるには、新しい【きひ】が必要なんですよね？　それって——」

「うるせぇな、祟りを鎮める方法なんて知らねえよ」

砂本が不機嫌な声を出す。思わず目を瞑ってしまうが、ここで逃げるわけにはいかない。

あと少しだ。

勇気を奮い起こすため、知景の無念と、星麗南の無事を想《おも》う。拳に力を込め、亜瑚は深々と頭を下げた。

「お願いします。砂本さんの聞いた話、なんでもいいんです。聞かせてください」

*

場所を移してキャンパス構内のカフェテリア。

「まずはとりあえず経緯を話せ。舘座鬼知景が死んでからなにが起こった」

すぐさま砂本から命令口調が飛んでくる。

彼の口調や態度には逐一不快感をおぼえるが、頭を下げて頼み込んだ手前、反抗するわけにもいかない。亜瑚はおとなしくこれまでのいきさつを彼らに語ることに決めた。

「――うーん、成美さんは自殺でお兄さんは事故としても、義姉の麻友さんは亜瑚ちゃんの目の前で惨殺されてるんすねぇ。こらホンモノのバケモンと違います？」

高西は一応メモを取りながら聞いているが、その感想は軽薄そのものである。

「『忌み話』を話したことによって祟りが起こったっていう因果関係が成立するかどうかは……いまの時点ではわからへんけども」

「で、アンタの言うその『忌み話』ってのはどんな話なのかも教えてもらおうか」

砂本は顔色を変えずにうながした。

「でも、話したら――」

「どうせ祟りはもう起きてんだろ？　一緒じゃねぇか」

忌み話に神経をすり減らしている亜瑚にとって、嘲笑混じりのその発言は気に障った。しかしここでかれの機嫌を損ねては、肝心の【きひ】の話が聞けないかもしれない。

不満をぐっと飲み込んで、口を開く。

「鬼の話は、むかし話というか、おとぎ話というか。実際にあったことだとは思ってないです。村で育った若い人たちの大半がそうだと思います。お年寄りは、よくわからないけど」

前置きはいいと言わんばかりに、砂本が爪の先でこつこつとテーブルを鳴らした。不安を煽られ、亜瑚は早口になる。

「簡単にいえば、平和な村にある日突然鬼が現れて、村の女の人を次から次へと食べてしまったので、お坊さまに頼んで鬼を退治してもらったと……」

「まあー、たしかにようある話やねぇ」

高西が不釣り合いに明るく口を挟んだ。

「でもそれからというもの、村に災いがたくさん起きてしまって、それを鬼の悪霊による祟りだと恐れた村人は、祟りを鎮めるために、鬼を神として祀った……という話です。その鬼神《おにがみ》さまを祀ったのが舘座鬼家のご先祖さまのお家《うち》らしくて。特別な力を持った血筋って言われてて」

「へええ、特別な力ねぇ。で？」

相槌《あいづち》を打つのはもっぱら高西で、砂本は黙ったままだ。

「詳しくは知らないですけど……実はうちのひいおばあちゃんも舘座鬼家の人間なんですけど、うちはそういう血筋がどうとかって気にしたことはなくて。ちぃちゃんだって、全然ふつうの子でしたよ。まあ、ちょっと変わったところはありましたけど。あと鬼を祀るっていっても、別に変な儀式とかやったりするわけじゃないですし。お祭りとかもないし。たしかにかなり田舎ですけど、いたって普通の土地で」

「どうだか」

とそこで砂本がおもむろに声を出す。頭をかく右手の、内側に曲がった親指が目に入る。

こちらが命がけで説明しているのになんなんだその態度は。

「ていうか、いい加減に私の質問に答えてもらいたいんですけど」

我慢の限界に達して、亜瑚は言い返してしまった。

砂本は頭をかくのをぴたりと止めて、亜瑚に向けて目を細めた。それまでの凶暴で攻撃的な色とは打って変わった冷酷な目つきに、亜瑚の心臓はぎゅっと収縮する。

捕食者と獲物が互いをうかがうような張り詰めた空気のもと、砂本はようやく話し出した。

「……鬼を『鬼神』と呼ぶとき、それはいわゆる山岳宗教的な意味合いにおける『神』のことを指す。祀られるべきもの。丁重に祀らなければ自然災害を起こす山の神。あるいは自然災害そのものを、畏敬の念をこめて『神』と称す地域もある」

「あの……すみません、ええと、じゃあ砂本さんは、鬼の話はほんとにあったと、考えてらっしゃるんですか？」

「いや？」

即答し、理解の及んでいない亜瑚に対してあからさまな軽蔑の目を向ける砂本。ポストドクターなら学生のアドバイスにあたる局面もあるだろうに。自分なら絶対にこんな講師に指導されたくはない。亜瑚は唇をかたく結んだ。

「俺が言ってるのは、『鬼』なんてモノは存在しないってことだ。鬼の根源にあるのは人間の信仰や畏怖の念。その本質は『恐怖』そのもの。赤い肌の化け物が実際に山に住んでいたわけじゃない」

さっき高西が言っていたことと重なる。亜瑚にも理解できて、思わず素直にうなずいてしまった。

「それを踏まえたうえで、アンタらが語り継いでいる話を分析すると、不可解な点があることがわかる」

「不可解……ですか？」

亜瑚は首をかしげた。

「鬼の伝説で重要なのは『鬼を退治した』という事実――『恐怖を克服した』という結末だ。

たとえば酒呑童子の伝説は、源　頼光《みなもとのよりみつ》という実在の武将が鬼を退治することで結末を迎える。酒呑童子の正体がなんであれ、源頼光は都をおびやかす『恐怖』に立ち向かい、克服したとして語り継がれているわけだ。

紀日川村の話も途中まではそうだ。鬼は退治され、悪霊となったものは神として祀られることで、完全な解決を見る。

ただ不可解なのはここから。

舘座鬼家に残る書物をいくら掘り起こしても、人物を特定できるような文献が出てこなかった。

『お坊さま』と……さっきアンタはそう言ったが、紀日川村に唯一残る寺にもそれらしき僧の記録はない。

さらに『祀った』という部分にも疑問が残る。祟り神を封じるのだから、それに際して社《やしろ》ひとつ建てられてもいいぐらいだ。なのに紀日川村に唯一の神社は、特に鬼に由縁《ゆかり》がない。『鬼神』信仰の形跡がないんだ。妙だと思わないか」

「えっと……」

ひと息に説明されて、亜瑚は圧倒されてしまった。

「ちぐはぐなんだよ、いろいろと。アンタらの鬼の話は、実在性を裏付ける由来や根拠が貧弱すぎるんだ。なぜだかわかるか」

「後付け、いうことですかねぇ」

高西が口を挟んだ。砂本はちらりと高西のほうを見遣り、肯定の意を示した。

「そうだ。紀日川村の鬼の言い伝えは、適当に考えられた嘘話だ」

「な、なんでそんなこと」

亜瑚が思わず割って入ると、

「隠すためだ」

と砂本は即答する。

「回りくどい言い方をしたが――」

砂本は次に高西からメモ帳をひったくって、白紙のページに何か書いた。

「結論から言えば『きひ』とは『鬼』の『妃《きさき》』つまり、鬼の嫁のことだ」

【鬼妃】

ボールペンの先でとん、と示されたその単語を見て、亜瑚はようやくその言葉の意味を知った。しかし理解は深まるどころかますます謎が増えて、眉間に皺《しわ》が寄る。一方高西は合点《がてん》がいったらしい。

「ああ、生贄《いけにえ》ですねぇ！」

物騒なワードに似つかわしくない嬉々とした声がカフェテリアに響いた。

「生贄？　どういうことですか？」

怪訝《けげん》な顔で説明を求める亜瑚に、高西が代わって答える。

「災いを鎮めるために、なんらかの理由で選ばれた村の娘が、生贄に捧《ささ》げられたんとちがいます？」

砂本はうなずく。

「紀日川村で発生した過去の災害については知ってるか？」

めずらしく答えを求められたにもかかわらず、亜瑚は首を横に振るしかなかった。舌打ちが聞こえたような気がする。

「一六四二年のことだ」

「寛永《かんえい》の大飢饉《だいききん》の時期ですね」と即座に高西のレスポンスが挟まる。

「その年は全国的に異常気象が多発していた。長雨や大雨、山岳地帯の紀日川村では大規模な土砂崩れが起きた。それがもとで、壊滅状態にまで陥った」

自分の生まれ育った土地の話が江戸の時代まで遡るのは、なかなか身近に考えられない。だが話の腰を折りたくないので、亜瑚は黙って耳を傾ける。

「それほどの災厄は村にとっても前代未聞だったのだろう。多数の犠牲が出て手の打ちようもなく、ついに自分たちが滅ぶ寸前。最後の手段として、人間の娘を神に与えることで難を逃れようと考えた」

「完全に、困ったときの神頼みやったわけですね」

「そんなの」

馬鹿げている、と考えるのは現代の価値観なのだろうか。亜瑚は絶句してしまう。

「その生贄が【鬼妃】だ」

いったん言葉を切って、砂本は亜瑚に目を向ける。おどろきと疑いを孕んだ面持ちで、亜瑚はなんとか話を嚙み砕こうとしていた。

「このとき鬼妃に選ばれた娘が、村に対して強い恨みを持っていて、以来、その魂は怨霊となって舘座鬼家に取り憑いていている。これが俺の知る鬼妃の話だ。アンタらが知っている鬼の話は、この鬼妃の存在を隠すために、舘座鬼家が広めたいい加減な作り話なんだよ」

「鬼妃の怨霊……」

亜瑚は愕然とした。

あまりにも突飛な説だが、信じられないというわけではない。

小学一年生のとき、知景の部屋に、たった一度だけ「お泊まり」をした日。実話体験として動画で語ったあの出来事を思い出したのだ。

夜中、地の底から唸《うな》るような声を亜瑚は耳にした。さらに寝ている肩を摑まれた。激しい頭痛。身に迫る怖気。

知景はとなりに寝ていたのだが、翌朝その出来事を「おぼえてない」と言った。

そのため、時が経つにつれてあの体験の恐怖もしだいにうすれ、夢だったのかもしれないと思うようになっていたが、どうやら自分の体験はほんものらしい。

あれは――あれが、【鬼妃】だったのではないだろうか。

自分はすでに、子どものころに、それに遭遇していた。

「じゃあ知景は、そんな怨霊のすぐ近くで暮らしてたの……？」

独り言を口にして、思わず身震いが起こる。一日だけでも忘れがたいほどの恐怖をおぼえたのに、毎晩あの部屋で、知景は怨霊ととなり合わせで眠っていたことになる。

「その鬼妃が舘座鬼家から解き放たれた。で、いまアンタに取り憑いて、祟りを起こしてる。……という解釈がしたければ勝手にしろ。俺は祟りがなぜ起きたのかも、それを鎮める方法も知らないが」

　砂本の声に、ほんのわずかな苦味が混じる。

「あとは自力でなんとかしてくれ」

「待って、まだ質問が」

「俺からはもう話せることはない。こっちはアンタにばかりかまってるほど暇じゃないんだ。今日は終わりだ」

　砂本はそう言ってすげなく立ち上がると、いかにも亜瑚としゃべるのが億劫だったというようにゆらりと立ち去ってしまった。

　砂本の告げた事実を理解するのには時間がかかった。亜瑚はしばらくその場から動けなかった。

四

　大学前のバス停までの道のりを、亜瑚は高西と歩いていた。

「このまま東京帰るん？」

「はい」

「遠いところからご苦労さまやね」

高西の口調は相変わらず薄っぺらくて、亜瑚は返事以外を口にする気にはなれなかった。とはいえこのあとひとりになるのは、少し心細い。どうあがいても心休まるひとときは訪れないことが亜瑚の気持ちをさらにどんよりとさせた。星麗南の小さな手のぬくもりを思い出しては、心の隙間を乾いた風が通り抜ける。

「亜瑚ちゃんになんかが取り憑いてるかどうかは、僕にはわからへんけど」

ふいに、亜瑚の眼前に高西が指でつまんだ紐《ひも》が垂らされた。金の刺繍《ししゅう》糸《いと》で【厄除《やくよけ》御守】の文字があしらわれた、緑色のお守り袋だった。

「これ、持っとき」

「……？」

「伏見《ふしみ》稲荷《いなり》のお守り。僕の父方の実家が京都市内で神社……というわけではあらへんねんけど」

なんだ違うのか。また騙されかけた。亜瑚は高西に向けてあきれた流し目を送りつつ、差し出されたお守りは素直に両手で受け取った。なんの変哲もない神社のお守りだが、藁にもすがりたい思いの自分には、それが必要な気がした。

「気休めでもないよりましやろ」

この顔にこの口調なのが信用しきれないが、案外悪い奴ではないのかもしれない。亜瑚はおずおずと口元に笑みを作った。

「……ありがとうございます」

ちょうどバスが停留所に停車しており、乗車する学生の列ができている。

「またなんかあったときはいつでも言うて。とりあえず連絡先教えてよ」

うまく誘導したとでも思っているのか、ほくそ笑んだ顔に、亜瑚はあきれた目のまま無言で高西のＬＩＮＥを登録すると、列の流れに従ってバスに乗り込んだ。

車窓から、片手をジーンズのポケットに突っ込んだ高西が、最後までひらひらと手を振っているのが見えて、軽く会釈する。

できればもう会いたくはない。

自分の近くにいると危険だ。


明るく周りに人がいる新幹線の車内はいくらか落ち着けた。

亜瑚は砂本の語った内容を整理する。

自分たちが聞かされていた鬼の言い伝えは、真実を覆い隠すための作り話だったらしい。

村人たちが鬼だと思っているもの。

祟りを起こしていたものは、鬼妃の怨霊だった。

舘座鬼家に鬼妃が取り憑いていたという、信じがたい事実。だがそれは亜瑚自身の実体験によって証明されていることでもあった。

それが解き放たれて、亜瑚に取り憑いている。

知景を殺したのも、成美や麻友や一春《かずはる》を襲ったのも、すべて鬼妃の仕業だったのだ。

でもわかったのは結局それだけだ。

祟りを鎮めるやり方を、砂本は知らなかった。

スマホで【紀日川村　鬼　伝説】で検索すると、一応いくつかヒットするページがある。個人の旅ブログやグルメサイト、宿泊施設情報。霊山ならではの自然の豊かさについての記述ばかりで、伝承にかかわるような情報はどこにもなかった。鬼の話は村の外に出してはいけないという迷信のようなものを、思いの外律儀に村の人々は守り続けているらしい。

紀日川村の公式サイトには鬼の「お」の字も顔を出さず、この流れで鬼妃なんて言葉は、どう考えても登場する隙がない。唯一、村の名前の響きが似ていなくもないが、それはたまたまな気がする。

むかし紀日川村に、災害を鎮めるために生贄となった村娘がいたなんて事実は、今に至るまでまったく伝えられていなかった。

もうひとつ、腑《ふ》に落ちないことがある。

亜瑚が時子と一春の会話の中に聞いた言葉だ。

「すぐにでも知景に代わる供養役の【きひ】が必要です」

鬼妃は怨霊で、忌むべき存在のはず。なのに時子は【鬼妃】を望むかのように発言した。

そのわからない部分にひどく嫌な予感がして、亜瑚の気持ちは暗澹《あんたん》とした。

砂本には、あとは自力でなんとかしろと言われたが、自分ひとりの力ではどうにもできそうにない。

でも思い出すと胃が痛くなる。亜瑚は砂本のあの目つきが苦手だった。曲がった親指も、見ていると無性に気持ちが悪くなって、むかむかしてくる。他人をここまで忌み嫌った経験ははじめてだ。生理的な嫌悪感。憎悪。恐怖。本能が拒絶している。

そもそも、あんな奴の言うことだ。ほんとうかどうか。信用するのも難しい。

助けて知景。

これから私、どうすればいいの？

心のなかで呼びかけるが、もちろん返事はない。

二日前のように、またＬＩＮＥにメッセージが送られてこないかと密《ひそ》かに期待した。なにか次のヒントがほしかった。しかし画面を見ても新着はない。

だいぶ前に風花《ふうか》がメッセージをくれていたから、そろそろ返さなければ。いつまでも無言で大学を休んだままでは心配をかけるだけだ。でも絶対に、大学の友人を巻き込むわけにはいかない。すべてが終わるまでは、会うことも避けたほうがよい。

【ちょっと頭痛くてまだ実家にいる。明日も学校休むね】

その数十文字を打って、やっと送信し終えると、電車はもうまもなく東京駅へ到着する頃だった。

＊

前野亜瑚を見送りに出ていた高西が、研究室に戻ってくる気配がした。

「いやぁ砂本さん、今日はとっても愛想良くて協力的でしたねえ、えらいえらい」

「なんだ。そのまま家帰るんじゃねぇのか」

甲斐中教授に頼まれていた学生のレポートの添削の手を止めず不機嫌な声を出す。

高西はキャスター付きのワークチェアに反対向きに跨《また》ると、胡散臭《うさんくさ》い笑みを貼り付けたまま、不躾に顔を覗き込んできた。

「それにしても砂本さん、あなたその鬼妃見たことあるんです？」

「どうしてそう思う」

「怨霊なんて非学問的なもの、僕は信じてなくて。砂本さんも同じやと思ってたんですけど、さっきの話し方やと、鬼妃の怨霊の存在をまったく疑ってはらへんように聞こえました。意外ですよねぇ。舘座鬼家に鬼妃が取り憑いてるなんて、えらいはっきり言いますやん。まるで見てきたみたいに」

認めるのは癪《しゃく》だが高西の指摘は的を射ていた。

「会った……といえば会ったかもな」

左手で、右の親指にふれる。第一関節が人差し指側に四十五度ほど折れ曲がっている自分の指に、不自由はない。だがほつれた糸にかぎ針が引っかかるような鬱陶しさを、いまもたまに感じる。

「というのは？　砂本さん、いまなに考えてはります？　これで終わりにするつもりないですよね？」

こいつの軽薄そうに見えてやたら察しがいいところには腹が立つ。そしてしつこい。安がそれ以上答えずにいると、高西は急に話の矛先を変えてきた。

「先輩が女の子の名前を呼ぶの、はじめて聞きました」

思わず荒んだ苦笑が漏れた。同時に、前野亜瑚には気安く知景の名を呼ぶなと怒鳴られたことを思い出す。

忌々しげにため息をついて、目を閉じる。


——どうしてそんなに怯えているの？

星のように瞬《またた》く瞳が、記憶の底から自分を見つめている。


舘座鬼知景が生きていようと死んでいようと、自分の人生にはなにひとつ関係がない。自分の世界はなにも変わらない。

それでも、知ってしまった以上は。

「単純に気になってるんだよ。舘座鬼知景が、なぜ死んだのか」

「亜瑚ちゃんは、自分が鬼の言い伝えを動画サイトで語ったせいで、舘座鬼さんが祟りの犠牲になったと信じてはるようでしたけど」

「それはこじつけだろう」

「そこは否定するんですねぇ」

「忌み話」を話したことが祟りを引き起こした――前野亜瑚はそれが真説だと思い込んでいるようだ。実際に怪現象を目の当たりしたのだからそう思ってもしかたがないが、

ひとつ、長い息をついてからゆっくりとまぶたを開く。そして、最初からずっと脳裏にちらついていた考えをはじめて言葉にする。

「俺は知景が殺されたと思ってんだよ。……だれか人間に」

「根拠は？」

「まだない」

「あらまぁ」

高西は飄々と返す。しかしその細いまぶたの切れ込みの奥は、笑っていなかった。

「疑わしいことならある。前野亜瑚の発言に……」

高西が聞いていてもいなくてもいい。自分の推測を整理しようと思って安は口を開いた。

「『うちの村の鬼の伝説について、知景に聞き取りをしてましたよね』……まるで俺たちの会話を聞いていたかのような口ぶりだ。知景が前野亜瑚に、俺との会話を話したのかもしれないが、そうだとしても違和感が拭えない。それだけじゃない」

こつん、とデスクを人差し指で叩く。

「知景と俺が会っていた記録を持っていると言っていた。なんだその記録。前野亜瑚はなにを知ってる？」

「ええっ!?　じゃあ砂本さんは、亜瑚ちゃんのことを疑ってはるん？」

高西はがたんと椅子から仰け反り、わざとらしいおどろき方をしてみせた。

「いや」

くすりともせず、安は続けて述べる。

「俺たちの会話は盗聴されていて、だれかが前野亜瑚にそのデータを流したんだ」

「はぇーさっすが。冴《さ》えた被害妄想ですなぁ」

京都人ならすこしはオブラートに包んだらどうかと思うストレートな皮肉が返ってきた。

「でもそうなると亜瑚ちゃんには、まだ聞かなあかんことありますねぇ」

それはそうなのだが正直うんざりした。前野亜瑚のことは苦手だ。

いかにも日の光の下でまっとうに生きている者が纏う空気は、見ていて嫌悪を抱く。この手の人間は一定数いる。いずれも彼ら自身に悪意があるわけではない。ただそういう人間の相手をするのは疲労がともなう。あまり関わりたくない。

それはそうとして、彼女はなにかしらの音声を入手したはずだ。

だれからだ？

思い当たる人物がひとりいる。

舘座鬼時子。

知景の母親にして、紀日川村の民宿の女将《おかみ》。

時子なら盗聴ぐらいやりかねない。そう考えるのには理由があった。

しかし亜瑚に知景の情報を流すことが、時子にとってなんの得になる？

仮にそれがわかったとしても、舘座鬼家の者には知景を殺す理由がない。

ことさら時子は、目に入れても痛くないほど知景を溺愛していたはずだ。

あまりにも意味不明で、見えてこない。

前野亜瑚からまだ話を聞く必要がある。

高西は意地汚く口元を緩めている。

「しかたないですねぇ。僕も一緒に考えてあげますよぉ」

言い方がいちいち気に入らないが協力を拒否する理由も見つからない。

「それにしても隠れて前々から調べてたんすねぇ、紀日川村のこと。限界集落の因習なんて専門分野じゃないあなたが、この手の話にここまで詳しいはずがないですもんねぇ」

しつこく突っ込んでくる高西が鬱陶しくなってきた。もうしばらく押し黙ることにする。

祟り云々は正直、どうでもいい。

ただ、舘座鬼知景の面影が脳裏によみがえるにつれて、彼女の死の真相を知りたいという思いは強くなっていた。

手がかりを求めて、安の思考は記憶の奥へと深く潜っていく。

五

幼い頃、ほんの短い期間、母とその交際相手と三人で住んでいたことを覚えている。交際相手の男は子どもが嫌いだった。結局、安の存在が諍《いさか》いの原因となって、母は男と別れることになった。

「あんたさえいなければ」というのが、働き詰めの母の口癖だった。

中学の頃、幸い同年代の少年たちに比べて体格に恵まれていた安は、年齢を偽ってバイトを始めた。学校には行きたかったから、主として夜間に働いた。

できることはすくなかったが、わずかでも生活費の足しになればと。

だがそれで母親を支えることはできなかった。

中学二年の年の瀬。雪の舞う寒い日に母親は死んだ。過労もあるが、ストレスが積もりに積もった末のことだった。

記憶の片隅に残る今わの際《きわ》の母の顔は、外の粉雪と同じぐらい真っ白……ではなく、曇り空と同じぐらい灰色で、三十代半ばにして老婆のように皺だらけだった。瞳は真冬の学校のプールみたいな汚く澱んだ色をして、最後まで安に微笑みかけることはなかった。

甲斐中澪《かいなかみお》と出会ったのは、母の死から半年後のことだ。

働いていたバーの常連客で、その頃はまだ准教授だった。影のある聡明《そうめい》な少年という印象の安は、澪の「お気に入り」だった。

進学しないつもりだったが、甲斐中准教授は高等教育機関を卒業するまで面倒を見ると申し出てくれた。

親代わりと言えば聞こえはいいが、熱に浮かされた獣のような彼女の目を見れば、ほかに目的があるのは明白だった。母親より歳上《としうえ》の女に愛欲は持てなかったが、高等教育が受けられることはなににも変えがたい。自分を騙して澪を受け入れた。

結果、高校はもとより大学にまで行かせてもらえたのだから、天涯孤独の少年のたどる人生としては幸運な部類に入るのかもしれない。

ただ彼女に束縛され続けた青春時代に、暗澹とした虚無の穴が空いているのは否めないが。

四年前。

紀日川村を訪れたきっかけは、当時教授になりたてだった甲斐中澪のミスだった。岡山・倉敷《くらしき》で行われるゼミ生のフィールドワーク合宿と、紀日川村取材日のダブルブッキングが発生し、取材の代行を依頼されたのが安だった。

「紀伊山地《きいさんち》の霊場と参詣道《さんけいみち》なんて、普段滅多に行く機会ないじゃない。しばらくのんびりしてきなさいよ」

ゼミ生のフィールドワーク合宿を受け持てと言われるよりはまだ良心的だ。

かくして安は夏季休暇真《ま》っ只中《ただなか》に紀日川村を訪れることとなったのだ。

＊

八月十一日。

澪が予約していた民宿は、何度も改修工事をおこなっているようだが、それでも築百年あまりの歴史を持つという古民家であった。

「こんな山奥までようこそお越しくださいました」

明るい柿色の着物を纏った女将の舘座鬼時子は、小柄な女性だった。歳は五十すぎぐらいだろうか。微笑むと目尻に刻まれる皺が上品な印象だった。

お部屋はこちらですと先立って歩きながら、時子は話しかけてきた。

「うちの家に伝わる鬼の話が聞きたいんですってね」

「はい」

「たいしたお話できませんから、いつもでしたらおことわりしているんですけれど、大学の先生とおっしゃってたから……てっきり女性の方やと思ってましたわ」

「……」

「いいえ。まあ、あまり聞いておもしろいものでもございませんけど。物置にわずかながら資料も残っていますので、あとでご案内いたしますね。ほんのちょっとでも調べものの足しになれば……」

「ご厚意感謝します。観光も兼ねているので、明日は参詣道のほうまで行ってみようと思ってます」

「そうね、明日は天気も良さそうやし、良いと思いますわ。お若い男の人は足腰も丈夫で良いですねぇ」

時子が口元を隠してふふふと笑う。なんとなく含みがあるように感じた。時子はそんな安の視線に気づいたのか、

「ああ、お客さまにこんなこと言うてすみません。あまり気にせんとって」

　と取り繕うように背筋をしゃんとした。

「私、息子がひとりおるんですけども、高校生になって、家を出てしまいましたので、ちょっと懐かしく思いましてね。村には中学までしかないさかい、若い子はほとんど村を出てしまいますの。しかもそれきり帰ってこない子がほとんどなんですよ」

　左手に狭くて急な二階への階段が現れて、時子がふいに足を止めて振り返った。

「すみませんね、お客さま、ひとつだけ注意してもらいたいことがありましてね」

　営業用のしっとりとした微笑みは、崩れていないはずだった。しかしその声が、わずかに暗く、低くなる。

「お客さまの二階への立ち入りは禁止しておりますの。従業員の控えの間があるものですから」

「はぁ」

　階段を見上げる。

　二階は窓がないのか、段を経るごとに闇が深くなっている。

　あえて言われなければ見落としてしまうような狭い階段だ。知らなければわざわざ行こうとは思わなかっただろう。

「よろしくお願いしますね」

時子は目を細くした。

安は軽くうなずいた。

そう。知らなければわざわざ行こうとは思わなかったはずなのだ。

だが入ってはならないと念を押されことが、時子の一瞬見せた瞳の翳りが頭に残り、無性に気になった。なにかに呼ばれるようにして、特に理由もないのに気づけば昼間立ち止まったのと同じ場所に立っていた。

民宿全体が寝静まった夜中、さりげなくためしに一段目に足をかけた。踏み込むと、ふるい床板はぎっと耳障りな音を立てる。

女将にばれるのはまずいが、道に迷ったとかなんとか適当に誤魔化せば、初犯なら言い訳が効くのではないかと思う。それにこちらは客なのだから、少しぐらいの粗相は大目に見てくれるだろう。

安はゆっくりと慎重に一段ずつ階段を上り始めた。

二階はほとんど真っ暗闇だった。窓がないようだ。明かりがなくてはこれ以上進めないが、スマホのライトでは眩《まぶ》しすぎるので画面をつけて足元を照らす。

階段が終わると、漆喰《しっくい》の壁に囲まれた、長く狭い廊下が現れた。

そのさきに一室分、二枚の襖があるのがうっすらとわかる。

奇妙な構造だ。廊下の長さに対し、不自然なほどに部屋が無い。従業員の控え室があると女将は言っていたが、こんなところが控え室では不便極まりないだろう。

そのときだった。

音もなく襖が動き、数センチの隙間が開いた。

人がいたのか。安は我に返る。が、その向こうから覗くものを目にして、そこから動けなくなった。

戸がさらにすうっと開き、部屋の中から漏れる明かりにぼんやりと浮き上がった輪郭は、人の形をしていた。腰までの長い黒髪に白いワンピース。ここまできたら女の幽霊であってもしかたがないと思うほど、それらしき形貌だった。

大きな瞳が極限まで見開かれていた。でもそこに恐怖の色はない。純粋なおどろきを湛えていた。その目に魅入られたように、視線が外せない。まんじりともせずに見つめ合うこと数十秒。

「ここ、入っちゃダメなんですけど」

幽霊のように見えるその人影は、困ったように首を傾げた。あどけない口調だ。子どもなのか。

「……悪い」

安の思考は一気に現実に引き戻される。

後ずさりをすると、廊下の床はぎっと音を立てた。

「しーっ」

人影が口に指を立てる動きを見せる。と同時に、階下でがたんと扉を開ける音と足音がした。

女将のものかもしれない。

立ち入りを禁止されている二階に夜中に侵入し、見知らぬ少女と邂逅《かいこう》している。なんとも釈明しがたい状況だが、正直に誤って入ってしまったというほかない。

重々しい足音が、ゆっくりと階下から迫る。

次の瞬間、安は自分の腕が強く引っ張られるのを感じた。

浮遊感に目を閉じ、再び開いたとき、安は自分がいつのまにか襖の向こう側に移動していることに気がついた。

——どうなってんだ？

不可解な現象に唖然としていると、

「押し入れに」

すぐそばに先ほどの幽霊が立っていた。いや、紛れもなく彼女は人間だ。年齢は高校生ぐらいだろうか。小柄でいかにも非力そうな少女だった。旅館の従業員なのだろうか。

昼間は見かけなかったと思う。

ためらったが、小さな手に背中を押されてしかたなく、押し入れの下段にぎゅうと身を押し込む。少女がすっと扉を閉めたので、押し入れ内は完全な闇に閉ざされた。

それと寸秒の差で、くぐもった女将の声がした。

「知景、いまなにか音がしたけれど」

少女の名前は「ちかげ」というらしい。ちかげは静かな声で答えた。

「大丈夫よお母さん。ちょっと勉強してたら寝落ちしちゃっただけ」

耳で聞く分には、それはなんの変哲もない仲の良い母と娘のやりとりに聞こえたが、安は違和感をおぼえた。

初対面のとき、女将の舘座鬼時子は自分に「息子がひとりいる」と話していた。まるで「娘はいない」ような言い方ではないか。考えすぎだろうか。でもどことなく引っかかった。

「そう。……気をつけなさいね」

「うん、おやすみなさい」

なにごともなかったかのように、会話は終わり、やがて時子の足音は遠ざかって消える。

やがて押し入れの扉がすっと開いた。

「狭苦しくてごめんなさい」

橙《だいだい》の豆電球の照明を背に受けながら、少女は押し入れを覗き込み微笑んでいた。美しく弧を描く唇に、澄んだ瞳が闇夜を照らす星のように瞬いている。あどけない表情には幼さも感じたが、所作はゆっくりで、老婆のように泰然としている。

「もう出てきていいよ」

くすくすと楽しむような笑いが聞こえる。安はのっそりと狭所から這い出す。

そこは十畳の和室だった。

一階で安が宿泊用に割り当てられた部屋と同じような間取りだ。

正面に大きめの窓があり、左にぽつんとテレビが置かれ、右壁に布団が敷いてある。枕元には桐の衣装簞笥《いしょうだんす》。上に日本人形が鎮座している。中央には座卓。それだけだと民宿の一室のようにも見えるが、座卓の上にはノートや高等教育課程の参考書、ノートパソコンも散乱しており生活感があった。

「困った人。普通のお客さんなら絶対入らないのに」

そう言って少女は、口の端にいたずらっぽく笑みを浮かべる。

部屋に入ろうとした覚えはないのだが。結果的にそうなっていた。理解ができず薄気味が悪い。

「悪かった」

これ以上関わるつもりもないからどうでもいいのだが。

「あなたのお名前は？」

聞かれると無視するわけにもいかず、短く答える。

「砂本《すなもと》……安《いずく》」

「変わったお名前ね」

「安全の『安《あん》』という字を書く」

「ここは安全ではないわ」

知景は不明な言葉を口にし終えると、急にふらりとよろめいて、床に崩れ落ちかけた。安は咄嗟《とっさ》にその身を抱きとめていた。

「おい……」

ぐにゃりと弛緩《しかん》した胴体は、安の片腕に体重をすべて乗せても、おどろくほど軽い。

「どうした？」

呼びかけても、応じない。

顔にかかった黒髪の隙間から、黒っぽい液体が一筋、畳に滴り落ちるのが見えてぎょっとした。鼻血が垂れていた。

布団に運び、ゆっくりとその身を横たえる。部屋の中でティッシュを見つけて、それで垂れた血を拭った。

自分はどうしてここへ来て、こんなことをしているのだろう。薄暗い照明の下に、知景と、死に際の母親の顔が重なって、頭がぼうっとなる。

こんなところにひとり隔離に似た扱い。病気かなにかだろうか。それにしたって時代錯誤的だ。

とはいえ文句を言う資格もなく、どのみち二階へ足を踏み入れたことは女将に知られてはならない。

もうこの部屋にこれ以上用はない。

このまま退出してしまおうと安はそっと立ち上がったが、あとを追うように知景が音もなく上体を起こした。

「あなた、大学の先生なんでしょう？　お母さんが電話で話してるの聞いたわ」

安は視線を逸らしつつ、否定はせずにおいた。実は教授の代理で、自分はまだ学生の分際だが、そのことは伏せておいても問題ないだろう。むしろ「先生」と思っておいてくれたほうが、都合が良いかもしれない。

「どうしてこの村へ来たの？」

首を傾げると長い髪が掛け布団の上でさらりと音を鳴らす。無邪気な問いかけだが、わずかに圧を感じた。

「鬼の伝説の聞き取りをしている。人の依頼で」

安は手短に早口で答えた。

「鬼？」

「ああ」

「それ、人に話したら不幸になるよ」

「それは迷信だろう」

「ほんとにそう思う？」

「……ああ」

「なら私が教えてあげましょうか、鬼のお話」

微笑む知景の瞳に星の瞬きが散った。目を離せなくなる。

「誰かに漏らせばよくないことが起こる」などと言うのは、子どもをしつける常套句《じょうとうく》だ。たかが鬼の伝承がほんとうにそんな力を持つはずはない。それとわかりながらも安はわずかに身が強張《こわば》った。

「鬼」と聞いて知景が浮かべた妖艶な笑みに、なにか神秘的で不可侵な存在の気配を感じ取ったからだ。

「また明日の晩、ここへおいで、先生」

彼女は何者なのだろうか。好奇心と、得体の知れない畏れのようなものが、安を再びその部屋へと導く。

六

八月十二日　深夜

昨晩と同じ時間に階段を上がった。

人ひとりが通れるだけの狭い廊下と襖扉。その向こう側を知っている安は、昨日のようにためらうことはなかったが、やはりこの二階の構造は奇異に感じた。また日中、外側から建物を見たとき、知景の部屋がある方角とは別の箇所に窓があったのが確認できた。鉄格子のはまった明かり取り用の小さな窓だった。それもおかしな話である。

従業員用の部屋ではないと思われるが、なぜ館座鬼時子はそんな嘘をついたのだろうか。

母娘《おやこ》に対する違和感はほかにもあった。

今日の夕時、特別に通してもらった物置部屋にて、館座鬼家の家系図を見せてもらっていたときのことだ。

館座鬼時子と夫であろう人物の夫婦関係をあらわす二重線。そこから縦に引かれた系図の末端には、「脩」という息子の名前しか記されていなかったのだ。

安は思わずその一点を凝視していた。

「なにかお気づきのことございました？」

と時子が尋ねてきたので取り繕ったが。

「知景」という娘は存在しない。

表向きには、そういうことになっているようだ。

大切な娘が無用に宿泊客と顔を合わせるのを防ぐためとでも言うのか。いや、不自然だ。過保護な母親の域を超えている。

「まあそないに面白いものでもないでしょう」

とそそくさと巻物を片付ける時子の後ろ姿に——というよりも「舘座鬼知景」という存在に、安はこっそりと疑惑の眼差しを向けた。

知景の部屋のほど近くまで来たとき、壁の奥で、なにかが動いた気配を感じた。立ち止まり、耳をそばだてる。

ずず……

と畳の上を足が擦る音だった。

知景の足音だろうか。それにしては近くに聞こえる。

息を殺してしばらく様子を見る。ぴんと空気が張り詰めて、仄暗《ほのぐら》い静寂の向こうから、地鳴りのような音がかすかにした。

ぉ……ぉお……おぉぉ……

男女の区別はつかないが、それは人の唸り声のように聞こえた。

——壁のなかから聞こえている？

不気味な思いつきを、まさかそんなわけと鼻で笑う。

ただ現実問題、表向き入口が見えないだけで知景の部屋のほかにも部屋があり、そこを別の人間が使用しているという可能性は、考慮しておいたほうがよいかもしれない。

こちらに介入してこないことを祈りつつ、止めていた息を吐き出した瞬間、目の前の襖がすっと開いた。

「いらっしゃい。きっと来てくれると思ってた」

邪気のない笑顔で、知景は安を迎え入れた。

相変わらず部屋は薄暗い。空気も重く感じる。到底愉快な気持ちにはなれないはずなのだが、なぜだか彼女を無視することができなかった。

「お母さん以外のだれかが部屋にくるのは久しぶり。ゲームする？　バイオの新作、やったことある？」

「悪いが無駄話につきあっている暇はない。女将にもバレたらまずい」

「はぁい」

安のつれない答えに、知景はつまらなさそうに口を尖《とが》らせたが、すぐに気を取り直して尋ねてきた。

「どうしてあなたは、鬼の伝説のことを聞きたいの？」

「なんでもいいだろう。研究だからだよ」

答える声が緊張を孕んでしまう。

足元を見ると、赤いレザーのショルダーバッグと外出時に着ていたであろう衣服が散乱していた。

「外に出ていたのか」

どうやら完全に幽閉されているわけではないらしい。普通の生活をしていることに少しばかり安堵《あんど》する。

「そうよ。今日は亜瑚に会ってたの」

知景は座卓に手をついて、ゆっくりと膝を折り曲げた。その動作は、老女のように緩慢だった。

「アコ？」

「ええ。数少ない同い年の、私の自慢の幼なじみ。下宿して、村の外の高校に行ってるんだけどねナレーターになりたいって夢があるの。それでね、いまは朗読をやってるんだって」

卓上のノートパソコンの画面を安に向けてきた。【A子の怪談朗読】という動画サイト内のチャンネルのページが表示されている。

知景がそのうちの最新の投稿である動画を再生する。

怪談を語るのにふさわしい、落ち着いた声が流れてきた。

「知景が好きそうな話を聞かせてあげたいからって、怖がりなのに怪談を朗読してるのよ。だから怪談朗読は、知景のためなの」

無邪気な笑顔で友達の話をするときの知景は、あどけない少女に見えた。だが安は注意深くその挙動を観察した。隔離され、存在を隠されていることには、なにかしら理由があるはずだ。それがなんなのか、見当がつかず不気味だ。

だが時間もないので、そろそろこちらから切り出さなければいけない。

「それで、鬼の話だが」

「ああ、うんね。先生にはきちんとお話しします」

知景は、息を吐き出してから顔を上げる。そして問う。

「先生は『鬼』とはなんだと思います？」

唇に微笑みを灯した品の良い聞き方だった。調子やイントネーションが時子に似ていると感じた。

真正面から見据えられて、安は思わず唾を飲む。

答えられないわけではない。ただ、知景の瞳に宿る、ごまかしを許さない力にひるんだのだ。

しばらく間を置いてから、口を開いた。

「古来……日本において、『おに』の語源は『おぬ』、つまり『隠されたもの』や『いないもの』という意味の言葉だ。やがてそれが転じて、人ならざぬものや姿の見えない脅威のことを示すようになる。さらに中国では『鬼《キ》』という語は『死霊』を表すものだ。人が亡くなることを指す『鬼籍《きせき》に入る』という言葉が、日本語にもあるだろう。現在の鬼のイメージは、中国から渡ってきた漢字とその意味が日本独自の文化と結びついて、中世以降徐々に定着していったものだ。凶悪犯罪、異邦人の襲来、自然災害、飢饉《ききん》、疾病……常人の力を超越した脅威のことを、当時の人間は恐れや憎しみ、畏怖の念を込めて『鬼』と伝えた。

つまり『恐れ』という概念があるかぎり、鬼はだれの心にもいると言えばいるし、いないと思えばいない。

この山のどこかに『鬼』たる化け物が棲息《せいそく》している可能性を問われれば、そんなもんはないと俺は答えるが」

知景は座卓の向こう側から身を乗り出すようにして、興味深げに耳を傾けていた。瞳はさきほどまでよりも大きく見開かれている。

「あなた、やっぱり先生なのね」

染み入るように感心されて、安は気が重くなった。自分は大学院生で、教授の代理でここにいることを、まだ彼女には打ち明けていなかった。

「でも先生の言っていることは正しいわ。紀日川村に、鬼なんてものはいなかったのよ。あの話って嘘なの」

自分もあの話が事実だとは思っていない。

とはいえ知景の断言のしかたには、なにか別の理由があるように聞こえた。

話の続きを待つ安の前で、知景は両腕を支えにしてゆっくりと立ち上がった。白いワンピースの裾が、さらりと下に流れる。その美しさははたしてほんとうに、人間のものだろうかと疑ってしまうほど幻惑的だ。

引きずるような重い足取りで部屋の隅へ寄っていくと、ざらついた漆喰の壁にそっと手を添える。

「かつてひどい災害が村を襲ったときにね、村の人たちはそれを『鬼の仕業』だということにしたの。それで災害を鎮めるために、ひとりの女の人が『鬼』に捧げられた」

「それはもともとこの村でおこなわれていた風習か？」

冷静な頭で考えて返した。あくまで民俗学で言うところの宗教的儀礼・祭祀《さいし》の話として受け取れば、ある程度理解はできる。

「うんとむかしのことまでは、私にはわからないけど……けどね、そのときからずっと、舘座鬼家は鬼妃の怨霊に取り憑かれているの」

壁に向かったまま知景は話した。

「『きひ』とは生贄のことか」

「鬼」という漢字を使うことを想像して、安は尋ねた。

「正しくは、鬼の妃。鬼の嫁」

生贄を用いる儀式についてはは学問的な見方ができる。ただ「怨霊」の存在についてはオカルトの域で返答に困った。

しかし安には、真っ向から否定もできない理由があった。ついさきほど壁の奥から聞こえた、足を擦る音と低い唸り声のせいだ。あれは二階に別の人間が存在しているという意味なのか、それとも別の「なにか」の声か——いや、馬鹿げた発想だ。逡巡《しゅんじゅん》する安の前で、

「あなたも聞いたのね。鬼妃の声」

くるりとこちらを振り返った知景が、仄暗い笑みを覗かせた。

ぞくりと背筋を冷たさが這う。

この少女はいったい何者なのだろう。

「でも大丈夫。知景がここにいれば、鬼妃はそれ以上出て来ない」

「どういうことだ」

「知景はね、その怨霊を供養する役目を――」

続きは聞けなかった。話しながら扉のほうへ踏み出した細い足が、二、三歩でふらついたからだ。

動作の端々から推察していたが、やはり彼女は足が悪いらしい。

それが確信に変わると同時に、安は倒れ込んできた知景の下敷きになっていた。

「あ、ご、……ごめんなさい」

畳に後頭部をしたたか打ちつけた音を聞いて、それまで落ち着き払っていた知景の声が、急にあわてる。

「大丈夫？　痛くない？　大丈夫？」

「……ああ」

骨張った背中を抱き抱えたまま、安は身を起こして体勢を立て直した。

「ありがと、先生」

と言いつつ知景は、しばらく安の腕のなかから動こうとしない。

「おい、いい加減に退《ど》け」

わざと怒気を孕んだ文句を吐いたつもりだったが、知景には響いていないようだった。

「先生といると落ち着く。二度も助けてもらったから」

知景は身を引くどころか、安の胸に頭を預けて目を閉じた。

「俺は落ち着かない。おまえを助けた覚えはない」

皮肉交じりの返しに、知景はくっと肩を揺らして笑った。

「そうね。心臓の音が速いもの。怖いのかしら」

どちらかと言えば怖がられる立場にあるはずなのだが安は今、目の前の少女に対して実体のない怖気を抱いていた。自分がこれほど小心者だとは知らなかった。

知景の得体が知れないのは、その顔から警戒心や危機感がまるで感じられないことだった。こちらが粗暴な態度を取っても臆することがない。

居心地の悪さと空気の重さに耐えかねて、舌打ちする。

首筋を甘いしびれが走り抜けた。

小さな柔らかい手のひらが、安の頬を撫でたのだった。ぎょっとして目を向けると、知景のきょとんとした顔に、無邪気な笑みが波紋のように広がっていく。

「どうしてそんなに怯えているの？」

いたずらめいた上目遣いに、見透かされているような気がした。

その瞳に囚《とら》われた瞬間、頭に血が上る。

唇を塞いで、そのまま軽く体重をかけると、華奢《きやしや》な肢体は簡単に畳の上に転がった。濡羽《ぬれば》色《いろ》の髪が扇状の波のように広がる。

知景は糸の切れた操り人形のごとくされるがまま、沈黙していた。荒々しい息遣いだけが部屋に響いた。

一度顔を離して見下ろすと、知景はこれまでにないほど大きく瞼を開いていた。


怯えているのはおまえのほうだ。


自分の顔面が勝ち誇ったように醜く歪むのを感じた。

こちらが劣っているものなどなにもない。何を考えているのかわからない女も力では勝てない。これまでだって何度もこうしてきた。

解き放たれた獰猛《どうもう》な獣のように身体が動く。

ワンピースの裾の間から、太腿《ふともも》を撫で上げたときだった。か細い指に手を押さえられた。そのささやかな無言の抵抗で、覆いかぶさっていたその身を引くと、色のない、胡《う》乱《ろん》な瞳がこちらをじっと見上げていた。

安はその目を知っていた。
病床で、なんの感情も持たず自分を見上げていた、生気のない母親の目と同じだ。
一瞬で我に返る。
「……」
耐え難い沈黙が場を支配する。恐怖は制圧されるどころか、さらに胸を締めつけた。
行き場を失った情動が、泡のように弾《はじ》けて消えて、頰を冷たい汗が伝い落ちていく。
部屋の隅から視線を感じたのは、そのときだった。

——見られている。

いままでとはちがう直感的な悪寒だった。
壁奥からじりじりと冷気と、闇が迫ってくる。この世のものではないなにかが蠢いている。
恐る恐る壁のほうに注意を向けると、
おお……ぉお……

あの声。廊下で聞こえた唸り声が、また聞こえた。

気味の悪さに安は立《た》ち退《の》く。もうおそらくここへは来ないだろうという思いだった。

しかし、

「話はまだ、終わってないわ、先生」

髪を乱したまま起き上がった知景が、静謐《せいひつ》な声で言った。ついさっきされたことに対してはまったく、意に介していないかのように落ち着いている。それに、彼女もあの壁の奥の声を聞いているはずなのに、それに対する反応はない。

鬼の伝説の残る村に、人知れず隔離されるようにして育てられた、謎の少女がいる。そして壁の向こうからは、異界の空気がにじり寄ってくる。

鬼の伝説なんかよりもずっと、不可思議で奇怪な因習の匂いがした。もはや民俗学の範疇《はんちゅう》で説明できる領域からは、遠ざかっているように思えた。

彼女はこれ以上、なにを語るというのだろうか。

ただ自分をここまで畏怖させたものの正体は、突き止めなければいけない気がした。

八月十三日　深夜

安は引き寄せられるようにして、知景の部屋を訪れた。

七

襖はしずかにきっちりと閉ざされた。

「先生は、そこに座っていて」

手で示されて、おとなしく座卓の前に腰を下ろす。向かい側に、知景は手をついて、ゆっくりと膝を折り、正座した。

そのまま数分が過ぎた。

「なんのつもりだ」

しびれを切らした安が、顔を上げる。

座卓の上に置かれた透明なグラスの内側で、半分ほどつがれた水面がゆらゆらと波打っているのが目に入った。同時に、どこからともなく、かたかたと音が鳴り始めた。

さらに視線を落とすと、卓上に雑然と乗っている書きかけのノートや筆記用具類も、すべて小刻みに振動していた。

その揺れ幅に合わせて、音はしだいに大きくなっていく。

地震だと気づいてはっとする。

しかし知景は微動だにせず、唇を固く結び、ただひざの上で両手を組んで、目の前に広がる自分の勉強道具一式をじっと見つめている。

その背後、桐の衣装箪笥を見て気づいた。

衣装箪笥の上に鎮座した日本人形は、つぶらな瞳を虚空に向けて、まったく振動していなかったのだ。それだけではない。床板は、天井は、部屋は、揺れていない。

やがてグラスが、ゆっくりと宙に持ち上がり、小さな音を立ててひび割れた。中の水が、ひび割れから滴って、卓上を濡《ぬ》らしていく。さらにパリン、と割れる音とともに、ガラス片と水が飛び散り、反射的に目を背ける。

知景が止めていた呼吸をぷはっと吐き出したのを合図に、卓上の振動はぴたりと止んだ。

目を開けると、水に晒《さら》されてノートの文字が滲んでいた。

「どうなってる……」

知景は荒く息をついていた。全身にびっしょりと汗をかいて、横顔に黒い髪が張りついている。

尋常ではない様子に、それ以上の追及はせず、彼女が口を開くのをしばらく待った。

やがて喉を鳴らして唾を飲むと、知景は言った。

「……心の中で、強く念じると、動くの」

念力、念動力、テレキネシスと呼ばれる超能力の一種である。そんなものの実在を、容易《たやす》く認めることはできなかった。

目の当たりにしてなお疑いを持った。どこかに仕掛けがあるのではないかと目で探した。

しかし知景の眼差しに曇りはなく、信じられないなどとは言わせない迫真さがあった。

「鬼妃の怨霊は強い怨念を持ちます。だれかがそれを封じなければならない。怨霊の力も念の力なら、封じるのもまた念の力。ここで鬼妃の怨霊を供養し、その怨念を封印するのが、知景の役目」

自分のことを話しているのではないかのように、淡々と知景は話した。しかしそれは紛れもなく鬼の話の続きであり、知景の置かれた異常な状況についての告白だった。

「最初の鬼妃というのは、舘座鬼家の女性なの」

「災害のときに生贄になった女が？」

　知景はうなずいた。

「一族のなかでも、特に強い力を持った人だったんだって。だからこそ、鬼の嫁として選ばれた。でもそのぶん舘座鬼家に向けた憎しみも強くて、怨霊になって、夜な夜な人を殺して回るようになった。そんななか、舘座鬼家の人間のひとりがみずから供養の役目を買って出たの。結果、それで祟りは収まった。でもその人が死ぬと、また祟りが起きて、その繰り返し。それで封じるものと、封じられるもの、つねに壁のこちら側と向こう側に、二対《につい》の鬼妃がいる状態を保つことになったのよ」

「じゃあおまえは……」

　愕然とする安の耳に、苦しげな呻き声が入ってきた。痛い、と。知景がその場にうずくまる。

「おい、どうした」

　座卓を挟んで身を乗り出すと、

「先生……来て。そばに」

　知景は息苦しそうに呼んだ。

　昨夜のことを思い出してためらうが、彼女はお願い、と顔を赤くして訴えた。

　慎重に、その身を助け起こすと、細い指が衣服を引っ張るようにしてすがりついてきた。ひどく熱い。

「この身体はね、檻《おり》のようなものなの。念を使えばそのぶん、傷んでいくの。いつかは朽ちてしまう」

最初に会ったとき、突然部屋へと移動したことを思い出して、あれは念力によるものだったのだと腑に落ちる。気絶したのは力の副作用だろう。心でものを動かすのだから、多大な集中力を要し、エネルギーを消耗するのは想像できる。

「でもそれが私の生まれた目的だから」

額に玉の汗を浮かべ、諦観したような、しかしどこか荒んだ笑みを見せる。

存在を隠され、部屋に閉じこもって怨霊供養のための一生過ごす。時代錯誤的で、人権侵害も甚だしく、常軌を逸している。知景がこれほど健全な精神を保っているのは逆に異常に見えた。

「供養をおこなわなければ、どうなる」

「怨霊が村へ解き放たれて、大勢の人が鬼妃に殺されてしまう。そうならないように、お母さんは怨霊供養のために私を生んだ。私の前には叔母がそうだった。供養の役目を負う鬼妃は、常にいるの」

「供養のために生まれた……？」

そんな馬鹿げた話があるのだろうか。

だがひとつまた腑に落ちた。それで知景の名前は家系図にも乗っていなかったのだ。時子は娘を生贄として――鬼妃として育ててきたのだ。この封印の間に、舘座鬼家の因縁のすべてを封じ込めるために。

「おまえはそれ受け入れてんのか？」

安は思わず険しい口調で問い詰めていた。彼女の諦観したような微笑みが消え、潤んだ瞳が大きく見開かれた。目の中にまばゆい星が散る。

「だって……家族を守らなきゃ」

呪詛のような言葉を知景は吐いた。

生まれたときから思いのままにならない人生が運命づけられているのは、安自身のどうしようもない生き方とかぶった。

安にはまだ選択肢も逃れる方法もあったかもしれないが、知景には守るべき人々がいて、果たすべき使命を植えつけられている。その意味では彼女のほうが計り知れないほど多くのものに縛られていた。

少女の正体を知って、恐怖心は瓦解していく。恐る恐る、安は小さな身体を抱きしめていた。

十分も経てば、知景の呼吸は落ち着いてきた。熱も引いている。幼い子どものように、安の腕に身を預けていた。

「やっぱり先生といると落ち着く」

それ以上、安はどうしていいかわからなかった。自分は信頼を寄せられる素養をひとつも持っていない。昨夜の記憶はどこかへ行ったのだろうか。

知景の感覚にはかなり常人とずれがある。

「そんな顔しないで、先生。鬼妃は昼間は人を襲わないんだよ。壁の外へ出てくるのは夜になってから。だから供養も、夜のあいだだけ。これでもね、けっこう自由で快適なんだよ。テレビもあるし、ゲームもできるし」

「高校にも行けないのにか？」

彼女の持ち物を見れば学校に通っていないことは推測できた。配布される教科書はひとつもなく、自分で集めた市販のものばかりだったからだ。

「優しいのね」

「ふざけるな」

「ふざけてないわ。あなたは優しい人。優しくて、寂しくて、怯えている」

知景はぱっちりと目を見開いて、安を見上げた。

美しい星空のなかに映る醜悪な自分の姿に一瞬うろたえた。

だが、そらすことはできなかった。

「知景の力、先生のことを傷つけるかも……昨日はそれで止めたの」

メディアワークス文庫
HeadLine
Volume. 158
2023.01.25
https://mwbunko.com
メディアワークス文庫公式ツイッター@mwbunko
毎月25日頃発売
『死神の助手はじめました。』
著者／こがらし輪音　イラスト／岡虎次郎
10万部突破『この空の上で、いつまでも君を待っている』で感動を呼んだ著者の最新作!!

メディアワークス文庫　1月の新刊

死神の助手はじめました。
いつか目覚める君のために、
私は魂を送り続ける——。
恋愛
泣ける
衝撃
こがらし輪音《わおん》
イラスト／岡虎次郎
●定価693円（税込）
高校生のシオリは、交通事故で昏睡状態が続く彼のもとへ毎日通っていた。ある日、病室に死神が現れ——「彼の命を救うことを条件に仕事を手伝え」。シオリはこの世に留まる魂たちの無念と向き合うことになる——。

死神の助手はじめました。

こがらし輪音

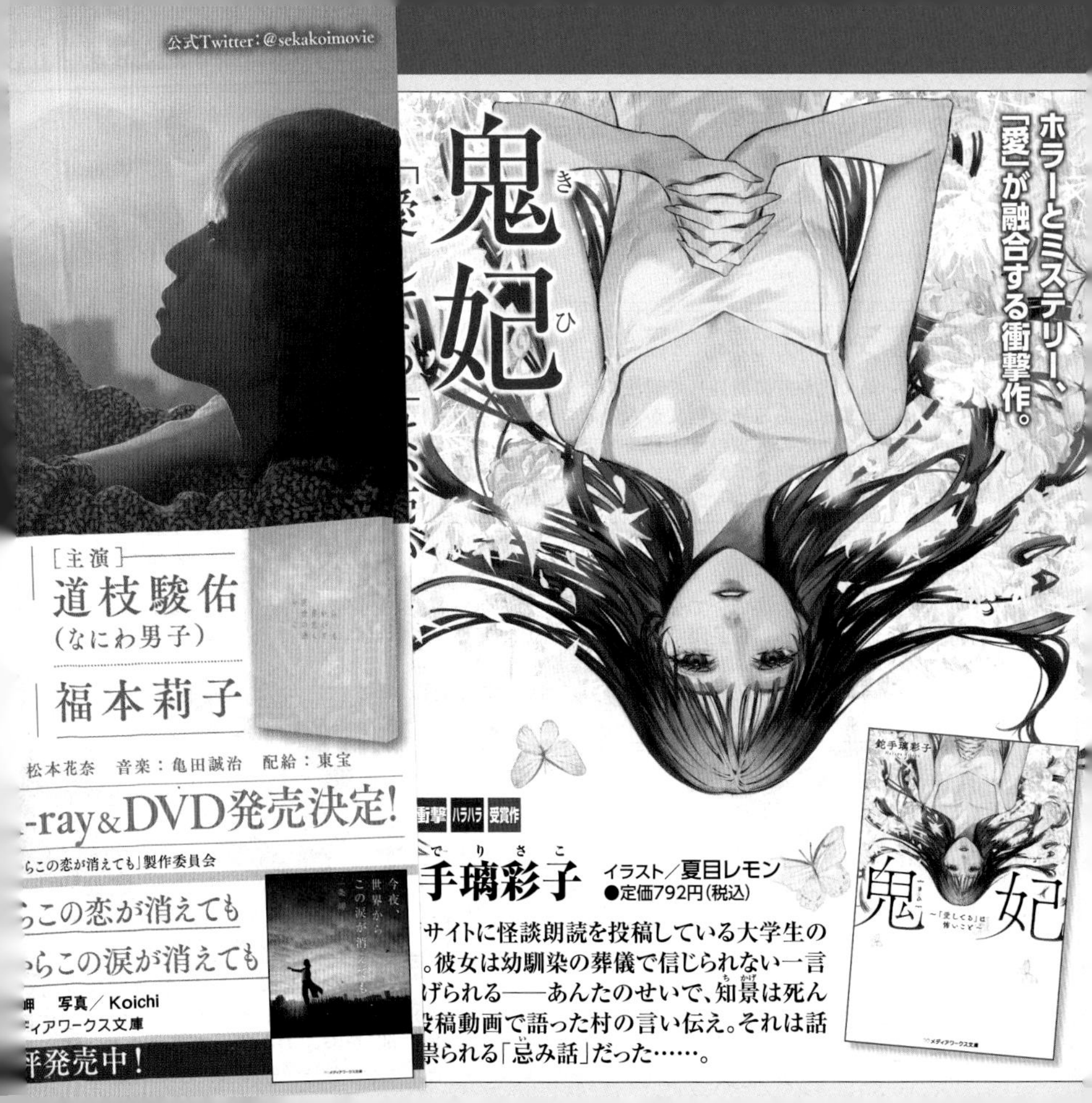
公式Twitter：@sekakoimovie
［主演］
道枝駿佑
（なにわ男子）
福本莉子
松本花奈　音楽：亀田誠治　配給：東宝
-ray&DVD発売決定!
らこの恋が消えても」製作委員会
らこの恋が消えても
らこの涙が消えても
岬　写真／Koichi
ディアワークス文庫
評発売中!
今夜、世界からこの涙が消えても
ホラーとミステリー、「愛」が融合する衝撃作。
鬼《き》妃《ひ》
衝撃 ハラハラ 受賞作
手《で》璃《り》彩《さ》子《こ》
イラスト／夏目レモン
●定価792円（税込）
サイトに怪談朗読を投稿している大学生の
。彼女は幼馴染の葬儀で信じられない一言
げられる――あんたのせいで、知景《ちかげ》は死ん
投稿動画で語った村の言い伝え。それは話
祟られる「忌《い》み話」だった……。
鉈手璃彩子
鬼妃
～「愛しくる」は怖いこと～
メディアワークス文庫

2023年2月25日発売の新刊

さよなら、誰にも愛されなかった者たちへ

塩《しお》瀬《せ》まき

佐倉至が入社したのは三途の川で渡し舟を営む「賽の河原株式会社」。そこで至は様々な事情を抱えた亡者と出会う。川を渡りたくない少女に渡れない中年男性。奔走する至に彼らが語ったのは悲痛な心の叫びだった——。

ワケあり男装令嬢、ライバルから求婚される〈上〉「あなたとの結婚なんてお断りです!」

江《え》本《もと》マシメサ

弟の代わりに男装して魔法学校に通う伯爵令嬢・リオニー。ある日突然父から告げられた婚約相手は同じクラスの犬猿のライバル・アドルフだった！　婚約破棄に向けて動き始めるも、何だかアドルフの様子がおかしいようで？

サトリの花嫁 ～旦那様と私の帝都謎解き診療録～

栗《くり》原《はら》ちひろ

幼い頃に火事で全てを失った蒼は、類い希なる観察眼を駆使し、手品団で「サトリ」として客を視る日日。心の支えは顔も知らない支援者“栞の君”だけ。望まぬ婚姻を控えたある日、ついに憧れの彼と対面するが——。

博多豚骨ラーメンズ12

木《き》崎《さき》ちあき

死体の掃除屋・佐伯医師。彼の依頼を受け、患者の消息を追う林は、莫大な賞金が賭けられたデスゲームに巻き込まれてしまう。一方、馬場は榎田の協力のもと、自らの過去を精算するため、独自に調査を進めていた——。

Volume.158　2023年1月25日発行
発行◎株式会社KADOKAWA
編集◎メディアワークス文庫編集部　〒102-8177　東京都千代田区富士見2-13-3
※記載の各定価・予価は、2023年1月現在のものです。
※2019年10月以降、消費税の改定に伴い、消費税（10%）をご負担いただきます。 https://mwbunko.com/ ▶▶▶

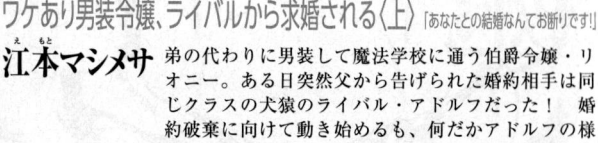

念力が知景の感情に呼応して発動するのだとすれば、彼女は恐怖心から無意識に力を使ったのだろう。自分で言うのもなんだが、無理やり襲われかけるなどという体験にはもっとも強烈な恐怖を感じて当然だ。防衛本能で安を攻撃するというのも理にかなっている。

「でも知景は人間よ」

「――ああ、もう怖がらない」

ゆっくりと。

どちらからともなく唇を合わせた。

息を呑むほど、温かかった。

体の芯を貫かれて、痛みに耐える知景の目尻には涙が溜まっていた。

それを右手の親指で拭おうとしたときに破壊はおとずれた。

前触れは、あったようでなかった。わずかに痛みがあると思った次の瞬間、親指の第一関節は見えないプレス機のような怪力でへし折られていた。皮膚を突き破った細い骨が一部露出した。汚い血液が知景の顔に飛び散らないように、すばやく親指を内側にして固く拳を握りしめる。

そのままの状態で、なんとか最後まで通したが、折れた親指は、いまになって無視できないほどひどく痛み出していた。出血も酷《ひど》く、放置していたせいで変色して腫れている。

しばらく意識の海に揺蕩《たゆた》っていた知景が、頬に触れてきた。

「……痛かった……？　大丈夫？」

「普通それを聞くのはこっちなんだがな」

胸に埋まる小さな頭を左手で撫でながら安は苦笑した。

とにかく片手では知景を満足に抱きしめられないのがもどかしかった。そんな安の葛藤を知ってか知らずか、知景はゆっくりと身を起こすと安の上に覆いかぶさるようにして口づけを求めてきた。

心臓のとくんと脈打つ音は溶けて、自分のものか彼女のものかわからなくなる。

「安……私、安が好き」

ゆっくりと上下する胸の上で、知景の声が響いた。

「そりゃ……どうも」

「愛してる」

知景の唇がつむいだ言葉は、あまりにもまっすぐだった。心臓が止まりかけた。髪を撫でていた手は止まった。

「ちがうの」腕の中で小さく頭を振る知景の声は、満ち足りた笑みを帯びていた。

「怖がらせて悪かったな」

安は知景の髪を、無事な左手で何度も梳《くしけず》った。

欲望のままに村娘を取って食らう鬼のように。

結果的に、彼女に初めての恐怖を植えつけたのは自分だったというわけだ。さながら

「昨日はじめて怖いと思った」

られたことに無頓着だったのだ。ようやく気づかされた。

安に、怯えることもなく純粋な好奇心で近づいてきたのだ。だからあんなにも、傷つけ

それは彼女が育った特殊な環境による、無知と無垢ゆえの欠陥だ。だから突然現れた

きからずっといるから、恐ろしいとは、感じられないの」

ど、怖くはなかった。怨霊も、あまり愉快な存在ではないけれど、それでも生まれたと

いけど、それだけ。ゲームもそう。バイオもSIRENも青鬼も、楽しくて大好きだけ

『恐怖』はわからないの。登った木から落ちるときもなにも感じない。怪我をしたら痛

「私はね、『怖い』を感じないの。怖がっている人は目を見ればわかるけど、自分の

安は動揺を隠すように鼻で笑ってみせた。しかし知景は静かに続けた。

「おまえな、それ意味わかってんのか」

「知景はね、嫌われるのが怖いと思ったの。それに先生が知景を置いてさよならしてしまうことも怖い。もうすぐ、先生がいない日々に戻るのがとっても怖い。また、ここでひとりになるのが……。怖くて、心臓が破裂しそうになって、力が抑えられなかった」

頭がぐらついた。

知景が感じていた恐怖は、襲われる恐怖ではなかったらしい。それだけではない。

「愛してるって、怖いことなのね」

湧き上がるのは醜悪な征服欲ではなく、息苦しくなるような愛おしさだった。

思わず知景を強く抱き寄せる。ほとんどなんの考えもなく口にしていた。

「一緒に行くか」

「え……？」

知景は上目遣いでこちらを見てきた。その双眸《そうぼう》に星空のような瞬きを灯して。

「……なんでもない。忘れろ」

村の外に出たあと、知景をどうするのかなんて考えていなかった。生き方を変えるためには、すべてを捨てなくてはいけない。親代わりの女とのあいだにある、簡単に断ち切れないしがらみも。

だが気づいたら願望を口にしていた。

頭の中の霧が晴れて、思いつくかぎり最良の未来が眼前に開けたような気がしたのだ。

最初からやり直せるような気がした。

知景は少しだけ考えたのちに、

「明日また来てくれる？　答えを言うから」

女神のような微笑みを返した。

「ああ」

知景がここからいなくなるということは、壁の向こうの怨霊を解き放つということだ。

村を見捨てて、その罪を背負わせるということだ。

とんでもないことを言ってしまったかもしれない。

それでもいまこの瞬間だけは、満ち足りてやすらかな気持ちでいられた。

安は、すやすやと寝息を立てる知景の額に、そっと口付けを落とすと、衣服を纏い、部屋をあとにした——生きている彼女を見たのは、それが最後になった。


「困りますねえ、お客さま」

廊下に出ると、暗闇の向こうから、舘座鬼時子の声がした。

八

「二階へは立ち入り禁止と、最初にお客さまにお伝えしたはずなのですけれどもね」

　それはたしかに昼間聞いているのと同じ時子の声だった。静かな気品を纏った愛想の良い口調も、崩れることなくそのままだ。そのはずなのに、安には怨霊の声よりも人ならざるものの発する音に聞こえた。

　人ならざるものとは別の、殺意や敵意。実体的な怖気《おぞけ》がした。

「すいません、道に迷って」

　前もって考えていた苦し紛れの言い訳は、滑稽な間を残しただけだった。

「すぐ部屋戻りますんで」

「鬼妃を見ましたんでしょ」

「……」

　間髪容《い》れず、冷徹に追及される。言い逃れができないのなら、こちらからも物申したいことがあった。

「こんなことは、人権侵害です。虐待だ」

「家のきまりごとです」

「とっくにその域を超えてんだろ」

「私はあの子にすべてを与えてきました。あの子が少しでも、末永く、すこやかでいられるように、つねに見守っています。私の持ちうるすべての愛情を注いでいます。虐待だなどと」

時子の品の良い口調が、毒を含んで吐き捨てる。

「あなたもご自分のお家の事情、よそさまにとやかく口出しされたくないでしょう」

安は顔を引《ひ》き攣《つ》らせた。

「一緒にするな――」

「私らは、あの子なしには生きられへんのです」

淡々とした声だったが、うっすらと憂いを帯びた。そのわずかな動揺で、時子もやはり人間なのだと思い出す。

説き伏せることができるのではないかと一瞬、考えた。すかさず、責めるように問うた。

「こんなこと知ったら村の奴らだって黙ってねぇぞ」

「知らんほうが少ないんですよ」

山村の閉鎖社会の情報共有とその機密性。少し前までは珍しいものではなかった。けれども現代まで、それもこんな奇怪な因習が、これほど根深く残っている地域があるとは。

「幼い頃の友達は、大半が知らされずに遠く離れます。だから彼女には未練もない。懐かしい綺麗《きれい》な思い出だけが残ります。いまもときどき会いにきてくれはりますし」

前野亜瑚のことを話していたときに垣間見た、知景のあきらめを含んだ寂しげな笑顔を思い出す。あれを見てどうして未練がないなどと言えるのだろうか。

「怨霊なんて馬鹿げてる。そんなものに振り回されている奴らも」

「若い人にはわかりますまい。でもね。この家には脈々と受け継がれてきた伝統と歴史があるんです。舘座鬼家の血は多くの村人に少しずつ流れて継承されております。良いものも、悪いものも。もう容易に取り除けるようなものではないのですよ」

「ずっと怯えて暮らすつもりか」

言いながら、自分の詰問にさほど意味がないことに気づき始めていた。すでに鬼妃の怨霊の存在を感じ取っていた安の言葉には、さほど説得力がなかった。悪態をつきながらも、なんとか知景を解放する方法を考えていたのだが。

「どの道いつか、近いうち滅びるぞ、おまえら」

「黙ってくださいますか」

ぞくりとするほど冷たい声が耳朶《じだ》を打った。

「四百年近く、村の皆《みな》で鬼妃の秘密を守り通してきました。自分らの身近な人を守るため。家族を愛しているからこそ」

「おまえは自分の娘を愛していない。おまえは……恐れているだけだ」

「私は――」

時子の声が上ずり、ふたたび揺らぎを見せたように聞こえた。しかし深い呼吸があったあとに続いた言葉は、より超然とした、静かな気迫に満ちていた。

「私からあの子を奪おうとお思いなんでしたら、申し訳ございませんけど、こちらも容赦はいたしません」

時子の意志はかたくなで、この暗闇のあいだには理解し難い断絶があった。脳内で警鐘が鳴っていた。部外者が安易に関わるものではない。しかし気づくにはもう遅かった。

「呼び込んでしもた毒虫は、潰して洗い流さなね」

時子の目が暗闇の中で鈍く光っていた。その手に握られた刃も同じく。

明確な身の危険が感じられた。

村ぐるみで鬼妃を守り通す。村民は皆、時子の味方だ。口裏を合わせて証拠隠滅ぐらいのことは、わけなくしそうだ。なんなら人殺しだって、頼まれればやってのける者もいるかもしれない。

一歩下がって距離をとる。

自分がゴミ同然の人間だと自覚しているとはいえ、いまここで無駄に命を捨てる覚悟は安にはなかった。

拳を解く。変形して、もう元に戻りそうにないほど腫れ上がった右手をかざす。

「これが、知景の答えだ。鬼妃がここにいることを選んだ。俺を拒否した。俺はおまえらからなにも奪わない。……なにも見なかったし、聞かなかった」

が、それで納得されるはずもなく。

「ごめんなさいねぇ、お客さま」

哀れな動物を慈しむような声を、時子は最後に安にかけた。

暗闇でなにかが蠢く気配があった。

怨霊の気配を一瞬錯覚したが、それは人間の息づかいだった。

咄嗟に抵抗して、相手の手首をひねったが、間に合わなかった。

そこからあとのことはよく覚えていない。背後へ引き摺りこまれるような感覚があって、一瞬で気を失っていたのだ。なにか薬品を嗅がされたのかもしれない。気がついたら山中に、半分土に埋まった状態で倒れていた。

要するに、遺棄されていたのだ。

あのとき二階の廊下に潜んでいたのは時子ひとりだけではなかったらしい。

実に用意周到だ。

もしかしたら、こういったいざというときのお客さま対応は常習的におこなわれていたのかもしれない。

真っ白な霧が出ていて、前も後ろもほとんどわからなかった。朦朧《もうろう》としながら麓の道までたどり着けたのは、単に運が良かっただけだと思う。

あの民宿で目の当たりにしたことすべては、あまりにも奇怪で陰惨で、常軌を逸していた。もしかしたら現実ではなかったのではないかとさえ考えた。

悪い夢。むしろそうであればいい。

ただ、右手にはたしかに痛みが残っていた。

この指だけは、知景の流した透明な涙の温度を覚えている。

彼女はいま、どこにいるのだろうか。

＊

起床して、洗面所に顔を洗いに行くのも、身体が重くて一苦労だった。

ふらつく頭に視界は大きくたわむ。

脚をもつれさせながら、やっとのことで、鏡の前に立つ。

鏡に映る、ぼさぼさ頭の自分に目を向けて、亜瑚は息を呑んだ。

亜瑚のすぐ背後に、歩数にして一歩の距離に、それは立っていた。

いびつなかたちの頭。鬱血して紫色になった皮膚。そのほとんどが長い髪に隠れている。

ちぃちゃん……なの？

半開きの口から、ぼろぼろになった歯が飛び出しているのが見える。ゆがんだ下顎が、ぐらついて動く。なにかを伝えようとしているのだろうか。

足の震えが止まらない。

大丈夫、ちぃちゃんは私の味方だ。

無惨な姿になってしまったけれど、いまも鬼妃から私を守ってくれているのだ。怖がらなくて大丈夫、大丈夫、大丈夫。

ぉ……ぉお……お……ぉおぉぉ……

背筋をぞくりと声が這った。背後のそれが発したものなのかは定かではない。だがはっきりと聞こえた。地鳴りのような音。悲鳴を上げそうになるのを堪《こら》える。

なに？　私になにか言ってる？

恐怖で声が出ないが、心の中で必死に呼びかける。ちぃちゃんなら、きっと返事をしてくれるはずだ。

ぉ……ぉお……

突然キンと耳鳴りがして、頭を割れるような痛みが襲った。

……お……ぉ……

——お願い、ここから連れ出して。

——……を、連れてきて。

微《かす》かな言葉が唸り声に交じる。

なにを伝えようとしているの？　ちぃちゃん。

浅い呼吸を繰り返しながらゆっくりと後ろを振り返る……。

——インターホンが鳴った。

悲鳴とともに飛び起きて、洗面台へ向かったのが夢のなかでの行動だったことに気づく。

全力疾走をしたあとのように呼吸が荒い。背中にびっしょりと汗をかいていた。

毎日のようにこんな夢を見る。

毎回現実との区別がつかない。

もしかしたら何度かは現実だったかもしれない。

つねになにかに見られてるような気がする。知景か、鬼妃か、あるいはその両方だろうか。わからないけれど、遠くからも近くからも、じっとりとした視線を感じる。

亜瑚が息を落ち着かせているあいだに、もう一度インターホンが鳴らされる。

あわてて布団を這い出して、テレビドアホンのモニターを確認する。応答のボタンを押そうとしていた手が、ぴたりと静止した。

モニターに映っていた人物は、風花だった。

頭が痛いのでしばらく実家にいると伝えてから、よく考えたらもう十日になる。大学は休み続け、バイトもいつしか連絡を入れずに欠勤し、養成所にも行っていない。

そんな状態を訝《いぶか》しんで、様子を見に来てくれたのだろう。

就活のときはきっちりとポニーテールに縛り上げている髪を下ろして緩く巻き、私服姿で、カジュアルブランドのトートバッグを肩から提げている。大学の帰りに寄ってくれたのだと思う。

応答したい気持ちを抑えて、しばらく様子をうかがう。不安げな表情の風花は、すこしきょろきょろと周囲を見回すような仕草をしてから、やがてくるりと踵《きびす》を返《かえ》した。

寂しさか安堵か、とにかく疲れた。長く深いため息が口をついて出た。

薄暗い部屋に、午後の日差しがまぶしく差し込んでくる。カーテンの隙間から、そっと外をのぞくと、足早に立ち去る風花の後ろ姿が見えた。

ほんとうは風花に全部話を聞いてもらいたかった。でもそれはできない。絶対巻き込んではいけない。さっきも必死に自制した。

そもそも、言っても信じてもらえないに決まっている。

ＬＩＮＥの通知が来たらしく、スマホの画面が明るくなった。

風花だろうかと思ってメッセージを覗く。

その一文が目に飛び込んでくるなり一気に意識が覚醒した。

【お父さん起きたよ！！！　せれな】

意識不明のまま一週間が過ぎようとしていたのだ。

正直もう、最悪の場合を想定しかけていた。

安堵の涙が、頬を伝った。

ちぃちゃん、さっきは夢で、一兄が目を覚ましたことを、伝えに来てくれたんだね。

きっとそうだ……。

気が抜けて、ベッドの上に倒れ込む。

再びうとうとし始めた矢先、けたたましい着信音が部屋に鳴り響いた。

九

「もしもし亜瑚ちゃん？　ああ、僕やで、高西。いま電話して大丈夫？」

神経を逆撫でするような上機嫌な口調のおかげで、すぐに顔を思い出した。彼のほうから連絡をよこしてくるとは予想外だった。もっとも、こちらから連絡する予定もなかったのだが。

「いいですけど。なんですか？」

つっけんどんに聞き返す。

「進捗どうかなって」

「なんのですか」

「ほら、あれから鬼妃、どうなった？」

高西の口から軽く発せられた忌むべき名前に、亜瑚は一瞬息を詰まらせた。

「なにも……ないですよ、特には」

「あらそう」

「祟りがおさまったかどうかはわからないですけど」

ふぅんという高西の返事は関心があるのかないのかはっきりしない。ないなら関わらないでほしいし、あるならすこしでいいからこちらを労る気持ちを持ってほしかった。

亜瑚はやや投げやりな気持ちになった。

「でもなんか、このままなんにも、ないならないで、これで終わりにしてもいい気がします」

「あかんわ」

「えっ」

相手の声色が一瞬にして真剣味を帯びて、思わずうろたえた声が出た。

「亜瑚ちゃんがよくてもうちらはあかんねん」

「どうしてですか……？」

自分の声が、急にしおらしくなる。高西の真摯な発言を、自分の身を案じてくれたことによるものではないかと期待してしまったのだ。このままでは他人とまともに関わることもできない。一生外に出られない。本音では終わりにしてよいはずがないと思っている。高西はそれを汲んでくれたのかと。

しかしそうではなかった。高西の答えは、亜瑚をさらに失望させるものだった。

「ま、いうたら興味の問題やね」

彼の口調はまた軽妙なものに戻っている。

「興味?」

「砂本さんはキミとこの村、いい研究対象やと思ってはるみたいやで。一度行ったことある集落やから道わかるし、また赴いてみるのもありかないうて」

あまりにも侮辱的な言い草に、怒りが湧いた。しかしなにか言い返す元気はない。

「そこでやねんけど」

こちらの心情などおかまいなしに、高西は立て続けに聞いてくる。

「亜瑚ちゃんさぁ、砂本さんと舘座鬼知景さんの会った記録を持ってるんやんね? それ、だれからもろうたん?」

「え、……わ、たし、そんなこと言いました……?」

どきりとして、憤怒《ふんぬ》の炎がしゅんと小さくなる。

「言うてたらしいで」

無意識だった。でも言ったかもしれない。あのときはどうにか砂本にしゃべらせたくて、こちらの持つ情報は、できるだけぶつけた気がする。

「もしかしてまだ持ってはったりする?」

「あ、はい……兄のＬＩＮＥで」

「ああ、そうなん」

声が遠くなり、電話の向こうの空気が動くのを感じた。妙な間があった。

「お兄さんから送られてきたん？」

「あ、はい、でも」

誤解を生みそうになっていることに気付いて、亜瑚はあわてて説明を加えた。

「兄はそのとき意識不明の重体だったので、これはその、兄から送られてきたというかなんというか、おかしな現象、なんだと思います」

「おかしな現象？」

高西が聞き返してくる。亜瑚は少しためらったが、思い切って口にした。

「つまりその……、霊的な現象っていうか……ちぃちゃんが私に、くれたんだと思います」

それだけでは要領を得ないだろうが、そういう説明しか亜瑚には思いつかなかった。

電話の向こうからは大して興味のなさそうな高西の声が聞こえてきた。

「そっか……そうかもしれへんね」

＊

前野亜瑚の兄が入院しているという、市立病院の駐車場が見えてきた。

「ここですねぇ」

運転している高西の声がした。

「あ、ほら、亜瑚ちゃんもういてますよ」

前野亜瑚と、病院のエントランスで待ち合わせていた。

以前会ったときよりずいぶんやつれたように見える。ハワイの夕焼けみたいな柄がプリントされた白いTシャツに濃紺のスキニーデニム姿で、髪には寝癖がついたままだ。

亜瑚は安と高西に気づくと、おどおどと首をすくめて頭を下げた。大学まで訪ねて来たときの毅然《きぜん》とした瞳の光は失われていた。見るからに怨霊に対抗するすべはまだ見つかっていないと思われた。おそらくだれにも会わないように、大半は家で引きこもって過ごしていたのだろう。

「大丈夫？　ちゃんと食べてはるん？　学校は？　行ってないの？」

車を止めた高西は駆け寄って、近所のおばちゃんかのごとく口やかましく問いかける。亜瑚は気が抜けたように「はぁ」とか「まぁ」とかあいまいにうなずくばかりだ。

「病室はどこだ」

安は短く聞いた。

「そうやって急《せ》かさんと」とあきれる高西を押し退けるようにして、病棟へ急ぐ。一春の入院している病室は八階らしい。亜瑚の踏み出す一歩一歩は頼りなくおぼつかないので、見ているこっちはいらいらさせられる。

エレベーターで八階へたどり着き、ナースステーションで面会の旨を伝えると、亜瑚はさらに周りをきょろきょろと気にし始めた。

「私はここで待ってます」

ふらつき気味だった足が不意にぴたりと止まった。目指す812号室は目前である。

「ええ、なんで？」

高西が疑問の声を上げるのに対し、

「だって、私が近づいたら、また……」

「勝手にしろ」

暗い目をしてつぶやく亜瑚に、安は吐き捨てて先へ進んだ。別に彼女がいようがいまいが、自分の聞きたいことは変わらない。

812号室の扉をノックする。

「はい」

男性の声が向こうから聞こえた。

病室は四人部屋だが、ちょうどほかに患者はいないようだった。高西は外で待機させ、安だけが入室した。

各ベッドを仕切るカーテンを全開にすると、患者の姿があらわになった。

「……どちらさまですか」

歳は自分とさほど変わらないだろう、堅実そうな男が、怪訝な目でこちらを見上げていた。一週間ほど意識不明の重体だったにしては、髭《ひげ》も剃《そ》られてこざっぱりとしており、わりと元気そうだ。

上体を支えるようにしてベッドが少し起きあがった状態に傾けられているが、そこにもたれかかった身体は自由には動かせないのだろう。男は目だけをこちらに向かせていた。

ベッド脇を一瞥すると、スツールにおとなしそうな幼い少女がちょこんと座っていた。おそらく、前野一春の娘だろう。突然の来訪者に、スマホをいじる手を止めて、声もなくおどろいた様子だ。丸く見開かれた黒目がちな瞳に、どことなく知景の面影を思い出す。

「前野一春だな」

安は目の前の男を、不躾に睨んだ。

「はい。そうですけど。失礼ですが、どちらさ――」

「紀日川村のことについて聞きたい」

「は？」

一春はこちらに目を向けたまま、じりじりとベッドの外へ手を伸ばした。傍らの娘の手を握ると、できるだけ自分のほうへと引き寄せる。最大級の警戒を持たれたのがわかったが、態度を改めるつもりはなかった。

「鬼妃について」

前野一春ははっきりと顔をこわばらせた。


先日研究室から、高西が前野亜瑚に電話をかけたとき、高西は亜瑚との通話をスピーカーにしてこちらに聞こえるように流した。

そうとは知らずに高西と会話をする亜瑚の声を聞きながら、安は盗聴する側の心理を考えていた。盗聴される側に比べたらそうでもないかもしれないが、気分の良い行為ではない。

四年前の、あの紀日川村での出来事を、安はなるべく記憶から消そうとしていた。忌まわしかったし、それよりも、舘座鬼知景の存在ごと夢であったのだと思い込もうとしていた。

だから考えようともしなかったのだ。

自分が知景の部屋に侵入したあとのやり取りを、時子がすべて把握していたという可能性を。

なぜ三日間も知らないふりをして監視していたのかはわからない。だが娘が犯され、物理的にも奪われようとした三日目に、とうとう始末をつけに動いた。

さながらそれは、鬼退治のような構図である。

鬼退治には、単独で臨むのは得策ではない。

あのとき時子には、協力者がいた。あるいは宿の従業員という線もある。

民宿に、住み込みで働いている人間はいなかった。だがその日だけ、鬼退治のために暗闇に潜んでいたという可能性はおおいにある。

もしくは、時子が村民のだれかに安の殺害を依頼したか。

四百年ものあいだ、村ぐるみで口裏を合わせてきたのだ。それぐらいの絆はできていてもおかしくない。特に舘座鬼家の血筋の者にしてみれば、知景がいなくなれば怨霊が解き放たれて、祟りを受けることになるかもしれない。文字通り死活問題なのだ。知景《鬼妃》を見られた場合のお客さま《鬼退治》対応のノウハウが、村民のあいだで受け継がれているぐらいのことはありそうだった。

村民は何百人といる。舘座鬼家の血筋に限定したとしても、遠い親戚も含めたらそのなかで容疑者を絞り込むのは難しい。

もし手がかりがこれだけなら、永遠に無理だった。

しかし前野亜瑚の発言によって、もうひとつの仮説が浮上した。

安を襲った協力者＝監視者なのではないだろうか。

監視。要するに盗撮や盗聴。当時はそこまで思い当たらなかったが、時子の尋常ならざる言動を思い返せば突飛な考えでもない。

盗聴した音声データを亜瑚に送った人物、それが監視者。

「お兄さんから送られてきたん？」

高西がこちらに目線を送りながら、次々に亜瑚に問いを投げていく。亜瑚の返答はおおむね覇気がなかった。

「あ、はい、でも、兄はそのとき意識不明の重体だったので、これはその、兄から送られてきたというか、なんというか、おかしな現象、なんだと思います」

「おかしな現象？」

高西がたしかめるように繰り返す。

やや間があって、亜瑚のためらうような声が聞こえてきた。

「つまりその……霊的な現象っていうか……ちぃちゃんが私に、くれたんだと思います」

「……そうかもしれへんね」

そう言って高西はこちらに糸目を向けた。口元は笑っていなかった。安はうなずいて、高西に亜瑚の兄との面会の約束を取りつけるよううながした。

「亜瑚ちゃん、お兄さん意識不明言うてたやんね？　……いまはどうしてはる？」

そしていま、亜瑚の兄、前野一春が目の前にいる。

＊

「舘座鬼知景の部屋を盗聴して、何が目的だったんだ？」

聞こえてきた会話に、亜瑚は思わず声を上げそうになった。

すぐにでも兄の前に出て砂本を問いただしたかった。

しかし高西がとなりで亜瑚の腕を引いてそれを制した。

「話させたって」

「あなたたちには人の心がないんですか」

声を震わせた。

「兄はあんな怖い思いをして目覚めたばっかりなんですよ。私たちが得体の知れない霊にどれほど脅かされたのか、あなたにわかります⁉　まあわかんないでしょうけど。盗聴だなんて、意味わかんないです。どうして信じてくれないの？　あれは……あの録音を送ったのはちぃちゃんなんです。怪奇現象なんですよ！」

亜瑚の手の中には、緑色のお守り袋が握られていた。高西からもらったものだ。たしかに、なにもないよりましだったかもしれない。でもいまはそれを、憎しみを込めて握り潰そうとしている。

——お願い一兄、怒っていいから。いつもの優しくて落ち着いた一兄じゃなくていいから。ちぃちゃんの分まで怒って。

そいつを言葉で説き伏せて。

亜瑚はお守り袋を破裂せんとばかりに握りしめて、願った。

しかし。

「はは、はははは、はははははは……」

聞こえてきたのは、ぞっとするような冷たい笑い声だった。しだいにそれは高笑いと呼ぶに近い響きに変わる。

亜瑚も、そして高西も、同時にびくりと顔を上げていた。

「——俺が殺した？」

聞き返す声は、亜瑚がこれまでに聞いたことのない、凍えるほどに冷静なものだった。それが一春の声だと気付くまでに少々時間がかかったほどだ。

なんの話をしているのか、高西を問い詰めているあいだにわからなくなってしまっていた。

「ありえない。そんなわけないだろ。俺の大切な知景ちゃんを、俺が殺すなんて！」

十

「舘座鬼知景の部屋を盗聴して、何が目的だったんだ？」

「なんの話です？」

「あいつのスマホに証拠を見つけた。あんたが盗聴した音声ファイルを、前野亜瑚が持っていた」

「送った覚えはありません」

「送ったのはあんたじゃないだろう。あんたが意識を失っているあいだに送信されてたらしいからな」

知景の力は、心でものを動かす類《たぐい》のものだ。

肉体が滅んだいま、彼女の力は「動かす」ことにおいては広域に渡って作用すると考えられる。要するに電子機器を起動させ、操作することも可能という予測だ。

ただ、データ自体は前野一春のものでなくてはならない。知景の念の力では、おそらくデータの構築まではできないだろうからだ。

「いったいなにを言っているんです？」

「舘座鬼知景のことを殺したのもあんたか？」

シラを切ろうとする態度に嫌気が差して、端的に聞いた。前野一春はわずかに反応を見せる。

一瞬の沈黙。それから。

「はは、ははは、はははははは……」

突然常軌を逸した笑い声を立てた。

「――俺が殺した？」

ひとしきり笑い終えると、火が消えたように冷たい表情に切り変わっていた。

「ありえない。そんなわけないだろ。俺の大切な知景ちゃんを、俺が殺すなんて」

不可解な台詞とともに、明確な敵意を宿した目でこちらを睨み返してくる前野一春は、最初の穏やかな印象とはまるで別人だった。

「盗聴だなんて人聞きが悪い。俺はずっとあの子を守ってたんだよ。殺すなんて……馬鹿げてる」

もっとてこずるかと思ったが、案外あっさりとした自白だった。

「そうか。悪いな、見当違いだったようだ」

「知景ちゃんは鬼妃の怨霊に祟り殺されたんだ」

「違うな」

　安はすぐに否定した。

「知景は崖から転落して死んだと聞いた。つまり知景が死んだのは外出の許されている昼。鬼妃が来るのは夜だけだから、昼間に祟り殺されることはないはずだ。逆に夜になれば、知景は部屋にいなければいけない。だから屋外で転落死はできない。辻褄《つじつま》が合わないんだよ、全部」

　正論を突かれて、一春が大げさに長いため息をついて宙を仰いだ。

「あぁあ……。いやぁしかし、まさかあのときの泥棒が生きてたとは」

その発言は、一春が時子に協力して安を襲ったことを証拠付けるものだった。

「俺を襲ったのは、やっぱりあんたか。覚えてるんだな」

「最初から気づいてたよ、忘れるわけがない」

前野一春は、完全に開き直っているように見えた。というより最初から、安の姿を見て声を聞いた瞬間から、知らないふりをするつもりはなかったのかもしれない。いまはむしろ、安にすべてを語りたいようにも見えた。

　一春はやや間を置いてから、声音をもとの落ち着いたものに戻して話し出した。

「俺には知景ちゃんを守る役目があった。特別な、俺だけの大切な役割だ」

「守る役……監視役だな」

「監視。あなたはそう呼ぶのか。まあ理解できないだろうけどな」

　ふっと小さく笑みを漏らして、一春はぽつりぽつりと声を落とす。

「俺は、小さいときから人知れず、ずっとずっと知景ちゃんを守ってた。女神のような存在だった。大切だった。ほんとうに、大好きで……あの子の望むものを、無償で与えたくて。そういうふうにできてる。俺の愛は。知景ちゃんのためにあるんだ」

「知らん。黙れ。アンタのエゴは虫唾《むしず》が走る」

「どの口が言う」

　一春が憎々しげに吐き捨てた。

「貴様こそ。その汚い欲望で……知景ちゃんをどれほど傷つけたのか……あの三日間、あの部屋で貴様が知景ちゃんにしたことを、俺は知ってる。全部聞いてた。いまでも、吐きそうだ」

　吐きそうなのはこっちだ。

「盗聴器は……人形か」

　唯一思い当たるのが、室内で異質に見えた桐簞笥《きりだんす》のうえの日本人形だ。あそこからなら、つねに安定した音量で部屋全体の音声を拾える。

　完全に推論だが、どうやらそれは正解のようだった。

「時子さんにそこまでしろと言われたわけじゃない。知景ちゃんの十五歳の誕生日に人形を贈ったのも、そこに盗聴器を仕込んだのも、俺が勝手にやったことだ。でもそれ以来、あの子の生活の一部に溶け込んで耳をすませて、俺はあの子の動きや声や、心の変化まで、だんだん手に取るようにわかるようになった。それで時子さんの信頼も得た。あの人は俺と知景ちゃんが、他人にはわからない深いところでつながっていると言ってくれた。実際そうだ」

陶酔したように語る一春を、今度は安があざ笑った。

「変態じゃねーか」

「あの子はたまに、壁の向こうと会話していたよ。優しい声で語りかけて、慰めて、そうやって夜ごと、供養をおこなっていたんだ。ずっと俺たちを、守ってくれていたんだよ」

熱っぽく潤ませた瞳に、一春は知景の面影を映しているのだろうか。前に手を伸ばすような仕草をする。その手は、空《くう》を摑んだ。

「俺だけが知景ちゃんのかなしみをわかってあげられた。俺だけが寄り添えた。なのに。貴様はあの日……無理矢理あの子を虐げて、自分のものにしようとした。俺たちから奪おうとした」

空を摑んだ拳にぎゅっと力が込められる。身体が自由に動いたならば、そのまま殴りかかってきていただろう。

*

「……どういうこと？」

高西の制止を振り切り、亜瑚は病室内に足を踏み入れた。睡眠不足と精神的な疲労からずっと酩酊《めいてい》していた頭が、何発も殴られたあとのようにじんじんと痛む。

「亜瑚……？」

一春は目を見張る。

久しぶりの兄妹《きょうだい》の再会だった。だが亜瑚には一春の意識が戻ったことを喜ぶ暇はまったく与えられず、衝撃の事実だけが幾重にも胸に突き刺さっていた。

亜瑚の腰に、それまで病室の隅に息を殺していた星麗南が飛びついた。砂本も一春も、星麗南の存在をしばらく忘れていたようで、わずかに目を向けて反応したが、亜瑚は関心を向けなかった。ただ目の前の兄だけを、困惑して見据えていた。

「一兄、……なに言ってるの？」

自分の知らないところで、兄はずっと知景に想いを寄せていた？

それだけでない。兄は盗聴を認めた。信じられないことだった。

一春は、すべてをあきらめたかのように微笑んだ。そしていつもの優しい、聞きなじんだ兄の声で言った。

「ごめんな、亜瑚。俺は知景ちゃんを、鬼から守りきれなかったんや」

ごまかさないでよ、という声は、声になったかどうか自分でもわからない。

混乱しながら、すがりついてくる星麗南をようやく抱き寄せる。父の錯乱も、突然の来訪者の威圧も、さぞ怖かったろう。背中が震えていた。

「亜瑚、落ち着いて聞いてくれ。知景ちゃんはあの部屋で、ずっと鬼妃の怨霊を供養しとったんや」

兄の口からはじめて鬼妃の名がこぼれ落ちたことに、亜瑚は気づいて顔を上げたが、もはやそんなことには触れる余裕もない。

「俺はずっと、知景ちゃんのことが好きだった。知景ちゃんだって、俺のことを慕ってくれていたはずだ。どうしても許婚《いいなずけ》に、認めてほしかった。まだ知景ちゃんはその年齢に達してなかったけど、かならず待つからと……家族の前で、気持ちを伝えた。そしたら時子さんに言われた。知景ちゃんのことをほんとうに愛しているなら、生涯その身を捧げる覚悟があるのなら、秘密を教えると。それであの子の運命を知った。知景ちゃんが、生まれながらにして鬼の嫁であることを」

一春の知景への想いは、これまで秘めてきたぶん栓を抜いたように一気にほとばしる。異常なまでに熱を孕んだその口調に、亜瑚はしだいに気圧されていた。ただその内容はあまりにも自分の想像と理解を超えていて、すでに頭の中は疑問と困惑で溢《あふ》れ返《かえ》っている。

一春の述懐は止まらない。

「俺だって最初はどうにかしたいと思ってた。でもあかんかった。鬼妃になるのは舘座鬼家の未婚の女性と決まってる。俺は代わりになれなかった。できるなら……妹を代わりにしたいぐらいだった。でも知景ちゃんには、舘座鬼家のなかでも特に強い念の力があった。怨霊供養は知景ちゃんにしかできない。知景ちゃんさえいれば、あと何十年かは村は安泰や。彼女を守る役目こそが天命だと受け入れた。あとは時子さんに、全部従った。よその女と結婚したのも時子さんの希望や。でもほかの女と結ばれたぐらいで俺の想いは変わらん。俺は生き続けるかぎり、この心を知景ちゃんのために捧ぐと決めてた。あの子が村で少しでも末永く幸せに暮らせるように。外の人間に見られたときは、後処理もした。……貴様は、さすがに想定外だったけどな」

あとのほうは砂本に向けて放たれた言葉だった。

そこでようやく、一春はひとつ息をついた。それから声音を暗くした。ひとりごとのように、つぶやいた。

「でも、……なにもかも失敗や。知景ちゃんが死んだから……これは呪いなんや」

「だから、ねえ、どういうこと？」

亜瑚は理解に苦しむ声を上げた。けれどこれ以上なにを説明してもらえばいいのかわからないし、説明されたところで納得できるとも思えない。とにかく自分の声にはいままで兄に向けたことのない憤りの感情が滲んでいた。

「意味わかんないよ、一兄は、ちぃちゃんのことずっと盗み聞きしてたの？」

「亜瑚、それはあの子を守るために」

「好きならなにしてもいいの？」

一春が沈黙する。

知景のことを、まるで人間でないなにかのように物語るこの男は、自分の知る一兄ではない。

「いや、意味わかんないよ。一兄おかしいよ」

手の中のお守りが、ずっと握っていたせいでだいぶ汗を吸っていた。とても熱く感じる。

「あなたは、ちぃちゃんにいったいなにをしたの……？」

亜瑚はそこではじめて砂本のほうに目を向ける。問いただす声は怒りに震えた。一春の話からおおむね想像がついていたが、おぞましくて、認めたくなかった。知景の受けた屈辱を想像して、頭の中は砂本に対する憎しみで染まっていく。

高圧的な砂本の眼光が、一瞬揺らいだ気がしたが、弁明はない。

「信じられない。ちぃちゃんのこと、みんなしてそんな、どうして……」

胸が苦しくなり、力が抜けて、その場に崩れ落ちた。

「ちぃちゃんがかわいそうだよぉ……」

涙で視界が埋めつくされていく。頬をこぼれ落ちるのを拭うことなく亜瑚は嗚咽した。

知景はずっと、人権を踏みにじられるような非道な仕打ちを受けていた。それを知らずにのうのうと暮らしていた自分も呪わしい。

知景は、ただの、普通の、女の子なのに。自分と同じのはずなのに。

傍らで一緒に床に膝をつく星麗南を、どうしようもなくなって抱きしめた。知景のことも、できるならこうしてあげたい。もう叶《かな》わないけれど。

「落ち着け……」

苛立ったため息をつく砂本を、亜瑚は恨みがましく見返した。

「一兄のやったことも許せないけど。でもあなたのことはもっと許せない」

「いまはそんなこと言ってる場合じゃねぇ。おまえの兄は全部知ってて知景の軟禁に加担してたんだぞ。こんなの人権――」

「黙れ！」

怒号が響き渡る。

一春がベッドから弾かれたように立ち上がり、安に後ろから飛びついていた。十センチは身長差があるが、思いがけず俊敏な動きで、安は不意を突かれて引き倒された。

まるで憎悪に突き動かされているかのようだった。目を血走らせた一春は馬乗りになって、ぎりぎりと首を絞め上げてくる。

「おまえ……！」

腕の力は、身体中に刺し傷のある患者だとは到底思えないほど強い。激情に駆り立てられて、本来以上の腕力が湧き溢れているのかもしれない。

「ほんとうはあのときちゃんと殺すつもりだった。……抵抗されて、失敗したが」

高西が異常を察して室内へ飛び込んでくるとすぐさまナースコールのボタンを押し、砂本を組み敷いている一春を、引き剝がそうとした。

突然乱入してきた高西のことは、まったく見えないかのようにかまわず、一春はなおも安を締め続ける。

「落ち着いてください。亜瑚ちゃんお兄さん離すの手伝って」

高西が鋭く呼びかけるも、亜瑚は動けなかった。星麗南を抱きしめて、激しく首を振った。

そのとき。

「あ、熱っ」

亜瑚がそれまで握りしめていた拳を、ぱっと開いた。

ぽとり、と緑色のお守り袋が床に落ちる。

一瞬にして、オレンジ色の炎がぱっと上がって、袋を包み込んだ。

燃え上がるお守りに意識を取られていたが、一春の悶《もだ》え苦しむ声が聞こえてきたのは、それと同時だった。


「ぁあ……ぎ、鬼妃……ど、うして……」


がたん、と音がして、安の身体から重みが離れた。安が身を起こすと、すでに一春は病室の奥、窓際まで後ずさりしていた。

いや、実際には吹き飛ばされていた。

窓に背を叩きつけられ、腰が抜けたのかずるずると崩れ落ちていく身体。

追い詰められたように虚空を見据えたその目には、恐怖の色がはっきりと刻印されている。


「知景ちゃ……俺は、きみを……」

許しを乞うように差し出された一春の両腕、赤が点々と浮いた。かと思いきや、ぶちぶちと皮膚が破けて、根元からねじ切られる。鮮血が白い壁を赤く染め上げる。

切断された両腕はくるりと宙を泳ぎ、恐怖に顔を歪める一春の、その自分のものである喉をがっと圧縮した。ごきりと奥のほうで骨が砕ける音がして首が潰れ、がくんと上を向いた口から粘ついた血液が溢れたのを最後に、瞳は色を失い、一春は絶命した。

亜瑚の絶叫が響き渡る。

一瞬にして地獄絵図と変わり果てた壁際を、安は愕然と見つめていたが、目の端に異形の影をとらえて、扉のほうへと首を振り向けた。

だらりと両腕を垂らした細い身体の上に、いびつに潰れた形の小さな頭が、少し傾いて乗っている。長い黒髪が、紫に変色した顔のほとんど覆い隠していた。

あきらかに生きた人間の姿ではないそれは病室の白い壁から浮き出たように、音も立てずその場にたたずんでいた。

落ち窪んだ眼窩の奥に、一しずく光るものを見た気がした。

からからに渇いた喉を動かして、安は、そっとその名を呼ぶ。

「知景……？」

悲鳴を聞きつけ走って現れた看護師の、耳をつんざく悲鳴と入れ替わるように、その姿は白い壁の向こうへと消えた。

第三章

一

「亜瑚《あこ》ー！　おまたせー！」

声がしたので振り返ると、桃色の振り袖を着た知景《ちかげ》が、からんころんとぞうりを鳴らしながら近付いてくるのが見えた。

ただでさえ足元が不安定な石畳の上を、ただでさえ足元を不安定にするぞうりを履いて、ただでさえ足元が不安定で転びやすい知景が、両手にりんごあめを一本ずつ持って駆け寄ってくるさまは、ある種の人間爆弾だ。

亜瑚は一瞬にして血の気が引くのを感じた。

「りんごあめ持って走っちゃあかんよ、ちぃちゃん！」

「大丈夫大丈夫～」

心配する亜瑚の悲鳴をよそに、知景は目前で華麗な静止を決め、ひらりと袖を揺らすと、「はいっ、どーぞ」とその左手に持った紅く照り輝く球体を、一輪の薔薇《ばら》の花のごとく差し出してきた。

能天気な笑顔を見ると、しかる気はすっかり失《う》せてしまう。

「もー……ありがと」

亜瑚は気の抜けたようににへっとほおを緩めて竹串を受け取った。

亜瑚のとなりでは成美《なるみ》が、その様子を眺めて微笑んでいる。普段の格好は活動的でシンプルなジーンズやパーカーが多い成美だが、今日は真紅の地に大判花柄の振り袖で華やかに着飾っていた。背が高いこともあいまって、びっくりするほど大人っぽい。

「成美のぶん……！」

不意に知景が頓狂な声を上げた。

「知景、ふたつしか持てなくて……どうしよう」

どうやら成美のりんごあめを買ってこなかったことに気づいてあわてふためいているようだ。成美は、白い息を吐いてあははっと笑った。

「気にすんなって、そりゃあ手はふたつしかないねんからあたりまえや」

しかし知景は納得いかなかったらしく、

「これ成美にあげる！　そんで知景のぶん買ってくる！」

「いいよ気にせんとって、あたしは自分で買いに行くから」

成美は笑いながら、知景の頭にぽんと手をやり歩き出した。

「じゃあ、いっしょに行こ！」

「いいけど、おみくじやるんじゃないん？」

「あとで～。ほら亜瑚も行くで～」

知景はマイペースに亜瑚の手を引く。

「結局全員行くやん」

亜瑚はつっこむが、嫌な気はしない。

「いぇーす！」と知景はりんごあめを持った手を、高く掲げた。

小さい知景を挟むようにして三人並んで、神社の参道の屋台を目指す。

知景の左手が自分の右手に絡んでいるので、亜瑚はぎゅっと握り返した。ものごころついたときから、となりを歩くとそうするのが習慣《くせ》になっていた。

空は薄い雲に覆われた曇り。きんと冷え込んだ初詣の日だった。

不意に知景は亜瑚の手を放した。

「あっ、ねえ聞こえる？」

おもむろに、音をよく聞くための耳に手を添える仕草をする。

「なにが？」

両脇から尋ねる亜瑚と成美。

「雪の声……」

「雪？」

「雪は声せんやろ」

「ほらっ、降ってきたぁ」

知景は天を指差して、きゃははと嬉しそうな声を立てる。目をやると、見計らったように雪が降ってきた。白い空を背にちらちらと、灰色をしてほこりみたいだ。

「ほんまや」

亜瑚は感心して白い息をつく。

「よくわかったなぁちぃちゃん」

えへへと得意げに胸を張ると、知景はまたしっかりと手をつないでくる。自分のより冷たい手だ。ずっとりんごあめを持っていたからだと思う。亜瑚は温めるように包み込んであげた。

静かな参道には、身を切るような冷たい空気が流れている。けれど三人の進む道には、寒さも吹き飛ばすような活気と笑い声が溢れていた。

——思い出になる日には、いつも唱えるんだ。

私たちは三人仲良し。同じ年に生まれた、運命の友だちなんだよ。

ずっと、ずーっと、友だちだよ。

……って。

*

またうたた寝をしていたらしい。

昨日は警察にいろいろと聞かれたが、ずっと上の空だった。

両親も病院に駆けつけて、母は酷いショックで失神してしまったのだけ、なんとなく覚えている。父とは、なにか言葉を交わしたかどうかすら思い出せない。ずっと自分の手を握っていた星麗南《せれな》も、いつの間にかとなりにいなくなっている。おそらく両親とともに、村に帰ったのだろう。

床の上に投げ出した携帯の着信音が、ひっきりなしに鳴っている。

浅い眠りのさなかに、幼い頃の夢を見た。

恐ろしい夢よりやさしい夢を見るほうが、目覚めたときに胸を抉られたような苦痛を感じるのをはじめて知った。

過去の記憶を消せたらいいのにと思う。あの村との関係を、全部切り捨てたい。そうでなければ、このまま自分も呪いかなにかで消えたかった。

でもどうやら、どちらの願いも叶いそうにない。

ねぇちぃちゃん、私になにが言いたいの？

どうしてほしいの？

ベッドの端に小さく膝を丸めたまま、わずかに顔を上げると、それはいる。目の前に座っているのだ。

知景が。

いわゆる霊体だとか、向こうが透けているだとかではなく、はっきりと。棺桶に横たわっていた遺体がそのまま抜け出てきたのかと思うほどまったく同じ白装束姿だった。力の抜けたように背中を丸めて、俯いたままそこに正座していた。

病室からずっと憑いてきているのだ。いつのまにかはっきり視《み》えるようになっていた。

異様な状況に、はじめのうちはひたすら恐怖のあまり、頭を抱えて震えていたが、さすがに何時間も居座られると感覚が麻痺《まひ》して、いまはただ虚ろに、静寂のなか対面し続けている。

一春《かずはる》を呪い殺したのはほんとうに、彼女なのだろうか。

盗聴はたしかに許しがたいことだし、一春が知景に向けた感情も、一方的で偏執的なもので不快なものかもしれない。

だとしてもあんなふうに惨殺するなんて。

一春だけではない。麻友《まゆ》のときとも、やり方が似ているのだ。

ふたりを殺したのは、鬼でもなく、鬼妃の怨霊でもなく――知景なのだろうか。

まさか、成美も、知景が……？

夢に映った、幼き日の自分たちの記憶を思い返す。

ずっと、ずーっと、友だちだよ。……そう声を立てて笑っていたあの知景が、こんなおぞましい惨劇を次々と引き起こしているなんて。

信じられない。信じたくないし――違和感がある。もしも万が一そうだとしたら、知景は砂本《すなもと》も殺すはずではないのか。酷い目に遭わされたのに。まっさきに恨んでもおかしくないはずなのに。

どうして。

脳裏でいくつもの疑問が巡る。

だがそれを目の前の無言の霊に問う勇気は出なかった。

この目の前にいるなにかが、自分の知っている知景なのかどうかさえも、よくわからない。

もうこれ以上残酷な真実を知ることが怖い。

知らないままで、楽になりたい。

楽に……。

目を瞑り、さっき見た夢の温かさをもう一度思い出す。もう一度眠れば、あの場所へ帰れる。笑い声が肌を包み込むのを感じて、亜瑚の意識が不意にはっきりとした。

帰れる。

そうか、ちぃちゃん、私を迎えに来てくれたんだ。

一緒に行こうって、誘いに来てくれてたんだね。

ごめんね、気づかなかった。

そうだよね。

ずっと、ずっと友だちなんだもんね。私たち。

知景と成美のいるところに、私も行かなきゃ、ダメだよね。

亜瑚はふらりと、ベッドから下りた。

そしてノートパソコンの充電用のコードを、電源からぶちっと乱暴に引き抜くと、その長さと強さをたしかめるようにぴんと張った。

――そうだよ、亜瑚。亜瑚と、成美と、知景はね、ずーっと友だち。ずーっと一緒なんだよ。だからあの村に……亜瑚も帰らなきゃ。

背後で小さな声が聞こえた気がした。

初詣の日、母に晴れ着を着付けてもらったときの、わくわくした気持ちを思い出して、自然と笑みがこぼれた。

＊

「亜瑚があぶない状況って、どういうことですか」

高西《たかにし》の車の後部座席で、須藤風花《すどうふうか》はトートバッグを胸にぎゅっと抱えてこちらを睨んでいた。警戒されている。当然ではあるが。

「ちょっと言いにくいねんけど、亜瑚ちゃん取り憑かれてはるねんな、たぶん……。ですよね、砂本さん」

そんな大雑把な説明を高西に振られて、安《いずく》は押し黙る。間違っているわけではないが、普通そんなこと突然言われても困惑するか鼻で笑われるか通報されるかのどれかだろう。

しかし風花は、なにか思うところがあったのだろうか。

「それって、亜瑚の親戚が亡くなったことと関係あります？」

思いのほか真剣に聞き返してきた。知景のことは亜瑚の「親戚」と認識しているらしい。

高西は少し声を低くして「せやねん。だいぶある」とだけ答えた。

前野《まえの》一春《かずはる》が病室で怪死を遂げた際、知景と思《おぼ》しき影が一瞬、安たちの前に姿を現した。あれは鬼妃の怨霊とは違う。たしかに知景だった。一春を呪いのような力で惨殺したのは彼女だと思う。理由は定かではないし、彼女の意思かどうかもわからないが、知景が村の人々を殺している可能性があった。

知景の霊は今、亜瑚のそばにいるのではないか。だとしたら次に襲われるのは、亜瑚かもしれない。安はそう予測していたが、自分が補足するとかえって逆効果な気がして黙っていた。

須藤風花は、亜瑚の大学の友人だという。高西が無駄に高いコミュ力を駆使して大学内で探し当てた彼女が、この手の胡散臭い話に理解のある人間で助かった。

「ここです」

指差したのは二階建てのアパートである。築年数は新しくなさそうだ。

「でも留守だと思いますよ」

説明しながら、風花は外階段を上り始める。

「亜瑚の部屋は二階です」

呼び鈴を押すが、当然のように返ってくるのは沈黙だった。

幾度となく繰り返してきた流れらしい。

ご覧のとおり、というふうに風花はこちらに顔を向ける。

高西はハの字眉のまま、

「いや、亜瑚ちゃんは帰って来とるやろ。なぁ！」

突発的に、声を張った。

「おーい！　亜瑚ちゃーん！　そこにおるんやろー？」

なんの遠慮もためらいもなくドアノブをガチャガチャと回してドンドンと扉を叩く。

「おったら返事してー！」

「ちょ、なんなの⁉　やめてください！　近所迷惑ですって！」

風花があわてて止めに入る。高西は完全に無視で、

「一緒に村に帰るで、亜瑚ちゃん！」

「なにわけわかんないこと言ってるんですか。亜瑚いないですから！」

ふたりのやり取りはまどろっこしく、見ていて苛立ちが募る。

鬱憤を発散させるように安は目の前の扉を蹴飛ばした。

「「なにやってんですか！」」

高西と風花が、あきれとおどろきをあらわにして同時に叫んだ。

二

「おーい！　亜瑚ちゃーん！　そこにおるんやろー？」

亜瑚は鼻歌交じりにコードで輪を作っていた手を止めた。

だれ？　しずかにしてよ。

頭が殴られているかのように痛い。玄関のドアが叩かれているのだ。時折ガチャガチャとドアノブを回す音も交じる。

「おったら返事してー！」

どんどんどんどん

あーあーもう、うるさいなぁ。もうすぐで準備できそうなのに。

一気に気分が萎えて、玄関のほうへ虚ろな目を向ける。

さらに。

「一緒に村に帰るで、亜瑚ちゃん！」

「なにわけわかんないこと言ってるんですか。亜瑚いないですから！」

困ったような、あきれたような声が高西を諭すのが聞こえてきた。風花だ。久しぶりに聞く友人の声。高西なんかと一緒にいるのだろう。

まさか、脅されて連れて来られた？

バンッと鼓膜を破るかというほどの音がして、扉が勢いよく蹴破られた。それに続いて、

「「なにやってんですか！」」

という驚愕《きょうがく》の声。

さすがに無視できなくなって、頭を掻《か》き毟《むし》ると、くるりと振り返って玄関に走り出た。

扉を蹴破って侵入してきた砂本が、こちらを睨み据えていた。

「なにしに来たんですか!?　もういいんですよ、もう終わらせますから私の前から消えてくださいお願いだから！」

「うそっ、あーこ!?」最初に聞こえてきたのは、うろたえる風花の声だった。

「なんでいるの!?　てか、え、大丈夫？　……じゃあないよね……？」

亜瑚の持つ充電用のコードを一瞥すると、鼻先であざ笑う。

「死にぞこないの癖に威勢がいいな」

「……殺してやる」

コードを手にしたままの拳は、強く握りすぎて、伸びた爪が皮膚に食い込んでいく。嫌悪感をおぼえる冷淡な声が、弱った心に突き刺さる。

「おまえが死ぬのも俺を殺すのも別に構わないが、その前に明らかにしておきたいことがある」

「私はもうなにも知りたくない！」

「じゃあおまえは、おまえの親や姪も、このまま知景に呪い殺されてもいいってのか！」

不意打ちで怒鳴り返されて、亜瑚はびくりと首を竦ませた。

「おまえも見ただろう。知景が実際に前野一春を殺したのを。その嫁も、おまえの幼なじみも、知景がやったかもしれねぇ」

一春の凄惨な最期がフラッシュバックして、亜瑚は息を詰まらせた。麻友も成美も、知景が殺《あや》めたのだろうか。砂本の言い方は、知景がこの上さらに両親や星麗南を襲う可能性があると考えているようにも聞こえた。

「どうして……」

亜瑚は乾いた唇を震わせて、弱々しくこぼした。

「なんでちぃちゃんは、あんな、鬼妃の怨霊みたいになっちゃったの……？」

「それは知らねぇ。だから俺はおまえらの故郷に、それを調べに行く。舘座鬼《たてざき》の家に」

知らないと吐き捨てるわりに、砂本の口調は決然としていた。

「でもあんなの……止めようがない」

「おまえそれでも知景の友だちか？」

頭に血が上って叫びそうになるのをようやく堪える。本気で殺意が湧いた。自分が死ぬのはこいつを殺してからにしようと思った。

砂本は舌打ちをするとその場をあとにした。残された高西が、亜瑚の殺気を察したのか、困ったような顔でつけ加える。

「つまりまぁ～今のところ呪いを止める手立てはわからへんけど、僕らはそれを探りに行くってこと。亜瑚ちゃん、最悪あとで砂本さん殺してええから、最後に協力したってくれへん？」

亜瑚は玄関から、手に持っていたコードを部屋に向かって放り投げると、ほとんどなにも持たないままで、サンダルを足に引っかけた。

目の前で繰り広げられる会話に理解が及ばず、おろおろと成り行きを見守っていた風花が、

「あーこずっとここにいたの？」

不安と疑念の入り混じった色でじっと見てくる。亜瑚はうろたえながら聞く。

「あの人たちに、脅されたりとか、しなかった?」

　風花は落ち着いた様子で首を振った。

「しないよ。あーこがあぶないって言うから、一緒に来たの。なにがあったの?」

　ほんとうは事情をすべて話してしまいたい。頼れる相手がほしい。紀日川《きびがわ》村まであいつらと行動をともにするなんて考えただけでも悪寒が止まらない。

　でもだめだ。ここまで必死に巻き込むまいとしてきたのだ。たとえ嫌われてしまったとしても、風花まで危険な目に遭わせるわけにはいかない。

　喉まで出かかった言葉を飲み込むと、申し訳なさでいっぱいになりながら、亜瑚は風花をそっと押し退け、別れを告げた。

「ごめん、戻ってきてから全部話す。……ほんとごめん!」


　ノンストップで車を飛ばして、紀日川村に到着したのは夜更けだった。

　前野家の建物は真っ暗だった。門灯にも灯《あか》りがなく、車庫には父の車もない。

　玄関には鍵がかけられている。家にだれかいるときは基本的に施錠しないので、家族の不在を確信する。念のため亜瑚が先に「ただいま」と呼びかけながら家の中を覗き込んだ。

　見慣れた廊下に、不気味なほどの静寂が広がっている。ふと足元をスマホのライトで照らすと、靴がない。星麗南のサンダルや通学用のスニーカーも、父の農作業用の長靴も、靴箱にきちんとしまわれていた。長いあいだ、家を開けるつもりで外出したのかもしれない。

「だれもいないみたいです」

車まで戻って、亜瑚は報告した。

「時子さんとこか、となり町の、父の事務所で寝泊まりしているのかもしれません」

なんとなく両親と星麗南には村の外にいてほしい気がした。

高西が、前野家の庭に車を停《と》めていたときだった。

犬の吠《ほ》える声がした。それから、

「亜瑚ちゃん……？」

女性の声に名前を呼ばれた。それは亜瑚もよく知る人間のものだった。

どきりとして、亜瑚は振り返る。

暗がりのなかに見知った人影が立っていた。犬の散歩をしていたようで、リードをしっかりと握ったままこっちを向いている。

「おばさん……お久しぶりです」

乾いた声を出しながら、亜瑚は深く頭を下げた。そのままの姿勢で、身構える。罵声か、恨み言か、どんな言葉が待っているのだろうかと。

だが聞こえてきたのは、うっと息を詰まらせるような音だった。亜瑚はおそるおそる顔を上げた。目の前の人物は、両手で目を覆っていた。やがてその隙間から、細々とした力のない声が漏れてくる。

「ごめんね……亜瑚ちゃん……あの子ね、ほんまに自殺やったんよ……。ごめんねぇ、ごめんねぇ……知景ちゃんにも、なんと謝ったらいいのか」

肩を震わせて泣いているが、亜瑚に向けるのは謝罪の言葉ばかりだ。

「あの、ど、どうしたんですか？」

予想外の反応に、亜瑚は困惑した。亜瑚のせいで娘を失ったこの人には、どれだけ恨み文句を吐かれても、しかたないと思っていたのに。

「知り合い？」

と高西が車から降りてきて顔を覗き込む。

亜瑚はちらりと彼らを見遣ると、深く息を吸ってから答えた。

「私とちぃちゃんの幼なじみの、成美……瀬尾成美《せおなるみ》の、お母さんです」

そのとたん成美の母親は、堪えきれずといったように膝を折って、泣き崩れた。

「ごめんねぇ、亜瑚ちゃん……！　あの子が、成美が、全部悪いんよ！」

三

亜瑚は成美の母親を家まで送り届けることにした。成美が幼いときから飼っている柴《しば》犬《いぬ》はおとなしく、母親を気遣うように傍らを歩く。

興奮状態だった彼女も、家に近付くにつれてしだいに落ち着いてきた。時折声をつまらせながらも、話し始める。

「遺書がね、残ってたんよ」

「え？」

「それ読んで、あの子がとんでもなく恐ろしいことをしてしまったんがわかって……」

「恐ろしいこと……？」

眠気と疲れもあって、亜瑚は考えがまとまらない。成美のやったことといえば、通夜のときに大騒ぎしたことぐらいか。それとも知景の棺を無理やり開けたことだろうか。成美に関していますぐに思い出せることが、あまりなかった。

玄関先で少し待っててと言い残し、成美の母親は一度奥へと消えた。それから、なにも書かれていない白い封筒を手に戻ってくると、深く頭を下げながら両手でそれを亜瑚に差し出して、言った。

「ここにあの子のやったこと、全部書いてあるの。あまりにも怖くて、だれにも言えへんくて……ごめんねぇ」

受け取って、中身を確認する。数枚のルーズリーフのようだ。

びっしりと文字が書いてあるのが裏側からでもわかる。

亜瑚は震える指で紙をめくり広げた。

読み始めるなり眠気も疲れも一瞬にして吹き飛んだ。

そこには、このおぞましい呪いの発端となった、想像もしていなかった出来事が記されていた。

*

私がちぃちゃんのことを好きになったのは、いつからだっただろう。

ものごころついたときにはすでに、ちぃちゃんはほかの子とは違って見えました。

あの子がいるだけで世界は明るかった。

私たちずっと一緒だった。

同じ年に生まれたのは、運命だと思っていました。

ちぃちゃんはあまり運動が得意ではなかったから、一緒に外では遊ばなかったけれど、ちぃちゃんのためなら私は、あまり好きではないお絵描きやゲームにだって挑戦しました。

ちぃちゃんと一緒だから楽しかったし、がんばれた。

幸せな子ども時代はあっという間に終わってしまいました。

私は親に寮のある高校を強く進められて、泣く泣くちぃちゃんとお別れすることになりました。

バス停までお見送りに来たちぃちゃんのさみしそうな「いってらっしゃい」を、いまでもわたしは忘れられません。

結局のところ、私は高校にうまくなじめませんでした。

ちぃちゃんがいない世界で生きていくなんて、私には無理な話だったのです。

私は高校を中退して、村に戻ってきました。

親に申し訳ないし、情けない気持ちもあったけれど、邪魔者もおらずにちぃちゃんとふたりきりで過ごせるようになったので、幸せでした。

いま思えば、あの頃が私たちにとって、いちばん満ち足りた時間だったと思います。

ちぃちゃんは脚が悪かったので、外に出かけることもあまりなくなっていました。だから毎日は会えませんでした。

でも週に一度、私はちぃちゃんとお散歩に出かけました。

子どもの頃によくおとずれた、裏山や小学校や秘密の遊び場を、ちぃちゃんと一緒にお散歩するのです。

その時間が、私にとってのすべてでした。

あれは暑い夏の日……たぶんお盆の最中だったと思います。

久しぶりにちぃちゃんに会ったときのことです。

とても悲しそうな顔をしていましたが、私は彼女がなんとなく今までの彼女と違う雰囲気を纏っていることに気が付きました。

気のせいかな、と思いましたが、なぜかとても胸騒ぎがして、

「なにかあったの？」

と尋ねました。

すると彼女は、なにも答えず、ただ、私に抱きついてきました。

抱きつくなんて、小学校の頃以来の行動に、私はぼうっとなってしまいました。ちょっと陶酔してすらいました。

夢中でちぃちゃんの背中に手を回して抱きしめ返すと、小さなちぃちゃんは私の腕の中で声を上げて、ぼろぼろ涙を流して泣き出しました。

私はびっくりしてしまいました。

実は私はそれまで一度も、ちぃちゃんの泣いている姿を見たことがなかったのです。

やっとのことで、

「どうしたの？」

と聞きましたが、ちぃちゃんはただ綺麗な、水晶みたいな大粒の涙をいくつもこぼしながら、しゃくりあげるだけでした。

もうびっくりしすぎて、そのほかになにを聞いたらいいのかとか、よくわからなくなってしまいました。

とても悲しいことがあったのだろう。なにかはわからないけれど。

ただただ、ちぃちゃんが私の胸で泣いてくれることが嬉しくて、愛おしくて、かわいそうで、頭がいっぱいになってしまいました。

思いっきり抱きしめ返して、幸福な香りを全身に吸い込んだときでした。

ちぃちゃんからほのかにいつもと違う匂いがするのを感じました。ちぃちゃんの清らかで甘い香りが、獣のような野蛮な雄の臭いに穢されているような。

そんなわけないんです。そんなわけないのに。

一瞬ですが、たとえようのない気持ち悪さと、どこまでも真っ暗闇に落ちていくような恐怖感を覚えて、私はそのままちぃちゃんの両肩を持ってそっと離しました。

目の前の女の子が、一瞬だれかわからなくなって、怖くてたまらなくなりました。

私はどうしたらいいかわからなくて、無言で逃げてしまいました。

家に帰ってから、ちゃんと話を聞いてあげればよかった……と後悔しました。

しばらくは自分を責める日が続きました。


ふたりのあいだに気まずい空気が漂いつつも、私は変わらずちぃちゃんを想いつづけました。

毎日、毎日、彼女の未来と幸せを想い描きました。もしこのさきちぃちゃんが歩けなくなっても、いつもそばに私がいて、支えつづけようと。そんな未来を願いました。

そうしているうちに、あの夏の日に感じた一瞬の怖気も、だんだん溶けてなくなっていきました。

私たちはいつのまにか成人を迎えていました。

館座鬼のお家《うち》で、ちぃちゃんとふたりで成人式をしたのを覚えています。私たちの晴れ姿を見ながら、時子さんは、成美ちゃんは親戚同然だと言ってくれました。嬉しくてたまらなかった。

ちぃちゃんのそばにいられるだけで幸せ。

大人になった私たち、これからきっとずっと一緒。それだけで、自分の人生が尊いものに思えました。


だけどあの日、すべてが終わってしまいました。


思えばその日は最初から、ちぃちゃんの様子がおかしかった……。もっと早くそれに気づいていれば、あんなことにはならなかったのかもしれません。

私がちぃちゃんを迎えに行ったとき、ちぃちゃんと時子さんは口喧嘩をしていました。

「暗くなる前に帰って来いなんて、そんなに何度も何度も言わなくてもわかってるよ！」

時子さんとちぃちゃんは仲の良い親子でしたから、お母さんに向かってあんな剣幕で怒るちぃちゃんを見たのははじめてでした。私はびっくりしてしまいました。

「それともお母さん、もしかして怖いの？　知景がどこかへ行ってしまうんじゃないかって思って、怖がってるの？」

その口調は、あの子にしては少し意地悪な気もしました。

そっと近寄った私に気づくとちぃちゃんは、はっとしたように言葉を切りました。そ

して、私が「ちぃちゃん、どうかしたの？」と聞くと、

「なんでもないよ」

と普段通りの顔で笑いました。けれど、時子さんは少し困惑しているように見えました。

私はとりあえず気分転換にと思って、ちぃちゃんと一緒に裏山へ散歩に出かけました。むかし、よく遊び場にしていた場所です。慣れていないと危険な崖で、知景は杖をついていましたが、これぐらいはいい運動になるから、と歩いていきました。小さい頃からよくおとずれた場所ですし、ぐんぐん足を進めていきました。私は後ろから支えるようにして登りました。

「亜瑚がねぇ、知景の話をしてくれたの！」

見晴らしの良い崖の上まで来て、知景は見飽きた景色を眺めながら嬉しそうに報告しました。

「亜瑚？」

それは長らく忘れかけていた、邪魔者の名前でした。

「亜瑚、怪談朗読がんばってるんだよ」

「なにそれ、知らない」

「あれ、言ってなかったっけ。動画サイトに投稿してるの。【A子の怪談朗読チャンネ

ル】っていうんだよ。四年前から続けてるんだよ。すごいよね」

前にも教えてもらったかもしれない。でも亜瑚とは中学を卒業して以来それっきりで、正直あまり、興味がありませんでした。だから覚えていませんでした。

「それでね、こないだついに知景とお泊まりしたときの話を動画にしてくれて……」

「亜瑚の話ばっかりするの、やめてよ」

「え？」

きょとん、と知景は私を見て、固まりました。

私が突然不機嫌な声を出してしまったので、戸惑ったようでした。

「あ、そ、そうだよね、ごめんね、久しぶりに成美とせっかくのお散歩だもん」

ちぃちゃんは、ごめんね、と困ったように可愛く笑いました。

ああ、もうだめだ。

その瞬間に、私のなかはちぃちゃんが好きだという想いで溢れ返りました。

これ以上邪魔者に取られたくない。

「ちぃちゃん」

私は思わずちぃちゃんを抱きしめていました。

「あたし、ちぃちゃんのことが好きだったの」

「ありがと。知景も成美のこと大好きだよ！」

ちぃちゃんは私の腕のなかで、力強く言いました。それから安心したようなため息をつきました。「よかったぁ。成美、知景のことぎらいなのかと思ってたから」

「なんで⁉　そんなことない！　そんなわけない！」

私はぎょっとして、激しく首を振りました。

「前に知景泣いちゃったことあったじゃない？　それできらわれちゃったのかなぁって……」

「むしろ逆だよ、あのときもっと好きになった。好き過ぎて、苦しくて、どうしようもなくて……」

私が声をつまらせたのを見て、知景はあわて出しました。

「ご、ごめんね成美！　知景、そんなこと思わせちゃってたの？　ああもう、ほんと気づかなくてごめん」

「ううん、いいの。あたしが悪いの」

私は大きく首を振って、真正面から、彼女のことを見つめました。

「ちぃちゃん。ちぃちゃん。大好きだよ」

「知景も成美のことが大好きだよ。これからもずーっと一緒にいようね」

ちぃちゃんの紡いだその言葉が私の脳を溶かしていきました。

「成美……？」

　私は、すこし開いたちぃちゃんの唇にキスをしました。はじめてのことでした。腕のなかで、知景は必死にもがき身を捩りました。彼女の細い身体は私から逃れたいように感じられました。だけどそんなはずはないのです。だって、知景だって私のことが大好きだと言ってくれたから。

「……愛してるの。あたしが好きなのはあなただけ。あなたじゃないと、だめなの」

　興奮して、なかば酸欠になりながら、私は涙目になって訴えかけました。

　ちぃちゃんにも苦しそうな呼吸をさせてしまいました。

「大丈夫、だから。成美のこと、知景も、ちゃんと好きだから……」

「違うの。お願い。あたしの気持ちちゃんと受け止めて」

　もう一度顔を近づける私に向かって、ちぃちゃんは言いました。

「前に成美に泣きついちゃったことあったでしょ」

　それからさらに知景が告げたのは、衝撃的な真実でした。

「あのとき知景、失恋したの」

　時間が、止まりました。

「でも知景はまだ、その人のことを愛してる」

世界がひっくり返るような言葉でした。

ぐるぐると目が回りました。全身に鳥肌が立ちました。私は、理解ができずにふらふらと後ずさりしました。

「やだ……やだよ、ちぃちゃん、なんで？　……だれ？　それはだれ？」

「言えない」

知景は小さく首を振りました。

「亜瑚？」

「違うよ、村の外の人」

ありえないことです。信じられない。知景が、私の知らないほかのだれかを愛するなんてこと。

「鬼、鬼だ。あたしからちぃちゃんを奪うなんて、そんなの鬼しかありえない！」

「そうかもしれない」

知景の声は天から降り注ぐ光のように澄んでいました。

「だけど優しい鬼さんだった。はじめて見たときはとても寂しそうで、とても怯えてた。

だから早くぎゅっとしてあげなきゃ、って思ったの。彼はね、私にたったひとつの怖いことを教えてくれた」

知景の言葉ひとつひとつに揺らされて、頭がふわふわとして、すべてが悪い夢のようでした。

だけど放心した私を見据える知景の瞳は鮮やかで、私の脳を現実に縛りつけました。

「『愛してる』は、怖いことなの」

女神のような微笑みが、私から正気を奪いました。

この女はだれだ。

それは私の知らない知景でした。

私の知っている無邪気で素直で天真爛漫で、いたずらっぽい笑みを浮かべるどこまでも清らかな少女ではありませんでした。

ただの鬼に恋した女。

「だからもう二度とあの人に会えないんじゃないかと思うと、目の前が真っ暗になるほどすごくすごーく怖い。でも、それでもね、生きてさえいれば……あの人が元気でいてくれさえいれば、知景はそれで、幸せ。あの人の生きるこの世界を、全部大切にしたいの」

知景の声はあまりにも甘美で優しかった。でもその慈愛の言葉は、私には向けてくれたことのないものでした。

全身全霊で、彼女は鬼を愛していました。

「だから成美のことも大好きだよ、ほんとうにほんとうに大切だよ」

そう言うと、知景は私をぎゅっと抱きしめました。

待ち望んでいた言葉のはずなのに、私の心はどんどんどす黒い泥水で満たされて、溺れそうになっていきました。

「……でも、ごめんね。知景が『愛してる』のは――」

なにかが音を立てて壊れ、その瞬間に溜まっていた黒が溢れ出しました。

私はわけもわからぬまま喚き散らしながら、彼女を強く突き飛ばしていました。

脚の悪い彼女は、そのまま踏ん張ることができなかったのでしょう。

羽根でも生えているのかと思うほど、遠く後ろへ、飛んでいきました。

小さい頃から私はずっと、邪魔者に怯えて、邪魔者からちぃちゃんを取り返したくて、邪魔者がいなくなったのがあんなに嬉しかったのに、その喜びはすべて無意味だった。

鬼は別のところにいたのです。

私の前からちぃちゃんを奪っていく恐ろしい鬼は、顔も見たことのない男でした。

見晴らしの良い崖の上は、慣れ親しんだ場所とはいえ、ガードレールも柵もなく、はるか下の地面は整備もされていない岩肌でした。一歩間違えば危険な奈落です。

助かるはずもない。

最後に見た彼女は、虚空に投げ出されていました。

心からおどろいたような顔をしていました。

困ったように笑ったあと、ちぃちゃんの顔はぐしゃりと、潰れました。

その瞬間、わかったんです。

これは祟りだ。鬼のせいなんだ。

私が知景を殺してしまったなんて、そんなことあっていいはずがないもの。

……ごめんね、ちぃちゃん。

ひとりぼっちは、さみしいよね。
私もすぐに行くから、待ってて。
今度こそ鬼も邪魔者もいないところで。
ずっと、ずっと一緒にいよう。

四

「忌み話」を話したことによる祟りなんて、そんなものはどこにもなかった。

【Cちゃん死んじゃったよ。A子のせいで】

あのコメントこそが、成美の狂言だったのだ。

正直、拍子抜けした。

祟りとか呪いとか、そういう超常的な力によって、知景は死んだのだと思い込んでいた。

なのにその真相は、友達が友達を殺したという、あっけないほどシンプルな出来事だった。でもだからこそ、ほかのどんな理由よりも残酷だった。

脳裏に浮かんだ屈託ない笑顔が、ぐしゃりと握り潰される――。

ふと違和感が亜瑚の頭をかすめた。

成美の遺書には、知景の顔は、突き飛ばされたそのすぐあとに勝手に潰れたという意味合いのことが書かれていた。これはいったいどういうことだろう。転落した衝撃でそうなったのならまだしも、そんな現象があり得るのだろうか。

やっぱり知景の死には、鬼妃の呪いも関係しているのかもしれない。ただいくら考えてみたところで、意味はわからなかった。

だれもいない前野家の居間に戻ってから、亜瑚はそのあとの成美の行動を推測してみる。

きっと彼女は酷くショックを受け、パニックに陥ったことだろう。

それでも運動神経の良い成美のことだから、急いで山を下りることができた。運良く……なのか運悪くなのか、いずれにせよだれにも見つからずにすんだ。

そして亜瑚に罪をなすりつけることにした。

あんなに必死で亜瑚のせいだと怒鳴り散らしたのは、周囲にも、自分自身にも、その歪んだ事実を刷り込ませようとしていた意図があったのかもしれない。

だけど結局、成美は自分の犯した罪の重さに耐えきれず、すべてを書き遺したあとで、自ら命を絶った。

ずっと憎んでいた亜瑚に、呪詛を残して。

成美に対して怒りは湧かなかった。

ただ、ひたすらに悲しいと思うだけだ。

明るくて活発で、いつも私たちのことを引っ張ってくれていた成美。目立ちたがりで負けず嫌いだったけれど、彼女の強さにはたびたび助けられてきた。

小学校の頃なんか特にそうだった。なにかにつけてとろい知景をからかってくる男どもを、年上だろうが複数人だろうが泣いて謝るまで言い負かしていたのは成美だった。その姿は毅然としていて、凛《りん》としていて、かっこよかった。

亜瑚は成美のことだってちゃんと大切な友だちだと思っていた。

その気持ちに嘘はない。

でも心のどこかで、お互いの優先順位をつけていたかもしれない。

自分にとっての一番は知景で、成美は二番目。無意識にそう思ってしまっていた節が、ないとは言い切れない。だって知景とはものごころついたときからずっと一緒で、姉妹のような存在だった。遠いけれど親戚なのだ。どこかでそんな絆を信じていた。そうでなくても、だれよりも気の合う親友だった。

だけど成美にとっての友だちの順序は、亜瑚よりさらに重い意味を持っていたらしい。

成美は外向的で、自分や知景とは趣味が合わないと感じていた。でもそんなのは些細《ささい》なことだったのだ。

遺書には、成美がどれほど知景に心酔し、愛していたかということがつづられていた。それは亜瑚の知景に対する気持ちとは、比べものにならないほど大きなものだった。いつからかわからないけれど、きっとずいぶんむかしから友人以上の想いを秘めていたのだ。そんなこと全然思いもしなかった。

だからこそ成美は知景に愛情を傾ける一方、陰で亜瑚のことを邪魔者と呼び、排除したいほど憎んでいた。

そんなふうに思われていたことにすら、気づけなかった。

成美の気持ちに向き合えなかった自分が、どうしようもなく悲しかったし、悔しかった。

もしも三人が、お互いの本音を知ったうえで、理解しようともう少し早く歩み寄っていたら……悲劇は回避できただろうか。

知ったところで、成美の亜瑚に向ける憎悪がやわらいだかどうかもわからないし、成美の知景に向ける想いを受け止められたかどうかもわからない。

それに今回、成美が激昂《げっこう》するきっかけとなった直接の原因は、別のところにある。

それでも成美の愛情がこんなに歪んでしまうまえに、彼女の心を救い出す方法があったのではないだろうか。

もっと三人で会っていれば。

私がもっと、成美の本音に関心を持っていれば。

こうしてふたりがいなくなったあとに、虚ろな悲しみだけが残るのとは、違う未来もあったんじゃないだろうか。

自分があまりにも無干渉で、無関係だったことを嘆かずにいられなかった。

実家のどこかにアルバムがあったはずだ。

亜瑚は食卓椅子から重い腰を上げると、探りはじめた。

どこにあるかは思い出せないので、空き巣のように家中の引き出しを開けてまわるしかなかった。だいぶ散らかしたあとようやく、和室の戸棚の奥にしまわれた、分厚い布張りの表紙が目に留まった。

中学を卒業するまでの一春と亜瑚の成長の記録が、それぞれ数冊のアルバムにまとめられていた。

お花見の写真。これを撮った直後、知景は桜の木から盛大に落ちて怪我をした。知景は運動は苦手なのに恐れ知らずで、成美と同じようにがんがん木に登っていくから、見ているこっちが戦慄したものだ。

夏休みに前野家で花火をしたときの一枚には、当時中学生の一春も写っていた。花火を持ってはしゃぐ亜瑚と知景を、優しい眼差しで見守っているように見える。

小学校の運動会、プール、芋掘り。田舎なので、全校生徒がそろった集合写真でも十人ちょっとだ。なかでも同じ学年の三人は、いつも一緒に笑顔でポーズをとっている。

初詣の写真を見つけた。ピンクの振り袖の知景と、水色の振り袖の亜瑚が、前野家の前で手をつないでピースをしている。たしかこのとき、市内の神社まで父の車に乗せてもらって、家族で来ていた成美とは現地で合流したのだ。

顔が歪むのを感じた。同時に雫《しずく》が数滴落《お》ちて、写真を濡らした。

「鬼なんていない……いないんだよ……」

涙を落としながら、亜瑚はひとりつぶやいた。

フィルムの上から写真を指でなぞる。思い出の数は数え切れない。夢のように、陽《ひ》だまりのように、すべてが優しくて懐かしい。

口を押さえて鼻をすすりながら、この頃に戻れたならと何度も思う。

だれもこんな悲劇を生むつもりじゃなかったはずだ。なのにどこで間違えたのか、運命が狂ってしまった。

みんな知景のことが、大好きだった。それだけだったはずなのに。

玄関で引き戸が開くからからという音がして、亜瑚はぼんやりとした頭をもたげた。居間を覗き込んだのは、高西だった。

「亜瑚ちゃん、大丈夫?」

「ええ。――あの、どこか行ってたんですか?」

「遺書で書いてた場所。舘座鬼家の裏にあるっていうその崖? 夜明け前なら誰にも見つからんし」

「砂本さんは?」

「さあ、外におるんとちがう?」

立ち上がって伸びをする。身体中の関節が悲鳴を上げたが、少し頭がすっきりした。

亜瑚は玄関へ向かうとサンダルを履き、砂本を探して表へ出た。

＊

「成美の遺書、読みました?」

背後で亜瑚の暗い声がした。疲れが滲《にじ》み出《で》ている。

「ああ」

「どうして否定してくれなかったんですか、ちぃちゃんのこと」

亜瑚がずっと自分に向けていた憎悪の眼差しが、いくらか弱まっているのを安は感じた。

「私、ずっと勘違いしてました。あなたがちぃちゃんを、無理やり……」

「否定したところで、アンタが俺の話を信じるとも思わなかった。それに結局、同意のもとかそうでないかの違いだけで、同じようなことをしたのは事実だ」

「でもちぃちゃんは、あなたのことを愛してたって」

どうして、と亜瑚は独り言のようにつぶやく。

その疑問はもっともだった。

あの部屋に立ち入った人間が過去にもいて、その都度知景が訪問者を誘惑していて、常習的に同衾《どうきん》がおこなわれていたのだとしたら、そのほうがまだ納得がいく。だが知景は経験のない生娘だったし、そもそもそんなことをする目的も利点も見当たらない。

「四年前に会ったとき、ちぃちゃんは気になる人がいるって言ってました。それってあなたのことだったんだと思います」

安は無言で、のどかな田んぼを目の前にして立ち尽くしていた。朝日に照らされた青い稲が、さざなみのように揺れている。

亜瑚が背後で、深いため息をつく。

「あのときもっと、ちゃんと話を聞いてあげていればよかった」

いまさらなにを後悔しようが遅すぎる。

あの遺書に書かれていた事実すべて、どうにもならないことだった。

知景が、鬼妃も祟りも関係のないところで命を奪われたことも、そのきっかけとなった諍いの原因が、こんなろくでもない男にあったことも。

投げやりな嘲笑で、口元が歪む。

それには気づかず亜瑚が言った。

「砂本さんの目的は、ちぃちゃんがなんで死んだのかを、知ることだったんですね」

そう――だろうか。

安は答えず自問した。

近づきたくもないと思っていた。忘れようとしていたはずだった。それなのに因縁深いこの場所に、なぜ自ら戻ってきたのだろうか。

「ひとつわからないことがあって」

いつまでたっても答えない安の代わりに、亜瑚は再び口を開いた。

「成美、書いてたじゃないですか。ちぃちゃんの顔、死ぬ間際にあんなふうになったって。あれも成美の嘘なのかな……。それとも、ほんものの鬼妃のせいとか……なんでしょうか」

亜瑚は自分で言いつつも釈然としていないようだった。どちらも違うだろうと安も思う。あれはおそらく知景本人が自分の能力を使ってやったのだ。友達思いの彼女のことだ。もしかすると鬼の祟りのように見せかけて、成美を庇うためだったのかもしれない。

「舘座鬼の家に行く。いますぐだ」

「え？」

期待した答えがもらえなかったせいか、亜瑚は不服そうな声を出す。

確信があったわけではない。だが、成美の遺書を読んでわかったことがある。知景は外に出たがっていた。殊更そう思うようになったきっかけは、ほかならぬ四年前の安との出会いにあるように読める。あの一件以来知景は、鬼妃の供養役としての自分の存在に疑問を抱き、それがどれほど呪われた運命かということに、気づいてしまったのかもしれない。

「知景の呪いの元凶は、あの家にある」

重苦しい口ぶりでそう言うと安は、前野家の屋内へ戻っていった。

五

舘座鬼の民宿は、宿泊施設とはいえごくこぢんまりしたもので、玄関は普通の民家となんら変わりがない。

「だれもいませんね」

高西が後ろから覗き込んでいる。

「用事があるときは靴箱の上の呼び鈴を鳴らして人を呼ぶようになっているんです」

亜瑚は、しばしためらっていた。呼んで出てくるのが、女将の舘座鬼時子であろうと予想していたからだ。

時子とは知景の通夜の日以降会っていないが、自分の顔を見て歓迎してもらえるとは到底思えない。

とはいえここで気を揉《も》んでいてもしかたがないし、もたもたしてまた砂本に文句を言われるのも癪だ。銀色のドーム型をした呼び出しベルの、頂点を指でそっと押した。遠慮がちな鐘の音が、玄関に響く。

しばらく待つが、反応はなかった。

聞こえるものは裏山に棲《す》む鳥のさえずりだけで、動くものは射《さ》し込《こ》む陽の光のなか宙を舞うほこりだけだ。

突き放すような静寂に、緊張が重くのしかかる。

もう一度呼び鈴を鳴らそうとしたとき、廊下の奥から近づいてくる足音が聞こえた。

「脩《しゅう》くん……？」

身構えた亜瑚の前に姿を表したのは、知景の弟の、舘座鬼《たてざき》脩《しゅう》だった。高校から村を離れて、いまは大阪の大学に通っているはずの脩が予想に反して出てきたのでおどろいた声が出てしまった。脩も亜瑚の姿を見て目を見開いていた。だがすぐに、改まった調子で頭を下げる。

「お久しぶりです。こないだは姉さんの通夜に来てもらってたのに、ちゃんとあいさつできなくてすみませんでした」

「あ、ううん、こちらこそ……」

あわてて首を振る。時子が出てくる予想を裏切られて、うまく言葉が続かなかった。

「亜瑚さん、……いろいろと、大変でしたよね」

脩がどこまで亜瑚の身に降りかかった出来事を把握しているかはわからないが、その口調から、こちらに対する敵意や嫌悪は感じられなかった。ただ気まずそうに目を伏せている。

彼は少なくとも、自分を村に災厄をもたらした元凶とは考えていない。それがわかると自然に肩の力が抜けた。

脩と話すのはいつぶりか、もう思い出せないほど久しぶりである。幼い頃は、知景の髪を短くしてそのまま小さくしたような可愛らしい容姿をしており、人見知りで臆病だった印象がある。いまでは落ち着いた雰囲気の青年に成長していて、見違えた。

「あ、ううん、その、お騒がせしてほんとにごめんなさい。脩くんこそ……」

言いかけて亜瑚は、自分が泣きそうに声を震わせていることに気づいてあわてた。別に特別な優しさに触れたわけでもないのに。自分の苦悩を労《いた》わってくれる人間に出会ったのははじめてのように感じられた。

「亜瑚さん、その人たちは、どなたですか？」

脩の不安げな声を聞いて、はっとした。砂本と高西がいるのを忘れていた。

「ああ、ごめんね。この人たちは、ちぃちゃんの知り合いで」

説明が難しく、言葉を濁す。代わりに亜瑚は、「この子は舘座鬼脩くんです。ちぃちゃんの弟です」とふたりに脩を紹介した。

「そうですか……」

突然現れた部外者の存在に、脩は眉をひそめたまま会釈をした。訝しげな顔を見せるのも無理はない。ふたりとも、どう考えても知景とは接点のなさそうな人物だからだ。急に連れて来たのはよくなかったな、と亜瑚は少し申し訳なくなる。

「ええっと——それでね」

なにか言いたそうな脩を前に、亜瑚は口を開く。とりあえず三人がここに来た経緯を説明しなければならない。

「脩くんは知ってる？　鬼妃のこと」

『鬼妃』の名前を出した瞬間、それまで穏やかだった脩の表情が、凍りついたように見えた。態度が豹変《ひょうへん》したらどうしようかと、一歩遅れてぎょっとする。しかし。

「あ、ええ。亜瑚さんも知っていたんですね。……僕だけ蚊帳の外だったのか」

脩はそう言って深いため息をついた。どうやら知景の弟の彼でさえも、最近までは村のほかの若者と同じように、知景と鬼妃の秘密を知らなかったらしい。

「ううん、私も脩くんと立場は同じだと思う。ついこの前聞かされたばかりだから」

「この前？　というと、やっぱり姉さんが死んでからですか？」

「……うん」

遠慮がちに、亜瑚はうなずいた。ただ脩が思っているような伝えられかたではないと思う。なにしろ亜瑚は、鬼妃の話をまったくの部外者である砂本から聞き出したのだから。

「馬鹿みたいですよね、なんか」

脩は冷ややかに笑った。

「鬼の言い伝えは知ってましたけど、その裏に隠された生贄の話も、鬼妃の話も、姉さんがそれを供養する役目を負っていたなんて話も、急に受け入れられるわけない――」

語気が強くなっていることに気づいたようで、脩は途中で言葉を切って、バツが悪そうに声を落とした。

「……すみません、こんなこと、亜瑚さんに当たってもしかたないのに」

「ううん、私も脩くんと同じ気持ちだよ。話がわかる人がいてよかった」

亜瑚は心を込めて言った。すると脩の瞳の奥で、暗い光が同意するように動いた。

「姉さんがいなくなってから、鬼妃の怨霊が成美さんや麻友さんを殺した。いつまた同じことが起こるかと、村の人たちは怯えています」

「それは違うの」

「え？」

「落ち着いて、聞いてほしいんだけど……あのね、麻友さんを殺したのは、たぶん、ちぃちゃんなの」

さすがにそれは思いもよらなかったらしい。

「は？　なに、言ってるんですか」

驚愕に目を剝《む》く脩に向けて、亜瑚は思い切って続けた。

「麻友さんだけじゃない。一兄も同じような目に遭った。私もう、ちぃちゃんにこれ以上、こんなひどいことをしないでもらいたくて、その方法を探るために帰ってきたの」

「ちょっと待って。どうして姉さんが、人を――一春さんたちを呪い殺すなんて」

「私たちもそれはわからなくて。砂本さんは、この村に……原因があるんじゃないかって。だからこの村に、呪いを解く鍵もあるんじゃないかって」

実際は砂本はこの家のどこかに目星をつけているようだが、亜瑚には相変わらず詳しく語ってくれなかった。

「脩くんは何か知らない？　呪いの止め方——みたいなもの」

「僕には、すみません、わからないです」

まだ受け入れがたいという面持ちでいながらも、脩は切実な声を出した。「それに……」と浮かない顔で、砂本のほうをちらりと見る。

「問題は、それだけじゃないと思う」

「問題？」

「はい。たとえもし仮に、姉さんを成仏させることができたとしても、解決できない根深い呪いが、この舘座鬼家にはあるんです」

「鬼妃の怨霊の呪いのこと？」

亜瑚は砂本から聞いた話を思い出す。

今から何百年も昔、村は自分たちを襲った災厄に対抗する最後の手段として、人間の娘を神に与えることで難を逃れようと考えた。だが生贄となった娘は、村に対して強い恨みを持ち、その魂は怨霊となって舘座鬼家に取り憑いた。たしかに鬼妃の怨霊の呪いは、そこから始まっている。

「実は僕、母にどうしても家《うち》にいてくれと言われたので、大学を休んでしばらくこっちに滞在してるんです。僕としても、憔悴《しょうすい》した母が心配だったので、村にいるのはかまわなかったんです……ただ、」

そう言うと、脩は憂鬱そうにまつげを伏せた。

「姉の通夜のあとから、母はつねになにかに怯えたようような、目付きをするようになりました。鬼妃の話も、そのとき聞かされました。最初は僕は信じてなかった。きっと姉さんをうしなったショックで、精神的に参っているんだと思ってたんです。けど……そうじゃなかった」

脩はごくりと唾を飲んだ。瞳が怯えた色を帯びている。

「ついこのあいだのことなんですけど、母に、二階の、姉の使っていた部屋で一晩過ごせと言われました」

「ちぃちゃんの部屋？」

脩は、ためらいがちに、きっちりと留められた白いシャツの襟ボタンを外して、首筋を晒した。

そこには鬱血したような紫色の痕が、人の指の形に、まとわりつくように残っていた。

「深夜でした。鬼妃の怨霊は、壁の向こうから現れました。最初は遠くで声が聞こえるんです。それから頭痛がして、強く肩を摑まれました。徐々にその指が首を絞めつける感触が……」

倏が自分の首を庇うように手で触れるのを見て、亜瑚はそれが知景の部屋に泊まったときに自分を襲おうとしたものと同じだと直感した。

鬼妃の怨霊もまた、知景と同じように村人を襲いかねないということか。

「幸い御神水を用意していたので、それを撒《ま》いてなんとか逃げて、その場はおさまりました。でもまあ、さすがにこれでは僕も信じるしかなくなりましたよ。命の危険も感じましたしね。それで……怨霊の存在はじゅうぶんわかったとして、問題はこれから、供養役の姉さんがいなくなったあとのことをどうするかということらしいんですが」

そう言うと、さらに言《い》い澱《よど》んで頭を掻《か》く。

「後継ぎか」

それまで黙って聞いていた砂本が、突如初めて口を挟んだ。倏は砂本が言葉を発したことによっぽどおどろいたらしく、びくりと肩を震わせた。怯えた目をしながらも、口元にうっすらと笑いを浮かべてうなずいた。

「はい。母曰《いわ》く、あの部屋には次の供養役として新しい『鬼妃』が必要なのだそうです」

怨霊は壁の向こう側で、舘座鬼家の者を呪い殺そうとしている「鬼妃」。

知景は壁のこちら側で、その怨霊の供養をして、呪いを食い止めてきた供養役の「鬼妃」。

こちら側に鬼妃がいなくなれば、向こう側の鬼妃が祟りをおこす。だから舘座鬼家を存続させるには、ひいてはその血を引く多くの村人を守るためにはまた新たな鬼妃が、代々怨霊供養をおこなっていくしかない。

要約するとそういう話だった。

「それで母は毎日、しきりに僕に結婚を進めてくるんです。おまえがだれか連れてこれないなら、こちらで見合いの席を設ける、と。学校をやめて、いますぐ家を継げとか……なんだかもう、無茶苦茶で」

亜瑚の脳裏に不意に、時子の言葉が蘇る。

「脩には学校をやめて帰ってきてもらいます。あの子ももう二十歳やし、適当な娘に子を生ませて早いところ家を立て直さなあかん。村を守らな」

あれは早急に供養役を求めるという意味だったのだ。

「でも僕、その、なんというか、そういうことにはあまり……」

脩が恥ずかしそうに顔を赤らめた。脩はどちらかというと中性的で、内気な性格だということは亜瑚も知っていた。知景が脩のことを、特別に可愛がっていたような記憶はないが、脩は姉にまとわりつくタイプの弟で、知景にも若干あきれられていたのはなんとなく覚えている。集落内に同学年の女の子もいないし、女友だちには縁がない。親戚に早く結婚しろなどと言われるのはだれにとっても気が滅入るけれど、彼にとってはなおのこと苦痛であろうと容易に想像がつく。

「とにかく母は、今後姉の役目を継ぐ者がいなくなることをひどく恐れているみたいです。なにかに取り憑かれたみたいに、怖がってる」

「アンタはどう思うんだ」

砂本が問いを向けた。「母親にしたがうのか？」

「僕は……正直、わかりません。姉さんが、僕らの知らないところでそんな役目を負わされていたなんて、大変だったろうなって思うし。自分の子にそれを継がせるなんて想像できません。ただ、姉さんは別にあの部屋に監禁されていたわけじゃない。ずっと村で暮らすことは、決められていたかもしれないけどそれでも、みんなを守っている自覚と責任を持って、あ、あの……おそろしい化け物の供養をやってたのかな？　って思います。そう思えば、仕事……みたいなもの？　なのかも……ま、まあこの時代にこんな非科学的な因習が残っているのが、そもそもおかしい？　とも思うんですけど……ははっ」

知景の部屋で遭遇した鬼妃の怨霊のことを思い出したのか、脩の話はところどころ上ずった。ただそんな自分の言葉を、どこか嘲笑っているようにも聞こえて、亜瑚は痛々しく思うと同時に、少しぞっとしてしまった。

「ただ……ね、今も、村にひとりだけ、姉さんと同じことができる人間がいるんです」

「え？」

それは不意に差し込まれた一筋の希望だった。亜瑚は顔を上げた。

「ならその人が後継ぎになればいいじゃない」

「ほんとうに、そう思いますか」

脩の声が低くなり、ぞっとするほど冷たい目をこちらに向けた。

「どういうこと？」

「星麗南ちゃんにその役目を引き継がせることになりますよ」

「え？」

あれはたしか知景の葬儀のあと。

時子《ときこ》が、前野家までわざわざ来たことがあった。そのときの一春との会話を、亜瑚はこっそり階段の上から聞いていた。

亜瑚はまだ「鬼妃」の意味すらも知らなかったから、内容はまったく意味不明だったのだ。

しかし時子が「わかってますやろ？」

と念押ししたのに対して、

「ですが、うちの子にそんな力は……」

と、彼は答えたはずだ。

一春が「うちの子」と呼ぶのは星麗南のことだとして、星麗南になんの関係があるのだろうと、亜瑚はそのとき疑問を抱いたのだった。

「だれもおらんよりましよ」

と時子は言っていた。時子は、適当な後継がいないこの非常事態に、星麗南に代理を務めさせるつもりだったのだ。

脩の首にあった手形のあざと、自分が幼いときに経験した怪現象を思い出す。あの部屋に巣食うものがなんなのか、想像もつかないが恐怖は何度でも鮮やかに蘇る。

「星麗南にそんな役目、負わせられない」

亜瑚はぞっと背筋を震わせた。

「……やっぱり、こんな馬鹿げた因習はもう終わらせるべきだよ」

脩はしばらくのあいだ黙って考え込んでいたが、やがてなにかを思いついたのだろうか、不思議と穏やかな目をこちらに向けると、

「母を呼んできます。ただ砂本さんたちは、外で待っていていただいたほうがいいと思います。母は今、不安定な状態なので」

砂本たちが外に出ていくと、やがて時子が脩につき添われて、玄関に姿を現した。通夜のときからさらに二十年ほど老け込んだように見えた。気品に満ちていた目元は髑髏《どくろ》のように落ち窪んで、唇は生気を削《そ》ぎ落《お》とされたように色を失い、乾ききっている。

「……戻ってきはったん。ひとりで？」

筋の張った喉を鳴らして、嗄《か》れた声がつぶやく。亜瑚は一瞬どきりとするが、うなずいた。

「一春くんも死なはったんやってね。鬼妃の呪いで」

「あれは鬼妃の呪いじゃありません。ちぃちゃんの――」

「同じことです。それが運命なの。死んだあの子はもう、祟る側の『鬼妃』なのよ」

亜瑚の訴えを、時子は冷たく突き放す。

「私、ちぃちゃんを成仏させてあげたいんです。これ以上、だれも呪わないように」

時子は背を向け、まるでわかっていないというふうに、深いため息をついた。

「ついていらっしゃい亜瑚ちゃん。……脩」

時子に名前を呼ばれて脩は、ピクリと肩を震わせた。

「あんたはここで待ってなさい」

唯一自分の味方になってくれそうな脩に、亜瑚としてはほんとうは一緒に来てほしかったのだが。脩は一瞬こちらを一瞥してから、「うん」と返事してうなずくだけだった。

すこしほっとしているようにも見えた。脩もだいぶ疲弊しているのだ。無理についてきてくれとは頼めなかった。

老婆のような重たい足取りではあったが、時子はたしかな目的を持っているようだった。どこへ向かっているのか、亜瑚にはすぐにわかった。横手に狭く、急な階段があらわれる。階上は闇に吸い込まれていくように暗い。

「亜瑚ちゃんは一度入ったことがあったかねぇ」

時子は肩越しにそう言うと、一段ずつ上りはじめる。床板は、ミシミシと音を立てた。急な怖気に一瞬身動きを忘れていたが、亜瑚は意を決して、時子のすぐ後ろに続いた。

以前にここを上ったときは、こんなに足元が暗かっただろうか。

知景に手を引かれて、ワクワクしながら探検みたいに進んだこの二階は。こんなに澱んだ重苦しい空気だっただろうか――。

時子がその部屋の襖を引いた瞬間、むせ返るような熱さに息が詰まった。

間取りや家具の配置は記憶のままだが、そこは自分が泊まったときと同じ場所だとはとても思えない異空間だった。

窓は雨戸を閉め切って、さらに分厚いベニヤ板を何枚も釘《くぎ》で打ちつけてある。

さらにおびただしい数の真鍮《しんちゅう》の燭台《しょくだい》と、家中からかき集めたのか大小さまざまなガラスの器が、壁際を取り囲むようにして並べられていた。器には半分ほど水が注がれ、燭台のろうそくは煌々《こうこう》と灯をたたえている。陽の光は完全に遮られているため、部屋の光源はろうそくの揺らめく灯りだけだった。

いくつかの器は割れて散らばっていた。ろうそくも、何本かは火が消えて、燭台ごと倒れている。

壁際の器をひとつ、時子は緩慢な動作で拾い上げた。

「あのときも知景が撒いたでしょう、御神水」

あのとき、と言われて亜瑚は記憶を遡る。知景の部屋で泊まったあの夜。おそろしいことがあった翌朝、起きたときに足元に転がっていたグラス。溢れた水で、畳が濡れていた。あれは、知景が撒いたのだったか？ ひとりでに倒れたように記憶しているが。

「これで少しのあいだ、この部屋から怨霊が出てこないようにしてはいるけど、知景がおらんようになったいま、鬼妃の怨霊はいつ村の人を襲うかわからんわ」

「じゃ、じゃあ」

亜瑚はぐっと唾を飲み込む。

「私が代わりにここで、怨霊の供養をします」

そう言って一歩部屋へ足を踏み入れると同時に、大きな声を出る。ろうそくの火が一斉に揺らいだような気がした。

しかし時子の返しは頑《かたく》なだった。

「亜瑚ちゃんにはできひん」

「どうしてなんですか？　星麗南にできるのなら、私にだって――」

しかし時子は静かに首を振ると、

「もうずいぶんむかしのこと、舘座鬼の家のご先祖さまに、とても美しい女の人がおらはってね」

と、亜瑚の訴えを遮るように語り始めた。

「美しいだけでなく、不思議な異能の力を持っていた。そのご先祖さまから力を受け継いだ女の子だけが、鬼妃という特別なお役目を授かるの」

「力って……？」

乾いた声で、亜瑚は繰り返した。この部屋の空気のせいか、喉の渇きと痛みを感じ始めていた。

目の前に、ガラスの器が差し出される。小刻みに震える時子の手を亜瑚は見つめた。

直後、目を疑うことになった。

まるで意思を持った生き物のように中で渦を巻くと、重力にさからって浮き上がったのだ。蛇が鎌首をもたげるように。

時子は、ぱっと器を離す。重力にさからうのは水だけではなかった。浮いていた。

その瞬間、空中の器が、パリンと音を立てて、砕ける。

ガラスも、水も、周囲に飛び散る。渇いた喉に、熱い空気が流れ込むのもかまわず、亜瑚は唖然としていた。

「これって……」

「舘座鬼家が秘匿してきた異能。思念の力。思いを込めることで目の前のものを動かすことができる能力です」

テレキネシスだ。亜瑚は信じがたい思いで目を見張った。オカルト界隈《かいわい》では有名ないわゆる「超能力」だが、実際に存在するなんて本気で考えたことはなかった。

「知景はおどろくほどに異能の力に恵まれとってね。そのおかけで、この家は呪いから守られとったんよ」

知景にはなんとなく特別な力があると、小さい頃から言われていたけれど、それはちょっとした霊感とか、そういう曖昧なものだと思っていた。

「思念が動かすのはものだけやない。鬼妃の怨霊も、念じれば退けることができるんよ。だから知景は――供養役の『鬼妃』は、強い思念の力を持つ者でないと務まらへん」

「舘座鬼家では、今までずっとそんな能力者が、怨霊を供養していたんですか？」

亜瑚はまだ半分理解できないままたずねた。時子はそうよ、と暗い声で答える。

「私にも、私の姉の操《みさお》にも受け継がれていた」

「操……？」

混乱した頭で聞き返す。時子に姉がいたとは知らなかった。初めて聞く名前だ。

「ええ。私んときは、操のほうが強い念力を使えたから鬼妃に選ばれて。代わりに私は姉の分まで舘座鬼家の血筋を絶やさないために子を産み育てた」

時子は淡々と語ったが、それはつまり姉妹のうちのどちらかが、生贄となったということを意味していた。亜瑚はおぞましさに胸が塞がる思いで聞いた。

「操さんは、どうなったんですか？」

瞬間、時子の眉がピクリと動いた。しかし、問いに対する答えはなく、

「普通の人間がここで過ごしたらどうなるか……亜瑚ちゃん、覚えているでしょう。この部屋でお泊まりしたときのこと」

突然思い起こされてはっとなる。

「あのとき、あんたには力がないってはっきりわかったんよ」

朝起きたら床に撒かれていたあのグラスの水。

あれは知景が念を使ってやったのだ。御神水を使って怨霊を撃退するために。一方の自分はあまりにも無力だった。ただ苦しむことしかできなかった。あれに対抗する力なんて、思いつきさえしなかった。

「でもそんな力が必要なら、星麗南にだって鬼妃の供養は務まらないはずでしょ？」

　必死で反論するも時子にすぐさまはね返された。

「星麗南ちゃんにはね、知景ほどやないけれど、力があるんやわ。私と一春さんの前でやってもらったんよ。こうさっきと同じようにね。グラスのなかの水を動かしてみてって」

「うそ……そんなこと」

　知らなかった。一春はひとことも話していなかった。でもよくよく考えてみたら、一春はあまりに多くのことを胸に溜めていた人間だ。娘の超能力のことも隠していたとしても不思議ではない。

「あの子の目は、一回でだいぶ悪なってしもたけど」

「――えっ？」

「念力はとても大きな感情の力。生きる力そのものなんよ。使えば使うほど、少しずつ身体は死んでいく」

　知景が年々足腰を弱めていたことを思い出す。あれは力の代償だったのか。だとしたら長年力を使い続けた時子の姉は、どんな末路を辿ったのだろう。

　想像して気分が悪くなった。

　多くの疑問に、いや疑問にも思っていなかったようなことにさえも、理由があったのだ。

すべてを理解するのは難しかった。

ずっととなりにいた幼なじみが、莫大《ばくだい》な秘密を抱えていたことを知り、ただただ愕然としてしまう。

自分があまりにも無力で無知だったことを痛感した。

知景のことも、星麗南のことも、自分に救うすべはない。

身体の力が抜けて、床に膝をつく。唾を飲み込んだ拍子に、乾燥した喉が刺激され、咳き込む。涙が出てきた。

そのときかすかな唸り声が、意識の隅で聞こえた。

ぉお……おおお……

亜瑚はぎょっとして顔を上げた。

時子の蒼白《そうはく》な顔が、壁のほうを向いていた。

「操……ちゃん」

虚ろなつぶやきが、その口から漏れた。

「時子おばさん……？」

亜瑚の呼びかけは、聞こえていないようだった。時子はひどく混乱しているようだ。

「操ちゃん、ちがうの、ごめんね」

許しを乞うかのように虚空に手を伸ばす。目の前に何者かの影が見えているかのように。

「私、私、怖くて、しかたなくて……、だってこんな部屋で、毎晩鬼妃が出るとこに、閉じ込められてなあかんなんて、耐えられんかって……操ちゃんなら、代わってくれるかもって……思って」

壁に向かって弱々しく訴えかけながら、時子は頭を抱えてその場にうずくまった。まるで親にしかられて懺悔をする幼子《おさなご》のようだ。

おおおおお……

今度こそはっきりとした唸りを耳にして、亜瑚は同時に悟った。

壁の向こうに、鬼妃がいるのだと。

それは時子の姉、「操」なのだろうか。いや、操だけではないかもしれない。だが恨みのこもった呻吟《しんぎん》だ。これまでそうやって供養役をおこなってきた生贄たちの怨嗟が、蠢いているように感じられた。

「ごめ……なさぃ」

先ほどからなぜか時子は、正気を失ったかのように謝罪の言葉を繰り返していた。呼応するかのように、ガラスの器のカタカタという振動し始めた。さざ波のように広がる音は、徐々に責め立てるように部屋全体に大きく鳴り響くと、中の御神水は次々に蒸発していく。さらに御神灯を灯していた燭台が、ばたばたばたとドミノのように倒れ、畳に火が燃え移った。

恐れおののきはしたものの、亜瑚の頭は冴えていた。これ以上この部屋にいてはいけないと悟って、すぐに出口に駆け寄った。しかし。

「っ⁉」

勢いをつけて引いたはずの襖は、微動だにせずぐっと手が詰まった。

なにかが引っかかっているのかと思って、何度か試したが無駄だった。まるで最初から動かない壁であったかのようだ。

禍々《まがまが》しい気配が濃く立ち込めて、急激に息苦しくなる。

焦りと熱さで、汗が吹き出す。

やがて襖にも炎が燃え広がると、亜瑚は反射的に手を離してしまった。

開かない扉から後ずさりしながら、閉じ込められたことを脳が理解していく。

足元で、「亜瑚ちゃん……」とすがるような声がした。

「時子おばさんなに？　どうしたん？」

正直それどころではなかったが、気遣うように話しかけると、

「操ちゃんはな、ほんまは私よりも『力』、弱かったんや」

時子は赤く血走った目から涙を流しながら、語り始めた。

「ほんまは私が、『鬼妃』になるはずやった。でも、でもな、どうしてもこの部屋が怖くて、一晩だっておられへんくて、それで逃げ出したんよ。異能の力なんてないんやって、嘘ついてな。それで、操ちゃんは、私の身代わりに……」

おそらくいままでだれにも語ることのなかった真実だったのではないだろうか。そこまで吐き出した時子は、自分の言葉に恐れをなしたのか、「ごめんな、操ちゃん」とまた喉を絞る。全身ががくがくと震えていた。

「時子さん……」

彼女はずっと罪を背負って生きてきたのだ。さらに娘の知景のことは、生贄として村から出さずに育ててきた。村の呪いに囚われた時子の人生を思うと、胸が苦しくなるほど哀れだった。とても哀れで――とても愚かだ。この家に、これほど根深い呪いが巣食うのはなぜなのだろう。なぜ知景は、生まれたときから決められた運命のように、それを受け入れなければなかったのだろう。しかし、それらに思いを馳せている場合ではなく、

「いまはここから出ることを考えましょう。ね、話はまたそれから……」

亜瑚は時子を諭した。しかし、足元にうずくまる時子は、汗で額に髪が張りついて、目を泳がせ、爪で顔や喉を掻《か》きむしりぜぇぜぇと苦しげに喘《あえ》ぐばかりだ。

「時子おばさん？　ねえ、大丈夫？　しっかりして！」

＊

「母と亜瑚さんは姉の部屋に行ったみたいです」

ひとりで表庭に出てきた脩が、にこやかに安にそう告げた。

「せっかく来てくださったのになにもおかまいできず、すみません」

こちらに向かって慇懃《いんぎん》に頭を下げる脩だが、その目には、まだこちらに対する警戒の色が見えた。

「あの……、おふたりは村の人間ではありませんよね。どうしてこんな辺鄙《へんぴ》な場所まで？　姉の知り合いとおっしゃいましたが、葬式でもお見かけしたおぼえはないですけど」

「僕ら大学で民俗学を専攻してるんですけどね、それ関連の調査で、四年ほど前にこの村に来たことがあるんです。知景さんとお会いしたんはそのときなんですわ」

はじめて村に足を踏み入れたくせに、高西は悪びれることもなく嘘をついている。だが脩も高西の気さくな態度には気を緩めたのか、今度は素直に納得したようだ。

「ああ、そうなんですか」

だがこれ以上高西に余計なことを言われるのも鬱陶しいので、安はさっさと要件を聞くことにした。

「この家の二階に、もうひとつ部屋があるんじゃないか」

安の向けた問いに、脩の表情がさっと曇った。

「もうひとつ？」

「ああ、あんたの姉の部屋のほかに、だ」

脩は困ったような笑顔を見せると、舘座鬼家の建物の、ほとんど窓がない二階を振り仰いだ。その横顔は笑っているように見える。しばらくして、脩の口から、せせら笑うような声が漏れ始めた。安は眉をひそめた。やがて、

「姉さんから聞いたんですか、それ」

と脩は聞き返してきた。

丁寧な口調の内に、暗い響きを感じ取って、安は正直に答えるべきか迷った。自分が舘座鬼家を探っているのと同様に、脩もこちらの腹を探っている。

しかし脩は、意外にもすんなりとこちらの意図を解いたようで、

「いいですよ……もし、そこへ行くことがあなたの目的なら、案内します。こちらです」

とうながして、歩き始めた。

「あの子、さっきからちょっと危なっかしくないです？」

高西が、脩に聞こえないようにそっと耳打ちした。安は答えない。だが時折垣間見せる暗澹とした声音や、落ち着きのない視線、空虚な笑みに違和感は持っていた。自分の家が呪われていると聞かされて、怪現象も目の当たりにし、精神的に限界なのかもしれない。それとも彼もまた、なにかを隠しているのだろうか。後ろ姿を注意深く観察しながら、安は思考を巡らす。

建物の裏手に回ると、庭の隅に古い井戸が見えた。もう使われていないように見えるが、脩は雑草をかき分けるようにして近づいていく。

「うぉお、いかにもなんか出てきそうな井戸すねぇ」

高西がわざとらしく怯えた声を出す。

「えっ、ここが二階の部屋につながってるってことです？」

「ええ。二階に入口はないんです。涸《か》れてるように見えますが、この底に道があるんだそうです」

嘘を言っているようには見えないが、安は脩の顔色を注意深くうかがった。安に睨まれたと思ったのか、脩は引きつった笑みを見せてつけ加えた。

「僕もつい先日知りました。ちなみに行ったことはないですけど」

「マジっすか。ここ下りるんすか」

引いたような口ぶりだが、高西は内心面白がっている。

「ええ」

脩が先に、その淵《ふち》に足をかける。覗き込むと、錆《さ》びてはいるが頑丈な鉄のはしごがかかっているのが見える。

「あ。おひとりは、ここにいたほうが……いいかもです」

ふたりがついてくる空気を察して、遠慮がちに脩が言った。それもそうだ、と安は同意する。なにしろ高西はうるさい。

「おまえはここにいろ」

「えーっ！」

高西は不服の声を上げたが、

「なんかあったら助けを呼べる奴がいなくなるだろうが。いつでも連絡取れるようにしとけ」

と睨《ね》めつけると、空気を読んで、「はぁーい。わかりましたよ」と冗談っぽく肩を竦めた。

「けどくれぐれも、気をつけてくださいね。先輩いろんなとこで恨み買ってますから」

底に広がっていたのは、井戸の壁面に穴を開け、横向きに掘られたトンネルだった。

「お先に、進んでください」

愛想笑いを浮かべた脩にうながされ、進み始める。

「長いな」

建物から十何メートルか離れた井戸だから当然なのだが。さらにトンネルは、長身の安が屈《かが》まずに通れるほどじゅうぶんな高さもある。

「ぬかるんでいるので、気をつけてください」

脩が丁寧に忠告した。ぽつ、ぽつ、とときおり水の滴る音がどこかで響いている。

「一応水も沸いてんのか」

「ほんのちょっと。でも井戸としては使えません。ここの地下水を集めて、地元の神社で清めたものが、御神水として使われているぐらいで」

上からの太陽光が届かない暗闇へと、一歩ずつ近づいていく。

「それにしても砂本さんは物知りですよね。後継ぎのことも、うちの二階の部屋のことも知っているなんて。僕より詳しいんじゃないですか」

すっかり暗闇に包まれたなかで、脩が明るい声を出す。わざとらしく声が上ずった。

「さあな」

鬼妃の秘密については、四年前に知景からだいたい聞いていたが、まだ知らないことはあるはずだ。

一瞬、脩から注意が逸れた。そのときだった。

暗がりを照らす懐中電灯の光が大きく揺らぎ、不意に消えた。

すばやく振り返る。背後から間近に伸びてきたものがこちらへ届くより一瞬速く、安は相手の腕を力の限り摑み、ひねり上げた。

「ひっ……」

か細い悲鳴が上がる。

暗闇に目を凝らすと、その手に小さな刃物が握られているのが見えた。

「こんな隠し通路の存在を、やけに素直に教えると思ったが、俺をここにおびき寄せて殺すつもりだったか」

高西よりさらに小柄で細身の知景の弟は、哀れにも思えるほど非力だった。刃物は簡単に手のひらから剝がれ落ち、地面に転がる。

「だがそんな力で人は殺せねぇ」

腕を離して突き飛ばすと、脩は腰を抜かして尻餅をついた。

「……すみません」

すすり泣きが聞こえてくる。手探りで懐中電灯を奪うと灯を向けた。ごめんなさいと繰り返しながら、脩はまぶしさに目を細めている。その貧弱極まりない様子を見るに、本気で殺意があったわけではないのかもしれない。とはいえ、対面してから脩の態度に、安はずっと疑問を持っていた。常に落ち着きがなく、自分に向けられた敵意は露骨だった。

「俺を排除するように時子に言われていたのか」

「違います。これは僕が、勝手にやったことで……！」

正直まあそれは、どちらでも良かった。

「まともな考えの村人もいるのかと思ったが、残念だ」

軽蔑した目を向けて吐き捨てると、傍らに打ち捨てられていた果物ナイフを拾い上げ、脩にはもうかまわず、先へ進む。

背後で靴音がして、脩が立ち上がる気配がした。

「僕には、わからないんです」

悲痛な声が通路に反響した。

「あなたは、姉さんを拐《かどわか》そうとした人ですよね」

安は足を止めた。

「姉さんは、四年前を境に少し変わった。帰省したとき久しぶりに会って、心配になりました。以前の天真爛漫な明るさは影を潜めて、もの憂げな目で遠くを見つめていることが増えた。母があとから、その原因を教えてくれました。外から鬼が来て、姉さんを無理やり連れて行こうとしたと。酷いことをされて、そのショックで、姉さんは塞ぎ込みがちになったんだと」

ちくりと背中を刺されたような痛みを感じて、安は振り返った。

脩はふらつきながら、通路の壁に寄りかかるようにして立っていた。その声は弱々しいが、こちらを睨む潤んだ瞳には暗い光が宿っていた。

「僕らは正直、そんなに仲の良い姉弟《きょうだい》ではありませんでした。姉さんは僕と遊んでくれるときよりも、亜瑚さんたちといるときのほうがずっと楽しそうでしたし、僕にはさほど、興味はなかったと思います。でも僕は、ほんとうは姉さんが大好きだったんです。一方的な憧れです。ただ、いまでもほかの女の人に目が向かないほどには」

脩の告白が熱を帯びる。ただの姉弟愛というには行き過ぎた感情だったのかもしれない。それだけでなく、彼は姉の負っていた運命と、この家にまつわる恐ろしい事実を聞かされたばかりだ。きっと本人が思っている以上に精神に負荷がかかって、錯乱もしているのだろう。

だからと言って、衝動的な殺人の真似事《まねごと》を容認できるわけではないが。

「最初はあなたが憎かった。あんなふうに姉さんを変えてしまった鬼を憎いと、殺したいと、ずっと思ってました。でも――できない」

　脩は悔しそうに声を震わせた。

「姉さんは精神的なショックで塞いでいたわけじゃない。あなたを恨んでいるわけじゃなかった。遠くを見つめていたのは、外に出たかったからだ。姉さんはきっと、あなたに会いたかったんだって――ほんとうは、なんとなくわかってました」

　自分の言葉で自分を納得させるように、脩は深くため息をついた。少し落ち着きを取り戻してきたようにも見える。

「あなたになら、姉さんの呪いを解けるのかも」

「もういい」

　安は吐き捨てると、脩に背を向けた。彼に対する冷え切った感情は動かない。ただこれ以上、咎《とが》める気も起きなかった。

「帰れ。この先へはひとりで行ける。ついてきたら殺す」

　奪った刃物を向けると、脩は怯えた目をして硬直した。この様子ならもう追いかけてくることもないだろう。

　しばらく慎重に歩くと、通路は行き止まりになっていて、はしごが現れた。

　はしごの先を懐中電灯で照らしてみると、天蓋らしきものが見えた。あれを押し開けることができれば、上に行けそうだ。

はしごを上って、天蓋を下から片手で押し上げてみる。ガコッという音とともに、それは割合簡単に動いた。

天蓋をずらして、上の層へと這《は》い上《あ》がる。

ほとんど真っ暗だが、一つだけ上のほうに小さな窓があり、そこから太陽の光が格子状に差し込んでいた。

壁際が一段高くなっているようだ。さらにその上になにか、箱のようなものが並ぶ影がみえてきた。数はざっと十ほど。

箱か、もしくは壺《つぼ》だろうか。人の頭部よりすこし大きい。

さらにそれらが明確な像を結ぶにつれ、安はこの部屋の異様な光景に、目を奪われることとなった。

祭壇に並べられていたのは、円柱型の白磁の壺だった。ドーム状の蓋が上からされている。その形状からしておそらく、遺骨の納められている骨壺だろう。

壺の前にはそれぞれひとつずつ位牌《いはい》が置かれているようだ。光を左側から動かしていく。【鬼妃フサ】【鬼妃志乃】【鬼妃道子】とすべて同様に、鬼妃の名が短く記されている。

位牌のうちのひとつが強い光に照らされ、金字で戒名らしきものが刻まれているのが読み取れた。

【鬼妃操】

形式上、位牌のように見せかけているが、あきらかに正式なものとは異なった。本来そこに書かれるはずの戒名というのは、故人が仏の弟子になることで、迷わずに極楽浄土へ行くために授かるものだ。だがこの位牌もどきに刻まれているのは、姓も取られ、ただ鬼の嫁としての肩書きだけを残してつけられた、呪いの名だった。
ライトを、右へと動かす手が、ぴたりと静止した。

【鬼妃知景】

しばらくそのまま呆然としていたが、やがて冷静に思考を巡らせる。自分にできることがあるとしたら知景の骨を持ち出して、きちんと供養することぐらいしか思いつかなかった。
ゆっくりと祭壇に近付き、両手でそっと骨壺を持ち上げると、意外なほどに、ずっしりとしていた。ちゃんと知景はここにいると、感じさせてくれる重みだ。
だが、彼女をようやく胸に抱き抱えた瞬間だった。

それまで静かな薄闇を纏っていた部屋の空気が、突如として冷気に包まれた。同時に、脳みそを潰されるような頭痛に襲われ、危うく壺を落としかける。

……ぉ……ぉお……

足元から這い上ってくる、かすかな唸り声に、安は思わず身を強張らせた。

それはかつて知景の部屋で遭遇した鬼妃の声にほかならない。

肌を刺すような禍々しい気配を背後に感じ取り、振り返る。

視界に映ったのは、部屋の奥、闇の淵から立ち上がる、漆黒の影だった。かろうじて人に似た輪郭をとってはいるが、異様に細長く、四肢は伸びきっている。その腕を引きずるようにして、じりじりと、影はこちらに近づいてきていた。

ぉ……おぉ……ぉおお……

発する声は、先ほどよりもはっきりと聞こえた。鼓膜に突き刺さるように、頭痛も激しくなる。床を引きずる髪のあいだから、初めて安は、鬼妃の怨霊の顔を見た。落ち窪んだ眼窩に、生気のない鉛玉のような漆黒の眼球がはめ込まれている。それと視線を合わせた瞬間、鋭い憎悪に貫かれた感覚がした。

強い耳鳴りとともに、手元に激痛が走った。

見ると壺を抱えていた右手の指が、引き剝がされるように一本、あらぬ方向にねじ曲げられていた。うろたえた拍子に骨壺が傾きそうになったが、寸前で持ち直す。だが指は一本、また一本と、枝を折るような音とともにゆっくりと、関節の可動範囲と逆側へ折り曲げられていく。

これ以上の退避は不可能だった。ずるずると、その場にうずくまるしかなかった。

鬼妃の虚無の目が見下ろしている。

両腕で抱え込んでいたなめらかな陶器の表面に、縦に長くひびが入った。

「やめろ」

頭に血が上って、思わず叫んだ。

「だれなんだ、おまえ……！」

おまえがこの家を、村を、これほど呪い続ける理由はいったい――。

見えない手に四肢を摑まれたのがわかった。全身、金縛りにあったかのように寸分も身動きがとれなくなり、代わりにものすごい押圧《おうあつ》がかかる。骨が砕け、血が吹き出した音がした。身体が燃えたように感じた。

底無しの怪異の力の前に、奥歯を嚙んで低いうめきを漏らすことしかできなかった。

人体をバラバラにするまで数秒もかからないだろう。

この世のものではない超常現象に、太刀打ちできるすべはないのだ。

終わりだと思ったその刹那、守り通していた腕のなかの壺が、粉々に砕け散った。

ぱっと白い粉が舞い、乾いた紙粘土のような破片が、ぱらぱらと床に散らばった。

「……！」

知景の骨が、あっけなく破砕された。心臓を手で摑まれるような苦しさを覚えたが、同時に目の前では、奇妙な現象が起きていた。


あ……ああ……あああぁぁぁ……あああ……あ……


鬼妃の唸り声が次第に苦しむようなかすれ声に変わり、その姿は後退していくと、闇のなかにかき消えた。

まるでなにかに守られたかのようだった。

どこへ消えた？

安は周囲を見渡した。またどこかから現れるかもしれない。

しかし悠長に相手をしている暇はなかった。今度は部屋が崩壊を始めたのだ。

漆喰の壁に小さなひびがはいって、ぼろぼろと崩れた破片がこぼれ落ちてきたのだ。かと思えば、どん、と地面が陥没するかのような大きな揺れが起こり、めきめきと亀裂が四方へ広がった。

地響きと、熱風とともに、部屋の壁が崩壊を始めていた。

瞬く間に、大きな破片がごろりと落ちるほどにまで崩壊が進んでいく。

動かない手足を引きずって、身を捩り転がるようにして、壁際から逃れた。

この鬼妃の怨念の正体を——彼女の憎悪の根源を突き止めないかぎり、呪いは解けないのではないだろうか。

次から次へと起こる現象に舌打ちをしながら、考える。だが時間がない。

そのとき安の耳に、かすかな声が届いた。

「砂本さん⁉」

振り返ると、壁の大きな裂け目から向こう側が見えた。

すでに火に包まれたその部屋から、恐怖の色で染め上げられた前野亜瑚の目がこちらを覗いていた。

六

漆喰の壁に小さなひびがはいって、ぼろぼろと崩れた破片がこぼれ落ちてきたのだ。かと思えば、どん、と地面が陥没するかのような大きな揺れが起こり、めきめきと亀裂が四方へ広がった。

ついに壁の一部が崩れて、その向こう側に位置する部屋の存在があらわになった。

「壁の、向こう側……」

この部屋こそ、鬼妃が巣食う場所だ。しかしためらっている場合ではなかった。亜瑚はとっさにそちらに出口がないかと思い、駆け寄った。そしてまさかの人物の姿を目にすることとなる。

「砂本さん!?」

声に応じて、相変わらず憤然たる表情で砂本はこちらを睨んだ。どうしてそんなところに座っているのだろう。

部屋の様子に目を凝らし、亜瑚は息を飲んだ。

彼がすぐには立ち上がれそうにないほどの重傷を負っていることに気づいたのだ。

「どうして……」

それには答えず砂本は、

「おいなにぼーっとしてんだ。早く来い」

吐き捨てるように一喝した。怒鳴る口だけは無事らしい。

「畳一ヶ所剝がしてる場所がある。そこが出口だ。さっさと出ろ」

「でも、砂本さんは……」

「いいからさっさと行け」

有無を言わせぬその態度には、思いやる気持ちも削がれる。半ばやけくそでしたがうほかなかった。

「時子さん、出口ありましたよ、急ぎましょ」

傍《そば》にうずくまる時子に、かがんで声をかける。と、その腕ががっと摑まれた。

完全な白目を剝き、口の両端から泡を吹きながら、時子は血に濡れた真っ赤な顔で亜瑚を睨み付けてきた。

「ううぅぅ……」

喉の奥から低い唸り声が聞こえ、ぎょっとする。

「ぁああ……時子……時子ぉ……」

時子はなぜか自らの名前を呼んでいた。

「時子さん！」

必死に呼びかけたが、届くことはなかった。取り憑かれてしまったんだ。亜瑚は直感した。

「時子……おおぉ……」

「時子」の名前を呼ぶということは、時子に取り憑いているのは彼女の姉の「操」だろうか。

「そいつは置いていけ」

「できません！」

無慈悲な命令口調に、亜瑚は即座に反論し、時子のなかにいるものに向かって辛抱強く呼びかける。

「操さん、お願い、時子さんを許してあげて」

「てめぇバカか。話が通じる相手じゃねぇだろ！」

だが砂本の放った怒号に、時子は反応を見せた。亜瑚の腕を離すと、

ああああああああああああああ……！


喉の奥から絞り出すようなうめき声を上げながら、先ほどまでの弱々しい足取りが嘘だったかのような俊敏な動きで壁を乗り越えた。

「操さん！」

考える間もなく咄嗟に亜瑚は追いかけて隣の部屋へ移った。しかし間に合わない。あっというまに時子は——否、時子に乗り移った鬼妃は、砂本の顔面を片手で掴むと、甲

高い声で喚いた。耳がキンとして、亜瑚は目をつぶる。

ばきっ、と頭蓋骨が砕け、液体が滲《にじ》み流れ出す嫌な音がした。

それと同時に喚き声が消えて、静寂が訪れた。

見たくはないが、亜瑚はおそるおそる目を開く——。

時子の身体が、ぐらりと傾きかけているところだった。小柄なその身は無言のまま、どさっと力なく床の上に転がった。

「え……」

顔面を潰され、時子は息絶えていた。

「そんな、時子さん……」

いったいなにが起きているのか、理解が追いつかない亜瑚はその場に凍り付く。だが、

「いつまでつっ立ってんだ、早く逃げろ」

という苛立った声に我に返った。

「砂本さん、……いったい、なにが」

「知るか。考えてる場合じゃねぇだろ」

たしかにそうだ。畳に燃え移った炎がこちらの部屋まで迫っている。

視線を巡らし、部屋の隅に畳を剝がした跡と、その下の暗い穴を見つける。とにかく外に出て助けを呼んでこよう。そっと近づいて、はしごの位置を確認した瞬間、強烈な

耳鳴りがぎぃんと鳴り響いた。同時に頭の内側で、地鳴りのような唸り声が響く。

おおおおおお……ぉぉぉぉ……

反射的に目を瞑り、耐え難い悪寒が背中を走り抜けるのを感じた。すぐ間近に鬼妃がいる気配がある。時子が死んだからといって、鬼妃も一緒に消滅するわけではなかったのだ。逃げなければいけないとわかっていても、足が震えて力が入らない。恐怖に汚染された心臓だけが、破裂しそうなほどに脈打つ。

その場に膝から崩れ落ちた亜瑚は、何者かに頭を摑まれる感覚に、息を止めた。鉛玉のような黒い目に覗き込まれていた。

それと視線を合わせてしまった瞬間、脳が弾け飛びそうな激痛が走った。頭蓋が割れる——だがふたたびきつく閉じたまぶたの裏になだれ込んできたのは、怒濤《どとう》の映像だった。

＊

暗闇に堕《お》ちていく。水中に溺れるかのような苦しさのなか、

「はな」

声がして、男の姿が映る。

近づいてきた男は見上げるほど背が高い。逞《たくま》しい腕に、すっぽりと抱きしめられた。

「愛してるよ、はな」

男は耳元で、温かな、でも切ない声でささやいた。

男の髪は稲穂のような黄金色をしていた。肌の色と彫りの深い顔立ちから、異国の人間であることがすぐにわかった。じっと見つめ合うと、じわりと胸が熱くなるのを感じた。瞳は珍しい宝石のようにまばゆく蒼《あお》い。そんな宝石に映る、見知らぬ村娘の姿もまた、宝石のなかに飾られていても見劣りしないほど美しかった。

けれど彼女の吐く言葉は憎悪にまみれていた。

「あの家はもう無理。耐えられない」

これは許されない逢瀬《おうせ》だった。その娘――はなはすでに嫁いだ身だったのだ。それもそこそこ身分の高い家柄なのか、男の身なりに比べ、着物は真新しく、髪もきちんと結っている。

とはいえ彼女も、理由なく家を抜け出してきているわけではない。

はなはため息をつき、苦しい胸の内を思い返す。

村の権力者である庄屋《しょうや》の長男がはなを欲しがったのは、その美貌のせいだけではなかった。

「こいつにゃ実は特別な力がありましてね。念じればものを動かすことができるんですよ」

念力だ——はなの生まれながらに持つその異能は、客があると、見世物のようにさらされていたのだ。ひとりでに盃《さかずき》に酒を注ぐ徳利《とつくり》を目の当たりにすると、人々は手を叩いて喜ぶのだった。

「金でも取ろうかね」

などと嘯《うそぶ》きこちらを見てくる夫の顔には、醜く下卑《げび》た笑いが浮かんでいる。

だが力を使えば、そのぶん身体はひどく消耗するのだ。それなのに、床に伏せれば今度は、

「だらしない女だ」

と吐き捨てられる。

……そんな毎日に、はなは神経をすり減らしていたのだった。

「村を出よう。一緒に逃げてしまおう」

男の甘いささやきを受けて、はなは迷ってまつげを伏せる。

「……娘たちのことを置いていけないわ」

彼女には、夫とのあいだにもうけた娘が二人いた。娘たちにもし同じような力があったら、同じような扱いを受けるかもしれない。そう思うとはなの気持ちはいっそう重く沈む。

「だけどもう、これ以上はおまえの身が保《も》たない」

覗き込む男の真剣な眼差しに、はなは吸い寄せられていく。特異な力を持った娘と、どこから来たのかわからない異国の男。この山奥の小さな村の中で、真にお互いをわかりあえるのは自分たちだけ。そんな想いが痛いほどに伝わる。

「おまえは死んだと。そういうことにすれば、奴らもあきらめがつくだろう」

そうだ、私のことは、死んだことにしてもらえれば……。

はなは心を決めたように、男を見つめて、うなずいた。


その決断が、間違っていた。


駆け落ちは失敗し、彼らはあっさりと捕えられた。

金髪碧眼《きんぱつへきがん》に際立った巨体という奇異な見た目をしたこの男を、もとより村人たちは、鬼だと噂《うわさ》し恐れていた。男がはなを連れ去ったことで、鬼狩りをおこなう正当な理由ができた。村人たちは一斉に蜂起して、異国の男を執拗《しつよう》に追ったのだった。

はなは屋敷《やしき》に戻され、奥の間に監禁された。食事も満足に与えられず、ただ虐げられることとなった。

苦悶《くもん》の日々が続いたある日、鬼は処刑されたと聞かされた。はなは泣くことも忘れるほど、深い絶望の底に沈んでいった。


飢饉や洪水、大嵐といった大災害が村を襲ったのは、それからまもなくのことだった。

村の人々はそれを、あの鬼の仕業だと言って恐れた。

鬼が、はなを求めているのだ。

そうでなくとも、彼女は不貞を働いた罪人なのだから、その罪を贖《あがな》うべく、いまこそ犠牲になるべきだ、と身勝手に騒ぎ立てた。


彼女を生贄に。鬼に捧げよ。

はなに同情的だった者たちまで、自分たちに危機が及ぶと、手のひらを返したように主張し出した。【鬼妃】と呼んで、畏怖しながら。

最初は渋っていた庄屋の長男も村人たちの圧力に負け、贄《にえ》を差し出した。

首を落とされるその瞬間、はなの魂は恐怖と憎悪の濁流に飲まれた――。

*

これがすべての始まりだった。鬼妃の正体は、権力と身勝手な欲望に弄《もてあそ》ばれ、無残に殺された、哀れな娘だったのだ。

割れるような頭痛は続いていたが、亜瑚は鬼妃を見据えて、震える唇を動かした。

「鬼は、いたんだ……この村に」

皮肉なことに、村に伝わるあのでたらめな鬼の話のなかで、唯一【鬼】が存在したことだけが、真実だったのだ。

鬼の姿を、優しい声を、その身を包み込み安堵させる腕の温《ぬく》もりを、亜瑚ははなの記憶のなかで、自分のものとして感じた。

だからこそ。はなの苦しみも怒りも悲しみも、自分のことのように理解できた。怒りで気が狂うぐらいなら、この苦しみから解放されるなら、いっそ死んでしまいたい。そんな暗澹とした想いに囚われて、亜瑚は涙を流しながら、半分無意識のうちに、自ら鬼妃に近づいていた。その禍々しい漆黒の影の中へと、取り込まれていくかのように――。

だが突如、目の前の影は大きく歪んだ。鬼妃の、唸り声が、部屋中にこだまする。

ぉぉおお……ぉぉおぉおおおおおおおおああああああああああ

やがてそれは、もがき苦しむような悲鳴へと変わっていく。ものの数秒で、あれほど亜瑚の眼前で脅威を放っていた存在は、何かに飲み込まれるようにして薄闇に消えてしまった。

「え……」

あまりにあっさりとした後退に、なにが起きているのかわからず、亜瑚は目の前で繰り広げられたその一瞬の光景を、凝視するばかりだった。なにかが、自分を守っているとしか思えない。

なにが？

まさか。

「ちぃ、ちゃん……？」

叫んで激しく咳き込む。煙のせいか、頭痛のせいか、涙で視界が滲む。

「守ってくれたの？　そこにいるの？　ねえ！」

知景が自分を、鬼妃の手から助けてくれているとしか考えられなかった。ちぃちゃんは、呪いから解放されたのかも。きっとそうだ。だから私たちのことを守ってくれる。

そうであってほしい。

祈るように。期待するように、亜瑚は虚空に目を凝らす。

だが答えは返ってこなかった。

代わりに唐突な衝撃が全身を襲い、呼吸が止まった。

身体が横とびに吹き飛ばされていた。

何が起こっているのかわからないまま、激痛を感じて倒れ込んだ。背中と頭を壁に打ち付けたらしい。鬼妃の気配はたしかに消えたはず――なのに。どうして。

ぉお……ぉ……

どうしてあの声が、まだ聞こえるのだろう。

意識が朦朧とする。

「知景！」

砂本の声が飛ぶ。

白いワンピースの裾を揺らしながら、細く小さな人影がゆっくりと近寄ってくるのを、亜瑚の霞む視界はぼんやり捉えた。

＊

そのときだけなぜか、すばやく身体が動いた。安は反射的に亜瑚と知景のあいだに割って入って叫んでいた。

「やめろ、こいつはおまえの友だちだ」

目の前の、怨霊の姿を睨み据えて諭す。こちらの声が届いているかどうかは定かでない。静寂。ひりつくような緊迫が肌を刺す。

やがて変形した唇の端が、反るように歪んで、わずかに蠢いた。

――トモダチ……？

ふふっ――と嘲るような笑い声を耳にした気がして背筋を冷たいものが走る。次に聞いたのは。

――ぅそツキ……嘘、ダ。そんナモノハ、……全部。

怨恨に満ちた、低い唸り声だった。その狭間《はざま》に、意味を持つ言葉が混じっているのを悟って、安ははっと息を飲んだ。

——だッテ……酷イ。ドウシテ？　友達だト思ってたのニ。

そのつぶやきはしだいにはっきりと耳に届くようになっていく。深い嘆きの唸りが、長く垂れた髪のあいだから溢れる。

——殺されルなンテ……。

——怖イ。嫌だ嫌ダ、嫌ダ——成美、成美が憎イ。

……ユルサナイ。

同時に、記憶の断片のようなものが脳裏に突き刺さった。

それは成美に突き飛ばされた瞬間の記憶らしかった。生前知景が見た最後の光景。感情を失った成美の顔。身体が宙に投げ出された感覚とともに、成美が遠ざかっていくのを見て、彼女の奥底に蓄積されていた憎悪の念が、濁流のように溢れてくる。そして脳内を駆け巡った自らの怨念によって、知景の顔は握り潰された。
知景は成美を庇うために、鬼の手痕《てあと》を自分の顔につけたのだと思い込んでいたが、そうではなかったのだ。より残酷で凄惨な事実に、息が止まる思いだった。そうは言っても、その怒りの矛先が亜瑚に向かうのは間違っている。
「やめろ知景、こいつは――亜瑚はおまえを殺した奴じゃねぇ！」
安は咄嗟に、目の前の怨霊の姿を抱きしめた。

おおおおおおおおおおおおおおおおおおおおおお

耳元で、禍々しい咆哮《ほうこう》が響く。と同時に、みぞおちにどっと強い衝突の感覚が襲った。肋骨《ろっこつ》が折れて潰れるのを感じたが、離すまいとして腕に力を込める。

ぁあああああぁああ黙れぇええええええええええ！

胸を突き飛ばす衝撃を幾度となく受け止める。胃液が迫り上がってくる。一方で、地の底から響くようだった唸りが知景の声も、すすり泣くようなか細い声に変わっていた。

——ねぇ。知景ね、生まれてからずっと一度も疑問にも思わなかったんだよ。

頭の中に直《じか》に伝わってくる言葉が、それまでよりも流暢《りゅうちょう》に聞こえた。安は恐る恐る、背中に回していた腕を解いて向き合う。

「知景……？」

目の前に、記憶の中に存在する四年前の少女が映った。泣きながら自分に訴えかけてくる、無邪気で脆弱《ぜいじゃく》で儚い姿が、そこにあった。

——舘座鬼家に巣食う呪いを、供養すること。村を守ること。それが私の役目で、お母さんはそんな自分を愛してくれているんだって、信じてた。そうやって村で生きていく自分の運命に、疑いを持ったことも、なかったの。だけど。

——だけどね。安に会った夜、すべてが変わったの。

そう紡いだ唇は、微笑を浮かべたように見えた。こちらを見上げた闇色の瞳は、星を鏤《ちりば》めたように輝く。しかしそのまばゆい幻影は、一瞬のうちに掻《か》き消《き》えた。

激しい頭痛と耳鳴りに襲われて、めまいがした。ふらついてふたたび目を向けると。そこに佇むのはおぞましい怨霊の姿だった。現実に頭を殴られたような痛み。それでも弱々しくつぶやく声はまだ、かすかに聞こえる。

——安に会った夜……気づいてしまッタ。自分の世界がおかしいこと……に。私だけガ、自由に……ナレナイ、こんなの……おかしい。オカシイ。

喉から絞り出されるノイズのほうが大きくなっていく。チューニングの合わないラジオのように、声は不安定だ。

——亜瑚は親戚……親友で、……ずっと一緒ニ育った。……のに……亜瑚は自由ダ。自分の足デどこ……だって行……る。誰にだっ……会える……うらやましイ。妬《ネタ》マシイ。狡《ずる》イ——憎イ。亜瑚ガ、憎イ……。

おおおおお……ぉぉおお……

やがて意味のわかる言葉も消《き》え失《う》せ、唸り声だけが残った。

知景はずっと、亜瑚を守っていたのではなかったのか。麻友を惨殺したのも、麻友に襲われていた亜瑚を救おうとしてやったことだと、推測していた。先ほどにしてもそうだ。鬼妃に襲われかけた亜瑚を、知景が守ったように見えた。しかし知景の思惑は別のところにあったらしい。

「おまえ、俺をここに連れてこさせるために、亜瑚を利用してたんだな」

たしかに亜瑚は、村の外で生きる人間だ。安とつながりを持てる可能性がある。

「だからいままで生かしておいたのか」

それまでなんとか保っていた身体の力が抜けていき、安はその場に頽《くずお》れる。禍々しい佇まいの知景が、無言でこちらを見下ろしてくる。長く垂れた髪の間から覗く、潰れて紫色に変色した醜い顔。こちらを睨み据える怨嗟の気配が、ひしひしと胸を締めつける。

突如息苦しさを感じて、安は反射的に自分の首を押さえた。直接ではなく、念力によって絞められている。

脳裏に聞こえてきたのは、より鮮烈で恨みに満ちた、悲鳴にも似た知景の声だった。

——どうして置いていったの？

明らかに自分に向けられたその一言に、絞め上げられる喉よりも。空気の送りこまれなくなった肺よりも、胸の奥深くが引き裂かれるように痛んだ。

——連れて行ってくれるって、嘘だったの？

「ちが……」

——「愛してる」のは、私だけだったの？

違う。否定したくて口を開くが、声にならない。

おおお……おおおおお……おおおおおおおおおお

地鳴りのような、暗く鬱々とした唸り声が、その喉から発せられ、空間が振動して、部屋の崩壊が進む。

同時に、真上の方向に強く引っ張られるのを感じた。首を絞められたまま体が宙に浮き上がる。潰れた顔が、下から見上げてくる。視線が合ったように感じた瞬間、恨みのこもった感情が、全身を貫いた。

——憎イ——あなたのことが。思い出すだけで気が狂いそう。でも嫌いになったわけじゃない。だってもう会えないことがこんなに、耐え難いほど悲しくて苦しくて——怖い。

知景の力をもってすれば、このまま首をねじ切ることも容易にできるはずだ。
それでもいい気がした。
知景の死の原因は自分にあるのだから。
俺を恨んで、殺して、気がすむのならそれがいい。
それ以上、もう自分にはなすすべがない。
おぞましくて直視するのも憚《はばか》られるその潰れた顔を、安はまっすぐに見据えると、

「俺も——会いたかった」

ほとんど声にならない声を振り絞って伝えた。

どうしてだか、穏やかな笑みがこぼれた。

拘束されていた身体が、ぱっと空中に解き放たれた感覚。一瞬にして床が迫り、全身を強く打ち付ける。喉内にいっぺんに空気が流れ込んできて、盛大に咳き込む。煙を吸い込んで、肺が痛み、また咳き込む。

息も絶え絶えになりながら、目の前に佇む人影を振り仰ぐ——力なく首を傾けた知景の、その落ち窪んだ眼窩に、一筋光るものがあった。

「砂本さん！」

声がしたほうを見ると、高西が床下の入口を乗り越えて。煙のなかを咳き込みながら駆け寄ってくるのが見えた。柄にもなく正義感を発揮して、おもしろいとでも思っているのだろうか。

「なにやってんだ、来るな馬鹿」

あいだに知景が立っているのだが、高西には見えていないようだった。尋常でないこちらの剣幕に、高西は一瞬怯んだそぶりを見せる。だがそれもほんのわずかな牽制《けんせい》となったに過ぎず、

「こんなとこさっさと出ましょ」

冷静な口調で言い切る。

「俺はいいから。そいつを頼む」

安はさっき知景に吹き飛ばされてから意識の判然としない亜瑚を、顎で指す。高西は亜瑚に気づくと、さすがに素直にうなずいた。

「わかりましたよ。でも亜瑚ちゃん連れて行ったあとで、必ず来ますからね」

「来たら殺す」

「はぁ？　アンタねぇ。そんなん言える立場ですか」

「空気読めねー奴だな……帰れ」

「なんでもかんでも言いなりになると思ったら大間違いやぞ！」

「うるせぇな黙れよ！」

怒鳴り散らすと咳《せき》が込み上げた。ここで言い争っている暇はないのだ。知景も今や怨霊で、だれにとも構わず憎悪をぶつける危険性がある。このままでは、高西まで巻き添えを食うかもしれない。ただ説明している時間がなかった。ため息が漏れる。

「どのみち助からねーだろ。……頼む」

数秒睨み合う。やがて高西は、あきらめたように眉をハの字に曲げた。もっともそれは、彼の元々の表情なのかもしれないが。

「砂本さんが僕に素直に頼み事するの、はじめてっすね」

くるりと背を向けて、高西が亜瑚のほうへと向かうのを見届ける。

その足音がやがて遠ざかっていく。

あとは木造の建物が燃えるぱちぱちという音だけが周囲を包んだ。

熱くて、喉がからからだ。息が肺まで通らない。

背中を起こして壁にもたれかかるが、それが限界だった。

霞む視界に、ふとぼんやりとした白い影が映った。儚げなその姿はいまにも炎に溶けてしまいそうだ。

「知景」

息をするのが億劫になってきたが、もう一度呼びかけてみた。白い影は、ゆっくりと近づいてくる。不思議とさきほどまでの殺気は薄らいでいた。もう自分にそれを感じる力や思考する余裕が残ってないだけかもしれないが。

身をかがめて抱きついてくる知景には、心臓の鼓動も、生きた人間の温かみもない。だが背中に回された腕の感触と、胸に寄りかかる重みだけは、たしかだった。

「俺が、憎いか」

いまさらそんなことを聞いたところで、到底許されるわけなどない。胸の塞がるような痛切な沈黙が、知景の本心を物語っていた。

「置いていってごめん」

細い指が、ぎゅっと肩を摑んでくる。

ゆっくりと目を上げると、目の前にはっきりと顔が見えた。知景ははじめて見たときと同じように、瞳に星の瞬きを散らして微笑んでいた。

じわりと心が満たされていく。直前まで骨の砕ける痛みと肺を焼く熱に喘いでいたことも忘れて、まっすぐに口にする。

「愛してる」

抱きしめることは叶わないが、瞳に彼女を閉じ込めてしまえるかと思うほど、永く見つめ合った。

ふふ、と羽根のように軽やかに、知景は笑った。

もうこれからは、ずっと一緒だ。

やわらかな唇の感触を額に受けながら、安はまぶたを閉じた。

髪を撫でる手の優しい感触で、すぐそばにいることがわかる。温かくて、幸せで、骨の髄まで甘くしびれていく。

熱さも痛みもわからなくなった。

「私もあなたを、愛してる」

ろくでもない人生の堕ち着く先としては、それはとても満ち足りた、やすらかな終わりだった。

【実話怪談】鬼の目

そのあと私が目覚めたのは、病院に搬送されて、一夜明けてからでした。なのでこれからお話しする事件のその後については、一週間ほど入院しているあいだに警察の方や高西さん、それからちぃちゃんの弟である脩くんから聞いたことになります。

ちいさな集落の民宿が全焼しましたが、幸い周辺にほかに家屋がなく、燃え広がる前に消し止められましたので、そこまで大きなニュースにはなりませんでした。

ただひとつ奇妙なことがあって。

建物の焼け跡から見つかった遺体は、舘座鬼時子さんものだけだったのです。

砂本さんは、どんなわずかな手がかりすらも、発見されませんでした。ほんとうに忽《こつ》然《ぜん》と姿を消してしまったのです。だけどあの状況で脱出できたとは到底思えません。

それなら灰も残らないほど、燃え尽きてしまったのでしょうか。

私はそれも、違うと思います。

入院中一度だけ、脩くんと電話でお話しました。

彼は今回の件で、ひどく消耗していて、いまは通っている大学近くの病院で、療養しているそうです。無理もないですよね。自分の姉があんなふうに亡くなって、実家には恐ろしいいわれがあって、最後は母親まで失って。ある意味いちばんの被害者かもしれないですから。だけどすこし休息を取ってから、ゆくゆくは大学に復帰する予定だとも話してくれました。

それから、脩くんからの情報でもうひとつ。

村で舘座鬼家以外の場所に被害はなく、そのほかに何らかの怪現象といったことも起きていないそうです。

ちぃちゃんは成仏できたのでしょうか。

私はそうだと信じています。

砂本さんの遺体も一緒に消えたから、ふたりで外に出られたんじゃないかって。

そして、それと同時に鬼妃の呪いは解け、怨念の連鎖は終幕を迎えた……と個人的にはそう思っています。

脩くんも、同じ考えだと言っていました。

今後、私は故郷には帰らないと思います。
あまりにも嫌なことを思い出しすぎますし、それに。
待っていてくれる私の友だちは、そこにはもういないから。

……以上で、私の体験した話は終わりです。
長い間おつきあいいただき、ありがとうございました。

＊＊＊

6／25　21：00
１２６７１回再生
高評価２２１　低評価36
コメント：１３９件

１ヶ月前
【お疲れ様でした！　このシリーズすごいおもしろかったです】

1ヶ月前
【A子ちゃんおつかれ。大変だったね。泣】

1ヶ月前
【真相切ない。鬼妃より人間のほうが怖いですね】

1ヶ月前
【最初すごい怖かったのにいまや悲しくて。お話おもしろかったです。けどこれほんとだったらやばｗｗｗ】

1ヶ月前
【実話はありえないけど好きな話】

1ヶ月前
【釣り乙】

1ヶ月前
【つりでもいいでしょおもしろいしA子ちゃんかわいいから♡】

1ヶ月前
【こんな怪談朗読さがしてた～】

1ヶ月前
【実話とかうそつかないでもじゅうぶんおもしろかったよ】

1ヶ月前
【でも実際にこういうことありそう】

3週間前
【いつもみてるけど初コメ。長いシリーズお疲れ様でした。一本にまとめてくれるとうれしい。睡眠用にする】

3週間前

【さすがにこれ実話だと思ってる人はいないよね（笑）】

3週間前

【実話はないだろ】

3週間前

【なんでそんな嘘言ったんだ（笑）】

3週間前

【けどそれっぽい火事のニュース関西のローカルニュースでやってたよ。なんとか村の民宿が全焼して焼け跡から女性の遺体が発見されたってやつ】

3週間前

【やば。マジやん】

3週間前

【なんかきいてたらしんどくなってきた】

…………

……

…

1分前

【A子ちゃんのことずっと前から見てます！
今回特に特に面白かったです！
もっともっと、もっとA子ちゃんの怖いお話が聞きたいっ（≧∇≦）！！！】

終章

「それにしてもびっくりだよね、あーこが動画サイトに投稿とか。それも高校生のときから」

大学近くのファミレスのボックス席で、隣に座る風花《ふうか》がスマホの画面をしきりに操作している。開いているのは動画サイトの亜瑚《あこ》のチャンネルページで、いい加減亜瑚は胃のあたりが痛くなってきている。

「ごめん、なんか恥ずかしくて、言い出せなくて」

自分が【A子の怪談朗読チャンネル】の主であるということは、つい先日ようやく風花に打ち明けたばかりだ。それからというもの会うたびにいじられるようになってしまった。若干後悔している。

「恥ずかしがることないじゃん。こんだけ人気なんだから素直にすごいって。収益化も期待できるんじゃない？」

多少にやつきながらも、友人は応援してくれているようだった。

「いっぱい聴いてもらえてるのは一ヶ月前関連のやつだけだけどね。ていうかお願いだからここで再生するのやめて」

件《くだん》の動画は、一ヶ月前に亜瑚が巻き込まれた鬼妃にまつわる一連の事件を、怪談朗読によって再現して、数回に分けて投稿したものだ。次から次へと畳みかけるような恐怖の連鎖と、やがて明かされる意外な真相に、興味を引かれる視聴者が後を絶たないようで反響を呼び、普段の投稿の何十倍か視聴してもらえている。

現在はコメント欄で「これは果たして実話なのかどうなのか論争」が繰り広げられており、信じるかは信じないかはあなたしだいの不毛なレスバトルを見守るのも、楽しみのひとつである。

自分の身に起きた諸々《もろもろ》に関して、風花には包み隠さず伝えた。信じるか信じないかは風花しだいだとしても、心配して何度もメッセージを送ってくれたり家に訪ねて来てくれた彼女に対して、真実を話すのは当然の義務だと思ったからだ。

亜瑚が居留守を使って実家にいると嘘をつき続けていたことを知っても、風花は怒るどころかむしろ、大変だったねと泣きそうな顔でうなずきながら話を聞いてくれた。

なんでも実は風花は、「そこまで強くはないけど多少霊感持ち」らしく、なんとなく亜瑚の下宿先に渦巻く嫌な気配を嗅ぎ取っていたらしい。それで砂本《すなもと》や高西《たかにし》が訪ねてきたときも、警戒しつつも速やかに彼らに協力することを選んだのだという。

霊感持ちだなんて初耳だったが、隠しごとはお互いさまだね、と言われるとぐうの音も出なかった。

「透き通ってて綺麗な声だし、演技力あるし。じゅうぶん武器になると思う。さすが、養成所に通ってるだけあるね」

知人に褒められると嬉しいよりも恥ずかしいが勝つ。

バズった……とまで言えるかどうか微妙なところだが、【A子の怪談朗読チャンネル】全体の人気がほんのわずかに上昇したのもたしかだ。

でも投稿はあくまで趣味でいい。できるときにやればいいと思う。きっといまのような注目の集め方も、一過性のものだろうし。

「まぁ夢は追い続けるけどさ。そんなことより」

亜瑚は風花の顔を見た。

「私は、風ちゃんがいつのまにか高西さんとつきあってることのほうが百倍びっくりなんですけど」

急な振りに、一瞬きょとんとしてから、風花は頬を緩める。

「いやぁ成り行きといいますか、なんといいますか……えへへ」

「大丈夫？　遠距離平気？　てかそれ以前にいろいろ大丈夫？」

「いま最終面接まで残ってる企業、京都に本社があるんだよねぇ。これはもしかしたら運命なのかなぁって」

「……なんか私の友だち、変わった趣味の子多いな……」

頬を染める友人に、亜瑚はあきれた視線を送った。

ちょうどそのとき、

「ごめんごめん、遅なったわ」

東京の街中になじまない京都弁が聞こえてきた。「ううん、全然だよお」と風花が普段より一オクターブ高い声を出して手を振る。仲睦まじくて何よりだが自分がいることも忘れないでほしい。亜瑚は咳払いをひとつした。

＊

「紀日川《きびがわ》村の村役場の資料室にも当たってみたんやけど、明治以前の記録がほとんど残ってないんやって。まあ戸籍も存在せえへん時代やし、『鬼』のルーツ探し出すのは、難しいかもしれへんね」

事件のあと、亜瑚は、「鬼」と呼ばれた異国の男の正体を知りたいと思うようになっていた。その人物はいったいどこからやってきて、どうして紀日川村にたどり着いたのか。

鬼妃の怨霊であった「はな」は、過去の紀日川村の陰惨な歴史の記憶を、亜瑚の中に残していった。その歴史を学術的に少しでも解明することができれば、はなや異邦人の「鬼」、ひいては知景たちに対する供養になるのではないか、と。

そこで高西に調査を依頼したというわけだ。

高西がタッチパネルでドリンクバーを注文する。風花が気を利かせて、「私ついでに飲み物取ってくるよぉ、なにがいい？」と訊《たず》ねるやりとりを聞きながら、亜瑚はぼんやりと思い出す。こうして改めて紀日川村の話をするのは、あの日以来だ。知景からのメッセージを頼りにやっとたどり着き、砂本に散々馬鹿にされたあの日。

村の人間にとっては鬼同然だったかもしれない。砂本のことは亜瑚自身も最後まで好きになれなかった。だがひとりで行動する高西を見ると、砂本がいなくなったことを実感して少しだけ虚しく思う。ただ遺体が残らなかったことについては、亜瑚はある意味救いのように感じていた。

鬼妃の部屋で気を失う直前、薄れていく意識の端で、亜瑚は、知景《ちかげ》の吐く呪いの言葉と記憶を垣間見《かいまみ》ていた。そのとき、知景が亜瑚のことすら憎んでいた事実を知った。

私だけじゃない。自分を縛るすべてのものを、ちぃちゃんは呪っていたんだ。

そんな絶望にまみれた知景の黒い感情に、微塵も気づかなかった自分はなんて間抜けなのだろう。守られているとすら勘違いしていた。実際は、知景は砂本を連れて来るために亜瑚を生かしていただけで、最後はやはり、呪い殺すつもりだったのだ。

そのことを考えると、はてしなく遣《や》る瀬《せ》無《な》い。

だけどせめて知景が、砂本と一緒にあの場所から出られたのなら。それはたったひとつの幸福な最期だと思う。

「教授にも協力してもらって、調べてもらったわ」

「教授」とは、砂本と高西のいた研究室の教授、甲斐中《かいなか》という人物のことだ。

「そうなんですね。お忙しいのに、こんな個人的な話に協力してもらっちゃってすみません」

「……いや、まあ教授自身のためでもあるから、そこはええんやけど」

高西は一瞬なにか言いかけてやめた気がしたが、亜瑚は気にしなかった。ただきっとその教授は研究熱心な方なのだと思う。一度お会いしてみたかった。おそらくその機会はなさそうだけれど。

「で、『はな』って人については、ちょっとだけ当時の記録が残ってて」

鬼妃――「はな」は、貧しい農民の家に生まれたが、その農村における権力者だった「舘崎《たてざき》」の家に嫁いだ。

一方で異国の男は、この地にたどり着いた経緯もまったく不明の余所者《よそもの》だった。いつ頃かも不明だが、村に住み着くようになった。山奥の農村では、海の外に国があることを知らない者も少なくなかったのだろう。そのため、男の異質な見た目は「鬼」と呼ばれて忌避された。

「まあ絶賛鎖国中の話、渡来した西洋人なんてのは未知の生命体や。もともとあった『鬼』のイメージと結びつけたがるのもうなずけるわな。ほら、黒船来航のペリーっておるやろ。あいつもえらい人間離れした異形の見た目で描かれてる似顔絵があるんやけど知ってる？　それと同じやで。あー、あとこれも」

高西はそう言うと、クリアファイルに収められた、古い帳面のコピーを取り出して見せた。

「紀日川村に唯一残ってた、寛永《かんえい》の大飢饉前の帳簿。ここ見て」

高西が指差した、署名欄にある名前は――「舘崎」。「たてざき」と読めるが、知景の姓とは漢字が異なる。

「で、こっちが、明治以降の戸籍に関する書類。現在の「舘座鬼」に、変わっとるやろ」

そう言ってめくった二枚目の資料は、一枚目より少し新しいようだ。そこに記された苗字《みようじ》は、亜瑚のよく知るものだった。

「『鬼』の文字を冠したのは、舘崎家が鬼憑きになったことの、いわば証明のようなものとちがうかな、と」

高西の意見を聞きながら、亜瑚は古い資料をぼんやりと見比べる。

今まで何も感じなかったが、「舘座鬼」の字面《じづら》は、鬼妃に呪われたことを暗示していたのだ。改めてそう思って見ると、どこか禍々しい。

「わかったのはこれぐらい。男の身元までは調べがつかんかった」

「……ありがとうございます」

高西に感謝する日が来るとは思わなかった。でも心から、亜瑚は頭を下げた。

どこまでも救いのない話ではあるが、心の中で弔うことぐらいはできるから。

「あーこは超能力使えないの?」

それまで黙ってアイスのグリーンティーをすすっていた風花が、話に入ってきた。

舘座鬼家の人間がテレキネシスを使えた経緯や意味については不明だ。試す気にもならないが、亜瑚にはまったく、そのような力の気配はない。ただあの部屋で、鬼妃「はな」に襲われた際、彼女の記憶を読み取ることができたのは、自分の内に流れる舘座鬼家の血がそうさせたのかもしれないと、感じている。

「使えるわけないよ。使えてたらもっと生活便利になってるでしょ」

「でも使えたらいいなって思うときあるよね。私、エアーで人形劇やりたい。ひとり五役ぐらい」

「なにそれ」

その後は他愛《たわい》のない会話を続けた。

夕方から花火大会に行くという高西と風花に別れを告げて、亜瑚はひとりで帰宅した。

「ただいま」

玄関の戸を開けると、

「おかえりなさい、亜瑚ちゃん」

かわいらしい声が迎えてくれる。

姪っ子の星麗南《せれな》だ。

短期間のあいだにいろいろな悲劇に見舞われすぎた亜瑚の両親は、過度のストレスでいまだ静養が必要な状態だ。孫の面倒を見られそうにもないので落ち着くまで——とりあえず夏休みのあいだは、亜瑚が星麗南を預かることになったのだった。

一ヶ月前、再会したときはかなりやつれて、瞳にも生気がなかったが、それに比べたら、顔色もよくなった。スーパーとかコンビニとかいっぱいあるのがおもしろいらしく、最近は亜瑚と一緒に外出することも増えている。

亜瑚は、目が悪くなったことを気にしていた星麗南に眼鏡を買ってあげていた。以前はふたつに括《くく》っていた髪を下ろして、キッズサイズでも小顔に有り余る赤縁の丸眼鏡をかけた彼女には、清楚《せいそ》な白いブラウスとベージュの膝丈スカートに、レースのソックスを合わせたトラッド系コーデがよくお似合いだ。可愛い子はどうあがいても可愛いものなんだなと、天使の顔を見るたび亜瑚の頰は緩んでしまう。

「じゃあ夕飯作ろうかな、なにがいい？」

「チャーハン。亜瑚ちゃんそれしか作れないでしょ」

「ばれてたか」

ふふふ、と星麗南の笑い声が、殺風景な白い部屋を少しだけ幸せ色に彩ってくれる。

「ちょっと待っててね」

キッチンに立ち、エプロンの紐を結ぶ亜瑚の背後から、

「亜瑚ちゃん、パソコン使っていい？」

おずおずと尋ねる声が聞こえる。

「いいよー」

それはもうどこにでもある、なんでもない日常のひとときだった。

＊

キッチンからは、卵を溶いている音が聞こえてくる。鼻歌交じりに背を向ける亜瑚をちらりと一瞥してから、星麗南はフロアテーブルに向かうとノートパソコンを立ち上げた。

チャンネルの持ち主である彼女のアカウントではなく、自分のアカウントでサイトにアクセスして、動画の再生数とコメントをチェックする。

また、数件増えているのを見て、形の良い唇の端に、星麗南はうっすらとひかえめな笑みを浮かべる。

目を背けたい話のはずなのに、人はどうしようもなく恐怖に惹かれてしまう。

その証拠に、数多《あまた》の人間がこの動画に集まってくる。

まるで街灯の明かりに群がる羽虫《はむし》のように。


ねえ亜瑚ちゃん。せれな、亜瑚ちゃんの動画が人気になるのはちょっとさびしいけど、それよりずっとうれしいんだ。

だって虫を見ていると気分が良くなるもの。ひとりぼっちじゃないんだって、思えて。

お母さんは得体の知れないものを見るような怯えた目をせれなに向けて、殴ったり、髪の毛を引っ張ったり。けどお父さんはいつも見て見ぬ振りで、全然せれなのこと守ってくれないし、おばあちゃんとおじいちゃんも気づいてくれない。せれなと同じぐらいの年のお友だちは村にいない。いつもひとりぼっち。

亜瑚ちゃんの動画だけが、せれなの癒しだった。

せれなね、怖い話って大好きだよ。亜瑚ちゃんがみんなに恐怖を届けるとき、心に羽が生えたみたいにふわってなるもん。

もっと聞きたい。亜瑚ちゃんの声。

もっと聞きたい。亜瑚ちゃんの悲鳴。

星麗南は気づいてしまったのだ。

亜瑚が絶望を叫ぶとき、そのぶん鮮やかに命を輝かせるということに。

そしてどんな恐ろしい怪談であっても、実在の恐怖体験にまさるものはない、ということに。

こっそりと片耳を押さえてみる。すると、キッチンで亜瑚が使う包丁の音が消える。

左耳が聞こえていないことは、亜瑚には隠している。

亜瑚ちゃんは、気づいてない。

正体不明の見えない力が、生身の人間の四肢を破壊し、命をもぎ取っていく光景は、想像をはるかに超える恐怖だった。でもそれ以上に気持ちが良い。

知景が母を惨殺してから、星麗南の胸の奥に闇が芽吹いた。

同じことができるかどうか、父親の運転する車の中で試してみた。一春《かずはる》を襲った事故のことを、亜瑚は知景の仕業だと考えているようだが、真相は異なる。

あれはせれなの力なんだよ。

しんどかったなぁ。少しものを動かすのにも、いっぱい集中しなきゃいけないし。耳は聞こえなくなっちゃうし。ぜんぜん思ったとおりにはならないし。

でもね、コップのお水を動かすのよりも、上手にできたんだよ。

お母さんを殺した鬼のこと思い出したら、せれな、なんだかいつもよりぐわーって力が湧いてきたの。

いまはまだ、あんまりうまくいかないけど、練習すればもっと上手になるのかも……。

どうしたらもっと亜瑚ちゃんに怖いお話、してもらえるかな。

どうしたらもっと亜瑚ちゃんに怖いと思ってもらえるかなぁ。

無垢な微笑みのまま思案する。

亜瑚自身もまた、恐怖に魅入られたひとりだ。

その証拠に、こうして動画に残さずにはいられないのだから。

どんな凄惨な体験だって、ほとぼり冷めればしたたかに語り出す。

――だからきっとまた、怖い事件を起こしてあげれば、亜瑚ちゃんはお話ししてくれるよね。

小さな顔の半分を覆う赤縁の眼鏡に、ブルーライトを反射させ、寡黙な少女は、キーボードに白い手を乗せる。指先で紡ぎ出す言葉は滑らかだ。

1秒前

【A子ちゃんのことずっと前から見てます！
今回特に特に面白かったです！！！
もっともっと、もっとA子ちゃんの怖いお話が聞きたいっ（≧∇≦）！！！】

瞳の奥に、星が瞬く。

――これからは、もっと近くで、もっとたくさんお話聞かせてね、亜瑚ちゃん……。

恐怖の連鎖によってまた、人の心に【鬼】が目覚める。

あとがき

怖い話は、お好きですか？

「怖いもの見たさ」という言葉が示すとおり、目を覆いながらもその指の隙間から、人はホラー映画を鑑賞し、怪談を語り、お化け屋敷《やしき》に挑み、心霊系動画を漁《あさ》る……暗闇の淵《ふち》を覗《のぞ》き込みたくなる心理は、どこから湧いてくるのでしょうか。

そのような提起から「恐怖」についていろいろと考えた末に生まれたのが本作です。はじめまして。銘手璃彩子《なたでりさこ》と申します。単著の書籍化ははじめてです。いい感じのあとがきを書こうと思って書き出してみましたが、ほんとうはとても緊張していて胃が痛いです。でもその反面、とてつもなくワクワクしてもいます。

この相反する心境には、怖い話をあえて摂取する心理とどこか似たものを感じます。すなわち未知の体験や非日常に対する憧れと好奇心とか。「恐怖」を超えた先に待つ景色や真相に、心を動かされたいという願望のような……。

古来、恐怖の象徴であった「鬼」という存在は、いまやさまざまな姿かたちで親しまれています。そんなふうに「鬼」の物語が我々を魅了するのも、否応《いやおう》なく「恐怖」に惹《ひ》かれてしまう人間の複雑怪奇な感情ゆえではないでしょうか。本作を読んでくださったみなさまにも、そんな「怖いこと」の魅力を少しでもお届けできていれば幸いです。

本作はＷｅｂ小説サイト「カクヨム」のコンテストで特別賞を受賞した作品を加筆修正・改題したものになります。Ｗｅｂ版の物語に出会ってくださったみなさまに、この場をお借りして厚くお礼申し上げます。

また、書籍化に際しましては、さらに多くの方々のお力添えを賜りました。的確なアドバイスと手厚いサポートで新人の私を導いてくださった担当編集の御二方をはじめ、素敵なカバーイラストを描いてくださった夏目《なつめ》レモン先生。校正のご担当者様。そのほか出版に携わってくださったすべての方へ。ほんとうにありがとうございました。

そして最後になりましたが、いまこの本をお手にとってくださっているあなたに、最大最高の感謝を！　勢い余ってあとがきまでお付き合いいただいてしまうなんて、ほんとうにお疲れ様でした。

いつかまた、物語をとおして、みなさまの非日常体験のお手伝いができたらうれしいです。

鈍手璃彩子

<初出>

本書は、2021年から2022年にカクヨムで実施された「第7回カクヨムWeb小説コンテスト」ホラー部門で特別賞を受賞した『鬼妃秘記（キヒヒキ）』を加筆修正したものです。

メディアワークス文庫

鬼妃《きひ》

~「愛《あい》してる」は、怖《こわ》いこと~

鉈手璃彩子《なたでりさこ》

2023年1月25日　初版発行

発行者　山下直久
発行　株式会社KADOKAWA
〒102-8177　東京都千代田区富士見2-13-3
0570-002-301（ナビダイヤル）
装丁者　渡辺宏一（有限会社ニイナナニイゴオ）
印刷　株式会社暁印刷
製本　株式会社暁印刷

Printed in Japan
ISBN978-4-04-914826-8 C0193

メディアワークス文庫　https://mwbunko.com/

本書に対するご意見、ご感想をお寄せください。

あて先
〒102-8177　東京都千代田区富士見2-13-3
メディアワークス文庫編集部
「鉈手璃彩子先生」係

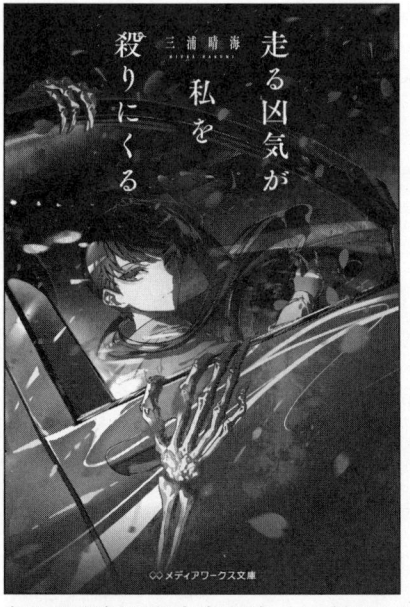

MILGRAM 実験監獄と看守の少女

波摘　原案：DECO*27／山中拓也

現代の「罪と罰」が暴かれる圧倒的衝撃の問題作！　あなたの倫理観を試す物語。

ようこそ。ここは実験監獄。あなたの倫理観を試す物語

五人の「ヒトゴロシ」の囚人たち、その有罪／無罪を決める謎の監獄「ミルグラム」。彼らが犯した「罪」を探るのは、過去の記憶を一切失った看守の少女エス。

次第に明らかになる「ヒトゴロシ」たちの過去と、彼らに下される残酷なまでの「罰」。そして「ミルグラム」誕生にまつわる真相が暴かれた時、予測不能な驚愕の結末になだれ込む──。

すべてを知ったあなたは赦せるかな?

DECO*27×山中拓也による楽曲プロジェクト「ミルグラム」から生まれた衝撃作。

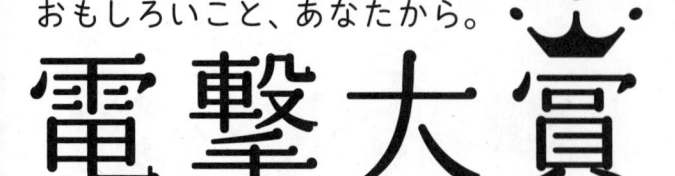